小学館文庫

ジゼル

秋吉理香子

小学館

目次

ヴィリスは結婚式をあげるまえに死んだ花嫁たちである。
（中略）彼女らはその若い男に放縦《ほうじょう》な凶暴さでだきつく。
そして彼は休むひまもあらばこそ、
彼女らと踊りに踊りぬいてしまいには死んでしまう。
（中略）この死せる酒神の巫女《みこ》たちにさからうことはできない。

——ハインリヒ・ハイネ＝著／小澤俊夫＝訳『流刑の神々・精霊物語』

第一幕

第一場「身分詐称」

小さなのどかな村は、収穫の秋を迎えています。黄金に輝く山々。豊かに実るぶどう畑。

粗末な小屋のなかから、農夫の青年・ロイスが顔を出しました。農民らしい簡素な身なりをしています。しかしロイスのあとから出てきた中年の男は、農村に似つかわしくない、豪華なマントに立派な帽子を身に着けています。いったいどういうことなのでしょうか。

ロイスは男に尋ねます。「僕のこの格好、どうだい？」

男は首を振ります。「とてもじゃないですが、好きになれませんな。どうかもう、お戯れはこれくらいでおよしなさい」

それでもロイスは、男の忠告になど耳を貸しません。

農民の服装が愉快でたまらないというように軽やかに舞うと、向かいの家に住む村娘の家の戸を叩《たた》きました。

ドアが開き、はちきれそうなほど若く、美しい娘が顔を出します。

娘の名は、ジゼル。

ロイスの姿を見つけ、すみれ色の瞳を輝かせるジゼルは恋人です。愛を確かめるかのように手と手を取り合って、二人は踊り始めました。

幸せに満ちあふれたジゼルの脳裏には、ロイスとの幸せな将来が描かれていることでしょう。結婚、そして可愛《かわい》い赤ちゃん。

この先の幸福を疑いもせず、ジゼルは踊り続けるのです。

ロイスが身分を偽った貴族アルブレヒトであり、他に婚約者がありながら、ジゼルの恋心を弄んでいるとは露も知らず——

＊

可愛らしい、ピンク色のサテン地。つやつやと光る長いリボン。女の子なら誰だって一度は憧れるトウ・シューズ。買って来たばかりの真新しいそれを、如月花音《きさらぎかのん》は袋から取り出し、足にはめる。

立ってみる。ジャンプしてみる。足踏みしてみる。あらゆるパのポジションを試してみる。

おもむろに脱ぐと、皺《しわ》ひとつない可憐《かれん》なトウ・シューズを、金づちのように床に叩きつける。何度も、何度も、思いきり。まるで憎い恋敵をやっつけるかのように。

それから中敷きをバリバリ剝がして中の厚紙をハサミでちょん切り、茶色いニスを中に垂らす。これほど技術が進んだ現代においてさえ、ほぼ職人による手作業で作られる繊細なトウ・シューズは、この時点ですでに原形をとどめておらず、悲惨な姿となり果てている。花音はニスが乾いてからもう一度履くと、今度は風呂場へ行き、履いたままトウ・シューズにシャワーの水をぶっかけた。

バレエを習ったことのない友人に、こんなふうに渾身《こんしん》の力でトウ・シューズを痛めつけているところを、たまたま見られてしまったことがある。

「やだ、ちょっと！　あんた正気？」

友人は花音に取りすがり、「そんなにバレエが辛《つら》いなら、やめちゃいなよ」と大泣きした。

濡《ぬ》れたシューズが、素足にじんわりと貼りついてくる。花音はシャワーを止め、ヘアドライヤーの温風をあてた。サテンの布地には水のシミが浮き上がり、光沢も失われている。つい一時間ほど前まで、これに一万円もの価値があったなどと、いったい誰が思うだろうか。生乾きの状態になったことを確かめるとシューズを脱ぎ、つま先の部分を足で踏んづけた。

――うん、こんなもんかな。

次に花音が取りだしたのは、チーズ・グラインダー。本革で仕上げたシューズの底を、容赦なく削《そ》いでいく。小さな革のクズがパラパラと床に落ちていき、靴底は無残にもささくれだつ。

花音はもちろん正気だ。

バレエが辛いのでもない。

バレリーナは、新しいトウ・シューズを踏みつけたり、ねじったり、濡らして縮ませたりして、自分の甲の高さ、広さ、土踏まずのカーブに沿わせていくのだ。トウが硬すぎればつま先が痛くなる。柔らかすぎれば立ちにくくなる。ぴったりと合わないシューズでは踊りにくいだけでなく、ケガや事故を招きかねない。だからバレリーナたちは、新品のシューズを黙々と加工する。ちなみに靴底を削るのは、滑るのを防止するためだ。

ひととおり加工が済むと、足首に巻いて結ぶリボンを縫い付けて終わり。外国製のトウ・シューズはリボンがついていない状態で売られているものが多いので、自分でつけなくてはならないのだ。

トウ・シューズは、レッスンを重ねると履けなくなる消耗品だ。汗を吸い、つま先はへたり、破れ、汚れてしまう。だからバレリーナは、常に替えのシューズを十足から二十足は準備している。履きつぶしてから加工するのでは遅いのだ。

手を加えるにはけっこうな労力と時間がかかる。「バレリーナって、お休みの日は何をしているの?」とよく聞かれるが、花音の場合は「トウ・シューズを切ったり貼ったり叩いたりしている」というのが正解だ。

バレリーナにとって、トウ・シューズは生命線そのもの。自分の体調だけでなく、トウ・シューズも常にベストコンディションに整えておくこと。それが本番のステージでミスをせず踊ることへの第一歩なのである。

花音はリボンをつけ終わると、ベランダにトウ・シューズを干した。かなり体力を消耗したが、あと二足は加工しておきたい。できる時にたくさんストックを作っておけば、心に余裕が生まれる。花音は袋の中からトウ・シューズを取り出すと、再び床に叩きつけ始めた。

バレエを習う前は、トウ・シューズというものはバレエ誕生の最初から存在しているのだと思い込んでいた。しかし、そうではない。一八三二年、スウェーデン生まれの世界的バレリーナ、マリー・タリオーニが世界で初めて、つま先立ちで踊って観客を魅了したとされている。

バレエは、天上を目指す舞いだ。もっと高く、さらに高くと天を目指した結果、つま先で立つということに行きついたのである。まだ飛行機すら存在せず、空や宇宙など全く未知の世界だった時代。バレエこそが、地上で暮らす人々と天を結んでくれるものだった。つまり、この可憐なトウ・シューズには、人類の天上へのあこがれが集約されているのである。

トウ・シューズに全体重をかけて踏みつけながら、花音は額の汗をぬぐった。花音がトウ・シューズの加工に精を出している理由は、実はもうひとつある。

今日、東京グランド・バレエ団の創立十五周年の節目を記念して催される、大規模な公演の演目と配役が発表されるのだ。花音がバレエ団附属の研修所に入ったのは十七歳の時。当時はまだ高校二年生で、今年の春に卒業するまでは学業と両立させながら活動してきた。正式に入団してからは半年ほど、まだまだこの世界ではひよっこだ。けれども、努力は人の二倍、いや三倍していると自負している。レッスンが休みの土日でも、自主練習を欠かしたことはない。

記念公演の演目は何になるのか、自分は役がもらえるのだろうか——そんなことばかり考えてしまい、花音は朝から緊張しっぱなしだ。そのそわそわした気持ちを、こうしてトウ・シューズにぶつけているというわけである。

トウ・シューズを踏みつけている花音の耳に、美しいメロディが入ってきた。チャイコフスキーのバレエ音楽「眠れる森の美女」のなかから、「青い鳥のヴァリエーション」のテーマ。

実はこれ、携帯電話の着信音。花音には同期入団で仲の良いメンバーが三人いるのだが、着メロをそれぞれのイメージで設定しているのだ。男勝りで情熱的、まだ十九歳とは思えぬほどセクシーな斉藤絢子《さいとうじゅんこ》は「カルメン」。いつも落ち着いていて、人形のように端整なクールビューティー、園村有紀子《そのむらゆきこ》は「コッペリア」。そして同期のなかで唯一の男性バレエ・ダンサー、太刀掛蘭丸《たちかけらんまる》が、この「青い鳥」だ。

彼の跳躍力は驚異的で、入団してすぐに「眠れる森の美女」の青い鳥役に大抜擢《だいばってき》された。青い鳥の踊りはエネルギッシュでありながらも、鳥のような軽やかさと繊細な足さばきが必要で、最も困難な役柄のひとつといわれている。しかし蘭丸は美しい青い鳥として舞台を舞い踊り、新人には手厳しくて有名な批評家からも大絶賛された。だから蘭丸にはこのメロディ以外考えられないのである。

ちなみに花音を含めたこの四人はいつも一緒にいて、他の団員たちから「仲良しカルテット」と呼ばれているほどだ。

携帯電話の通話ボタンを押すと軽快なメロディが途切れ、代わりに蘭丸の弾んだ声が耳に入って来た。

「花音？　俺、俺！」

かなり興奮しているのだろうか、声が上ずっている。

「演目、決まったよ！　何だと思う？　びっくりするぜ！」

花音は素早く頭を回転させる。なんだろう。記念公演に相応《ふさわ》しいものといえば、それこそ「眠れる森の美女」や「白鳥の湖」、「ロミオとジュリエット」、「くるみ割り人形」など誰もが知っている演目だろう。けれども王道なので、〝びっくり〟はしない。

「それじゃあ『レ・シルフィード』？」

耳になじんだショパンのメロディに乗せて踊るバレエは、子供から大人にまで人気がある。

「ちがーう。びっくりするって言っただろ」

なんだろう、なんだろう。「ドン・キホーテ」？「シンデレラ」？「ラ・バヤデール」？　ああ、どれも驚くほどには意外じゃない。

「わかんないよ、教えて」

花音が降参すると、蘭丸が一拍おいて、大きく息を吸い込んだのがわかった。

「……ル」

「え、なに？」

こんな時に限って、電波の状態が悪い。

「『ジゼル』だよ」

花音の全身が、さあっと粟立《あわだ》った。嘘《うそ》。ジゼル？　今、ジゼルって言ったの？

「……それ、ほんと？」

それだけ言うのがやっとだった。

ロマンティック・バレエの金字塔、「ジゼル」。貴族の男性に騙《だま》され死に至るも、彼のことを復讐《ふくしゅう》の女王から守り抜く健気な村娘の物語だ。

純白の、幾重にも重なったチュチュ。その潔癖なほど白く静謐《せいひつ》なステージから「白鳥の湖」、「ラ・シルフィード」と共にバレエ・ブラン——白いバレエ——と称される代表的な作品だ。

しかし、東京グランド・バレエ団ではこの十五年間、「ジゼル」を封印してきた。世界的にも人気の高い「ジゼル」は観客を動員しやすく、代表的なレパートリーに加えているバレエ団がほとんどだ。だが東京グランド・バレエ団は設立当初に「ジゼル」公演がからんだある事件を起こし、それ以来公演を自粛してきた。

だが、「ジゼル」は観客にとってだけでなく、ダンサーたちにとっても非常に魅力的で、必ず踊りたい演目である。団員たちからも、復活を熱望する声は常にあった。それでもなお、東京グランド・バレエ団の芸術監督である蝶野幹也《ちょうのみきや》がけじめを重んじ、ずっと首を縦に振らなかったといわれている。

だが、今回は違った。ついに「ジゼル」の封印が解かれたのだ。

「本当に、『ジゼル』を演《や》るの？」

「ジゼル」は花音にとって、特別に思い入れの強い作品だ。

「超マジだって！　しかもさ、俺……ヒラリオン役だぜ！」

ヒラリオンはジゼルに片思いする幼馴染《おさななじみ》で、男性パートの中では主役に次ぐ大役である。

「わあ、すごい！　すごいよ、おめでとう、蘭丸！」

同期に大役がついたとなれば、花音は素直に嬉《うれ》しい。

「でも、もっとすごいニュースがあるんだ」

「なあに？」

「ミルタ役はお前だよ、花音」

一瞬、何を言われているのかわからなかった。ミルタ？　わたしが？

「聞こえてる？　花音がミルタを踊るんだよ！」

心臓が弾むのを抑え込むように、花音はぎゅうっと目をつぶった。

——信じられない。

ミルタとは、村娘・ジゼルが死んだ後、彼女をウィリという精霊として迎え入れる復讐の女王である。「結婚する前に男に騙されて亡くなった娘たちはウィリになって、男を死ぬまで踊らせる」という言い伝えが古くからオーストリアにあり、その伝説を詩人のハイネが書物で広めたのがバレエ「ジゼル」の物語のもとである。

「ジゼル」の第一幕は、農夫ロイスに扮《ふん》した貴族のアルブレヒトに騙されていたことを知ってしまい、そのショックでジゼルが亡くなるまでを、そして第二幕はウィリとなったジゼルが、アルブレヒトの命を狙うミルタから彼を守り、朝を迎えるまでを描く。

主役はもちろんジゼルであるが、第二幕はミルタ役の完成度で出来不出来が決まるといっても過言ではない。すでに死人であり、冷たい美貌と怖《おそ》ろしいまでの威厳を併せ持つ復讐の女王。非常に難解かつ重要な役どころだ。

その役を、このわたしが？

花音の胸が震えた。

これはきっと運命なのだ。

わたしが、復讐を司《つかさど》るミルタだなんて。

「すぐそっちに行くわ。待ってて」

震える声でやっと言い、電話を切る。急いで着替えて鞄《かばん》を持ち、玄関を飛び出した。

晩秋のきりりとした風を切り、バレエ団へと急ぎながら花音は誓った。

わたしはこれから、復讐の女王になる――

四季折々の草花が咲き乱れるヨーロッパ風の庭園に囲まれた、瀟洒《しょうしゃ》な白亜の建物――それが東京グランド・バレエ団の本部である。

ロココ様式で建てられた建造物で、エントランス・ホールは三階まで吹き抜けになっており、高い天井から吊《つ》るされたスワロフスキー・クリスタルのシャンデリアがまばゆい光で歓迎してくれる。一階が事務局、二階が衣装部と資料室、そして三階にレッスン用のスタジオがあり、各階をつなぐのは、壁にそって優雅な曲線を描くカーブ階段だ。

バレエとは舞踏を主体とした、音楽、美術、服飾、宝飾、演劇などを総合した芸術である。つまり、日々目で見るもの、手で触れるもの、耳で聞くもの全てがバレエ・ダンサーの踊りと表現力に直結するというのが、東京グランド・バレエ団の信条だ。だから常にエントランスにはクラシック音楽の美しい調べが流れ、ロビーにはフランスから輸入された一流のソファとテーブルが設《しつら》えられ、ホワイエにはセンスの良い絵画や彫刻が飾られている。レッスンに通いながら、団員たちは日々審美眼を養うことができる環境を与えられているのである。

本部の正門をくぐり、エントランスに向かって庭園を進み、金色の浮き彫り細工が施された重厚な扉を開けた。

「花音！」

エントランス・ホールに入った途端、蘭丸が駆け寄ってきた。

蘭丸という耽美《たんび》な名に負けないほどの、キラキラした超美形。切れ長の涼しげな瞳。整った鼻筋。肉感的な厚めの唇からは、爽やかな白い歯がこぼれる。少し長めの髪をさらりと流し、相手が男性でも女性でもたちまち虜《とりこ》にしてしまう、不思議な魅力を持った十九歳。蘭丸がいるだけで、周囲が華やかになる。

「こっちこっち！」

蘭丸が花音の手を引っ張って、掲示板の前まで連れていく。すでに何人ものメンバーが集まり、掲示板を覗《のぞ》き込んでいた。

コルク製の掲示板には、コンクールの情報や団内ミーティングの予定、公演スケジュールなどが貼り出されている。今日はその中の一枚に、「東京グランド・バレエ団十五周年記念公演　ジゼル　配役表」と書かれた通達があった。

「はい、ちゃんと自分の目で見てごらん。ミルタ役——如月花音。ね？」

蘭丸に促されて、花音はワープロで印字された自分の名前をしみじみと眺める。本当に本当に本当に、こんな日がやって来るなんて。

花音はやっと気持ちを落ち着けると、他の配役も確認してみた。

主役であるジゼルには、東京グランド・バレエ団きってのプリマ・バレリーナ、紅《くれ》林《ばやし》嶺衣奈《れいな》。身長百七十センチもの長身でありながら、ファッションモデル顔負けのスレンダーなボディに小さな顔。八頭身どころか十頭身の、華やかな美女だ。

ジゼルの相手役、農夫ロイスもとい貴族アルブレヒトには、バレエ団専属の芸術監督でありバレエ・マスターに振付師、演出家でもある蝶野幹也だ。高身長の嶺衣奈と並んでもまったく見劣りのしない、身長百八十八センチの日本人離れしたスタイル。

覇気はあるが優しげな双眸《そうぼう》が印象的な甘いマスクで、熱狂的な女性ファンを持つ。実生活では、嶺衣奈の夫でもある。

バレエの演目には、王子役は欠かせない。しかし演ずるにはテクニックだけでなく、王子に相応しい美貌と雰囲気が必要となる。それらを兼ね備えた男性バレエ・ダンサーを、ダンスール・ノーブル——貴公子的踊り手——と呼ぶ。いくら昨今男性のバレエ・ダンサーが増えたとはいっても、当然ながら貴公子的要素を持ち合わせたダンサーはそう多くない。そんななかでも蝶野幹也は、まさにダンスール・ノーブルを体現したような男なのだ。

主演二人の名前を目にした途端、花音の背筋を震えが走った。

「花音？　おい、しっかりしろよ。今から緊張してどうする」

身震いした花音の背中を、蘭丸が励ますように優しくはたいた。

「大丈夫よ。武者震いだから」

花音は蘭丸を見上げ、微笑《ほほえ》む。

「俺の名前も見てよ、ほら、ここ」

蘭丸は誇らしげに、自分の名前を指で示した。ヒラリオン——太刀掛蘭丸。

「それにしても、つくづくすごい名前よね」花音は噴き出す。「時代劇の人みたい」

「仕方ないだろ。うちの家族、歌舞伎やら時代劇やらが好きなんだから」

「ルックスが良いことが救いだよね。これで美形じゃなかったら、マジで家庭裁判所に名前変更を申し立てるべきレベル」

そんな軽口を叩きながら割り込んできたのは、カルテットの仲間、絢子。「カルメン」の登場だ。

「それって褒めてんのかよ、けなしてんのかよ」

蘭丸が口を尖《とが》らせ、絢子に突っかかる。

「さ〜あね〜」

笑いながら艶やかな髪をかき上げる絢子は、シックな黒いレオタードに白いタイツというい で立ちだ。

「あれ、もしかして、もう自主練してた？」

「うん。あたし、ドゥ・ウィリだから」

絢子は配役表を示した。ドゥ・ウィリというのは二人組のウィリのことだ。復讐の女王ミルタのもとには、夜な夜な生きた男性を踊らせて殺すウィリが、総勢二十六名集う。ドゥ・ウィリはそのなかでもリーダー格のペアで、ミルタとの仲介役ともいえる重要な役割だ。とはいえ、もちろんミルタの方が大きな役である。

花音と絢子は一緒に入団した同期だし、実力で言えば互角だ。しかし花音はミルタに選ばれ、絢子は違った。花音はなんとなく申し訳なくなって、目を伏せる。

「やだ、ちょっと花音、まさか気にしてる？」

絢子が慌てた様子で花音の顔を覗き込み、

「やめてよね。あたし、ドゥ・ウィリに選ばれたこと、めちゃくちゃ誇りに思ってるんだから」

と軽く肩を叩いた。いつもと変わらない、サバサバした絢子。花音はホッとする。

「だよね。絢子のドゥ・ウィリ、きっとカッコいいと思う。もう一人のドゥ・ウィリは誰なの？」

花音が配役表を見ようとしたのと、隣にすっと誰かが並んだのは同時だった。

「ドゥ・ウィリですって？　わたしが……？」

花音がハッと見ると、真っ青に強張《こわば》った有紀子の顔があった。カルテットの「コッペリア」、有紀子。入団した時期こそ同じだが、有紀子は花音より年上の二十三歳で、他のバレエ団で五年間の実績を積んでから移籍してきた実力派だ。キャリアは長いのに、ひよっこの花音にも気さくに接してくれて仲良くなった。時には技術的なアドバイスをくれたりと、花音にとっては頼れる姉的な存在である。いつも穏やかで、冷静沈着。そんな有紀子のこんな険しい表情を、花音は初めて目の当たりにした。

花音もそっと配役表を確認する。ドゥ・ウィリ――園村有紀子。

「わたし、前にいたところでは、ミルタを踊ったのよ？　それなのに……」

有紀子は色を失った唇を噛《か》む。

「一緒にドゥ・ウィリを頑張ろうよ、ね、有紀子？」

絢子がわざと明るく振る舞い、有紀子の肩に腕を回そうとした。が、有紀子は素早く体をかわす。

「ジゼル役を踊れないのは仕方がない。だって嶺衣奈さんがいるから。だけど、どうして花音がミルタなの？　まだプロになったばかりじゃないの」

花音を睨《にら》みつける有紀子の目から、はらはらと涙がこぼれ落ちる。

「どうしたんだよ有紀子。お前らしくないぞ」

蘭丸の優しい声も、しかし有紀子の耳には入っていない。

「どいて」

有紀子は花音たちを押しのける。

「待って、有紀子」

引き留めようとする花音を振り切って、有紀子は足早に去っていった。自分の感情を滅多《めった》に表さない有紀子に悔しさを剝き出しにされ、花音はただ呆然《ぼうぜん》と立ちつくした。

「気にすることないぞ、花音」

蘭丸が、わざと花音の髪をくしゃくしゃに撫《な》でる。

「この世界にいたら、誰かが必ず悔しい思いをする。お前は実力でこの役を勝ち取ったんだから堂々としてればいいんだ」

「そうそう。一時的に気が動転してるだけ。頭を冷やせば、すぐにいつもの有紀子に戻るわよ」

絢子も元気づけてくれる。

そうだ。こんなことで落ち込んでなんていられない。何といっても、ミルタ役なのだ。わたしは絶対に成功させなければならない――

「だよね。よし、早速バーレッスン始めよっか！」

気を取り直した花音は、いつもの潑剌《はつらつ》とした笑顔を取り戻す。蘭丸と絢子もつられたように笑顔になり、「そうこなくっちゃ！」と階段をスタジオへと駆けあがった。

着替えを済ませた花音と蘭丸は、絢子とともに第一スタジオでストレッチを始める。プロになっても、バーを使ったストレッチで体をほぐすことは欠かせない。地道に基礎をきっちりとこなしてこその、高度なテクニックだ。

「ぶっちゃけさ、有紀子の気持ちもわかるよ。あたしだってミルタを踊りたかった」

そう言いながら、絢子は片足を後方に高く上げた。バレエで最も美しいと言われるアラベスクのポーズ。メリハリのある体型をした絢子がやると、迫力がある。

「ほんと、ごめん……」

花音はうつむいて、上に伸ばしかけた腕を引っ込める。絢子はアラベスクのポーズからゆっくりと直立に体勢を戻すと、軽やかに花音の正面に回り込んだ。

「あー、だから謝んないでってば。そういう意味で言ったんじゃないよ。てか、ミルタを踊りたくないバレリーナなんて、一人もいないから。違う？」

確かにそうだ。復讐の女王という特殊な役柄を演じる経験は、バレリーナに箔《はく》をつける。

「そもそも東京グランド・バレエ団で『ジゼル』を演れるってこと自体が奇跡だし、あたしにとってはドゥ・ウィリだって充分な大役だもん。今回ドゥ・ウィリを頑張れば、次はミルタを踊らせてもらえるかもしれないしね」

絢子は両脚の膝を曲げ、プリエしながら言った。

「次は……ねえ」

上体を反らせながら、蘭丸がぼそりと呟《つぶや》く。

「なによ？　あたしじゃミルタには手が届かないって？」

絢子が蘭丸を睨む。

「いやいや」蘭丸は慌てたように首を振る。「そうじゃなくってさ……次なんて、あんのかなって思って」

「どういう意味？」花音は首をかしげる。

「だってほら……『ジゼル』って東京グランド・バレエ団ではタブーだっただろ？　いくら今回解禁されたからって、そう何度も公演するのかなって」

「ああ、事件のこと？」絢子が身を乗り出す。「ねえ、あれって実際はどういうことなの？」

「うーん、俺も知りたくて、ちょこちょこネットで調べてるんだけどね」

蘭丸がバーに乗せて伸ばしていた脚をおろし、首にかけてあるタオルで汗を拭いた。

「ちょっと休憩しない？　よかったら、俺のモバイルで見せるけど」

「見る見る！」

仕上げにゆったりと深呼吸をしてストレッチを終えると、三人でスタジオの隅に座り込んだ。蘭丸が自分のバックパックからタブレットを取りだし、起動させる。

「これなんだよな」

蘭丸が画面に表示したのは、十五年前のニュースや週刊誌のヘッドラインだった。

『十二月七日、東京グランド・バレエ団のプリマ、姫宮真由美《ひめみやまゆみ》さん（16）が死去』

『急逝した天才バレリーナ姫宮真由美、横領、そして殺人未遂までの顛末《てんまつ》』

『姫宮真由美さん、代役を務めたバレリーナを逆恨みしてナイフで襲撃、その末に死亡』

「あ、ねえ、この記事クリックして」

花音が最後のヘッドラインを示すと、蘭丸が画面をタップした。女性週刊誌に掲載された記事の詳細が画面に現れる。

天才バレリーナ、姫宮真由美、殺人未遂の末の死⁉

東京グランド・バレエ団のプリマ・バレリーナ、姫宮真由美さん（16）が、同バレエ団のバレリーナ、Aさん（19）をナイフで襲撃し、抵抗したAさんと揉《も》みあいの末、ナイフが刺さり死亡するという大事件が起きた。Aさんは打撲など、全治二週間の怪我《けが》を負った。

事件発生は東京アート劇場の楽屋で、公演を終えて戻ってきたAさんを、姫宮さんが待ち伏せていたとみられている。この時の公演は「ジゼル」——東京グランド・バレエ団で初演が評判となった演目で、姫宮さんはその主役・ジゼルとしてデビュー。それまで無名であった姫宮さんをプリマの座に押し上げた、記念すべき作品である。

姫宮さんは事件以前から同バレエ団の資金を無断で持ち出すなどし、また事件当日は出演予定だった公演の開始時刻になっても姿を見せなかった。代役としてAさんが登壇することとなったが、公演の途中に突然姫宮さんが現れ、Aさんが舞台に立って喝采を浴びているのを目の当たりにしたことで逆恨みし、犯行に及んだと推測されている。

凶器のナイフは自身で用意したもので、また逃げ惑うAさんを何度も執拗《しつよう》に襲ったことから、殺意があったことは明らかだ。しかも犯行当時、姫宮さんはジゼルの真っ白な衣装を着用しており、このことから精神に異常をきたしていたとも囁《ささや》かれている。

Aさん殺人未遂の罪で、姫宮さんは被疑者死亡で書類送検された。そして図らずも姫宮さんを刺してしまったAさんには正当防衛が認められたが、精神的な打撃は大きいに違いない。Aさんが一日も早く立ち直り、復帰することを祈るばかりだ。

「このAさんっていうのが、嶺衣奈さんなのよね？」

花音が確認すると、蘭丸がうなずいた。

「ああ、正当防衛とはいえ刺してしまったことは事実だし、未成年だったから名前は公表されなかったらしい。とはいっても、みんなわかってるけどね」

「でもこれって十五年前でさ、あたしたちまだ子供だったからリアルタイムでは覚えてないし、こうして読んでも全然ピンとこないんだよねえ」

絢子がため息をつく。

「この事件のせいで、当時設立されて間もなかった東京グランド・バレエ団は、解散の危機に追い込まれるんだよね？」

画面に表示されているヘッドラインを眺めながら、花音が聞く。

「ああ、だって大スキャンダルだもん、あらゆるスポンサーが手を引いて、立ちいかなくなったらしいよ。で、創立者である紅林ひさし総裁が謝罪行脚をして、また一からスポンサーを募って再出発した……っていうのがネットで集められる情報の全てだね。バレエ団の事務局に訊《き》いても、みんなこの件に関しては口を閉ざして、教えてくれないからさ」

東京グランド・バレエ団が存続できたのは、捜査が進むにつれて悪いのは姫宮真由美であり、バレエ団も紅林嶺衣奈も大いなる被害者であることが世間にも伝わったからだ。だがそれ以来、「ジゼル」はこの事件を彷彿《ほうふつ》とさせるという理由で、公演を自粛してきたということだった。

「十五年間『ジゼル』を封印して、現在に至るってわけか……」

画面を見ながら、蘭丸が呟く。

姫宮真由美の話題は、このバレエ団ではビッグ・タブーだ。だから、花音たち若手ダンサーが知りたくても、なかなか情報が入ってこない。結局こうしてインターネットに頼るしかないわけだが、それでも入手できる情報は今のような記事程度だ。そもそもなぜ資金を持ち逃げしたのか、嶺衣奈を殺そうとしたのかは、被害者側からの推測でしか書かれていない。

　これまで花音だって、幾度となく調べてみた。インターネットはもちろん、新聞や週刊誌のバックナンバーなども。しかし、事件の核心には近づけなかった。当時を良く知るはずの蝶野監督に、さりげなく聞いてみたことがある。しかし蝶野は、「姫宮真由美は、素晴らしいプリマだった。その美しい思い出を大切にさせてほしい」と言うだけにとどめ、詳細を語ってはくれなかった。

　紅林総裁にしても同じだ。「真由美のことは、負の歴史だ。わがバレエ団は、あの時から生まれ変わったんだ。二度と思い出させないでくれ」と憤慨した。

　蘭丸が別の記事を読み上げる。

「『姫宮真由美の出自は謎に包まれている。東京グランド・バレエ団を設立する以前、他のバレエ団の芸術監督だった紅林総裁が児童養護施設へ慰問公演に行った際、一人の少女が面白がって一緒に踊り出した。紅林総裁が、少女の天性の体のしなやかさと表現力に目をつけ猛特訓を受けさせたところ、あっという間にマーゴ・フォンテインの再来だと総裁をうならせるまでになり、東京グランド・バレエ団での「ジゼル」初演で主役に抜擢した……といわれているが、真実はわからない。話題作りのために流された噂《うわさ》という可能性もある』だって」

「あ、この写真見たい」

絢子が記事に添えられた画像をタップすると、ジゼルの衣装を着た姫宮真由美の姿が拡大される。くるぶしまでたっぷりとチュールを使ったロマンティック・チュチュ。髪はシニヨンにまとめられ、月明かりを蒼い照明で表現した薄暗い墓地に佇《たたず》んでいる。これは第二幕、死後にウィリとなったジゼルだ。

「もっと、顔のアップないの？」

絢子が聞くと、蘭丸が検索し、第一幕から、顔のはっきりわかる写真を出してきた。ウィリでなく、村娘であったころの血の通ったジゼル。

「きれいだよなあ」

蘭丸がため息をつく。

そう、姫宮真由美は美しかった。卵形の輪郭に、大きな瞳、小作りな唇。美しいというより、可憐といった方がいいだろうか。

「うん、ほんと、きれいね」

花音は何度となく彼女を眺めてきた。本当に美しい人だったとつくづく思う。代役で踊った嶺衣奈のジゼルも当時評判になったと聞いているから、きっと素晴らしかったのだろう。しかし嶺衣奈はあでやかすぎる。はかなげな美しさを持つ真由美が、最初にジゼルに抜擢された理由がわかる気がした。

しかし、はっきりと顔のわかる写真は、これらほんの数枚しかない。バレリーナとしての本格的な活動期間はたったの一年と短く、当時のビデオなども一切残っていない。ネットで画像を検索しても、バレエ雑誌などに掲載された写真をスキャンしたものが数枚出てくる程度だ。

ジゼルしか踊ることなく十六歳でこの世を去った「幻のバレリーナ」——それが姫宮真由美なのである。

レッスン・スタジオのドアが開き、真っ赤なスーツを着こなした五十代前半の女性が顔を出した。東京グランド・バレエ団を取り仕切る事務局長、渡辺貞子《わたなべさだこ》だ。団員のスケジュール管理から公演施設のブッキング、全国ツアーの企画、海外ダンサーの招聘《しょうへい》までをこなす敏腕で、バレエ団のみんなに頼られている。

「あら、あんたたちまだここにいたの？　ミーティング始まるわよ」

「え、ミーティング？」

絢子が慌てて立ち上がった。蘭丸はあたふたとタブレットをバックパックにしまう。

「『ジゼル』のキックオフ・ミーティングよ。第三スタジオ。もうみんな集まってるわ」

「やば！」

花音たちは荷物をまとめると第一スタジオを飛び出し、第三スタジオに向かった。

これから初めて演じる舞台に、胸を膨らませながら。

しかしこの時、誰も気づいてはいなかった。

十五年の時を経て眠れるジゼルを解き放ってしまったことに——。


第三スタジオに入ると、すでに全員が集まってフロアに座っており、正面に蝶野監督が立っていた。振付師や演出家を兼任する蝶野は「先生」と呼ばれていたそうだが、六年前に芸術監督に就任してから事務局の者が「監督」と呼び始めたので、団員の間でもそちらが定着している。

「遅いぞ！」

いきなり監督に怒られる。

ステージの上では優美な微笑を絶やさないダンスール・ノーブルだが、舞台を降りれば厳しい指導者だ。花音はいつも怒られていて、褒められたことなどない。だから蝶野監督からの着信メロディは、「白鳥の湖」の悪役・ロットバルトのテーマ。花音のささやかな仕返しである。しかし今回花音をミルタに選んでくれたということは、ある程度は実力を認めてくれているということだろうか。

「スミマセン……」

しゅんとして謝る花音の視線が、有紀子のものとぶつかる。ミーティングの時にはいつも、四人で一緒に座っていた。ついその習慣で花音が有紀子に近づこうとした時、冷たく有紀子が視線を外した。ハッとして花音は立ち尽くす。その一瞬の無言のやり取りに気づいた絢子が、すかさず有紀子から離れたスペースを見つけ、「ここに座ろ?」と小声で花音を促した。咄嗟《とっさ》の判断で、蘭丸も「うん、ここの方が監督の声が聴きやすいよな」と同調して座る。有紀子にも花音にも気遣える大人な二人。有紀子に突き放されたばかりの花音の胸には、じわりと沁《し》みた。

花音たち三人が座ったことを確認すると、おもむろに蝶野監督が口を開いた。

「さて、みんなもう知っていると思うが、創立十五周年記念公演は、『ジゼル』に決まった」

どっと拍手が沸き起こる。みんながこの演目を待ちわびていた証拠だ。

「我が東京グランド・バレエ団は、これまで『ジゼル』の公演を自粛してきた。世間を騒がせる事件があったことが原因だ。しかし十五年という歳月が経《た》ったことと、団員みんなからの要望が多かったこと、そして何より――」

傍らに立つ、妻でありプリマ・バレリーナでもある嶺衣奈を、蝶野は手で示した。

「当団のプリマである嶺衣奈が、自身のデビュー二十周年という節目を記念してジゼルを踊りたいということで、今回の決断に至った」

嶺衣奈が、妖艶な微笑みを浮かべて会釈する。なるほど、嶺衣奈自身がジゼルを踊りたいと願ったからこそ、この企画が実現したわけか。

蝶野の斜め後ろには、嶺衣奈の父親でありバレエ団の創立者である紅林ひさし総裁がどっかと控えている。その表情は、花音が入団して初めて見るようなえびす顔だ。

東京グランド・バレエ団は、規模としては決して大きくない。しかし他の大手バレエ団にも引けを取らない人気を誇っているのは、ひとえに紅林総裁の特異な手腕による。通常バレエ団は階級制となっており、コール・ド（群舞）としての経験を得てからソリストに昇格するというのが一般的だ。しかしこのバレエ団では、総裁や監督が良いと思ったダンサーには年齢や階級、キャリアに関係なく重要な役をつける。

「ダンサーの旬を逃してはなるまい」

というのが総裁の信条なのだ。

だから群舞からある日突然プリマが見いだされる可能性は充分にあり、その徹底した実力主義がダンサーたちのモチベーションを掻《か》き立て、優秀な人材が集まってくるのだ。総裁の破天荒なやり方は、日本国内だけでなく海外からも注目を集めている。

そんなやり手の総裁にとっても、この「ジゼル」公演は念願かなってのことだろう。人気の演目なのだから、本音としてはずっと上演したかったに違いない。しかし蝶野監督がけじめとして抑え込んできた手前、実行できなかったのではないだろうか。案外、今回も娘の嶺衣奈をたきつけて「ジゼルを演じたい」と言わせたのかもしれない。

「この『ジゼル』は、従来とは一線を画すものにしたいと思っている。オリジナルの解釈、振り付け、演出――つまり、蝶野幹也版『ジゼル』を目指す」

蝶野監督の声に、熱がこもっている。

「この『ジゼル』が、わがバレエ団の記念碑的作品になることは間違いない。全員で、最高の舞台を作りあげるために、一丸となって取り組もう！」

再び拍手が沸いた。みんなが期待に満ちた笑顔を監督に向けるなか、ひとり沈んだ表情で目を伏せている有紀子を、花音はそっと見つめていた。

キックオフ・ミーティングのあとは、我先にと全員が最初のレッスンへと向かう。

このバレエ団では十五年ぶりの再演ではあるが、団員の中には以前所属していたバレエ団で踊っていた者、個人的に好きで練習してきた者も多い。今日のレッスンは、コール・ドが第一スタジオに、主要キャストが第二スタジオに分かれて行われることになった。

第一幕でのコール・ドは、ジゼルの友人である村の青年や娘たち、また、村に狩りをしにやって来る貴族とお付きたち。第二幕のコール・ドは未婚のまま亡くなった女性の精霊・ウィリで、全員が女性である。

この第二幕の、総勢二十六名の女性による一糸乱れぬ踊りは、「ジゼル」の大きな見どころのひとつだ。全員が揃《そろ》いで着る純白のロマンティック・チュチュはため息が出るほど美しいが、実は死に装束である。ロマンティック・バレエの代名詞でもある「ジゼル」であるが、死に装束を着て踊る唯一のバレエという不気味な一面を併せ持つ。ウィリたちが、照明を落としたステージの上に蒼白く浮かび上がり、音も立てず、まったく同じ踊りを披露する様子は圧巻だ。

ロッカーに荷物を置きに寄った花音は、第二スタジオへと向かう途中、第一スタジオですでに始まっていたウィリの群舞のレッスン風景を窓越しに見た。ステージでは当然衣装を着けるが、レッスンの間はだいたいレオタードにタイツ姿で、ロマンティックでも何でもない。最初だからみんなの踊りは不揃いだし、先生の怒号はやまないし、転ぶ子も、悔し涙を流す子もいる。けれども、このゼロ――いやマイナスの地点から、ひとりひとりが必死で技を磨き込んで、本番では美しい舞踏の結晶を作る。それまでは涙、愚痴、自己嫌悪の連続だが、それでもステージという頂点を目指して日々鍛錬する。どの公演でも、どんな演目でも、それは同じだ。そして花音は、その地道なプロセスこそが、高貴で優美なバレエを創造する眼目だと信じている。

――わたしも頑張らなくちゃ。

熱気に満ちたコール・ドのレッスン風景を目の当たりにした花音は、自分のスタジオへと急いだ。

「花音、脚がぜんぜん上がってないぞ！」

蝶野監督の叱咤が飛ぶ。

「そこでシャッセ、アントルシャ……グリッサード、シャンジュマン、はい、上を見て！」

振り写し開始からまだ三十分。すでに汗だくだ。だだっ広い第二スタジオをざっくりと三区画に分け、ミルタ、ヒラリオン、ドゥ・ウィリが個別に振り写しをしている。振り写しとは、指導者から直接振り付けの教えを受けることだ。この時に動きを徹底的に頭と体に叩きこむ。音楽で言えば、譜読みをしつつ暗譜する、といったところだろうか。

蝶野監督が区画を回ってそれぞれ細かな指導をするが、振り付けを完全にマスターするまでは、主にサポートの先生が各パートの振り写しをしてくれる。

「ルルヴェ、エシャッペ・ソテ……そうそう。つま先を意識して。池田《いけだ》先生、今のところ、花音に繰り返し練習させておいてください」

蝶野監督はサポートの池田先生にそう言い残すと、蘭丸の元へと移っていった。蝶野ほどではないが、池田先生もかなり厳しい。しかも先生が現役のバレリーナだった時、ミルタは十八番《おはこ》だったそうで、心なしかいつもより指導に熱が入っている。

それにしても、ミルタがこんなにキツイとは。わかってはいるつもりだったが、想像以上だ。死人であるミルタは空中をも自在に飛べるという設定なので、どのステップも軽やかさを強調したものとなっている。しかし実際は、当然ながら重力には逆らえない人間が演ずるのだ。いかにして体が地上から解き放たれているように見せるか——可能な限り上体を引き上げ、着地する時も、足首を柔らかくしてドスンと音をたてることなく降りる。それが大きなポイントだ。

こんなにも大変な役を、有紀子は以前所属していたバレエ団で、すでにこなしていたというのか……。

花音は、ちらりと有紀子を見た。絢子と共にドゥ・ウィリを踊っている。絢子は時折おたおたしているが、有紀子はサポートの先生の指示通り、すぐに振りを吸収し自分のものにしているのがわかる。

やっぱり有紀子はすごい。花音の自信がぐらつきそうになる。

——でもわたしだって、わたしのミルタを完成させてみせる。

心の中で気力を奮い立たせ、花音は何度も何度も、ジャンプを練習した。

蝶野監督が蘭丸を指導しているのが、正面に見える。

「ここでバットマン・タンデュ。ヒラリオンは森の番人なんだから、野性的な感じで」

主役のアルブレヒトが繊細な貴族であるのに対し、男性の二番手であるヒラリオンは肉体派で粗暴に演出されることが多い。ジゼルに見向きもされないので、醜い無骨な男という設定となっているのか、だいたいがもみあげと口髭《くちひげ》をつけたメイクである。

――蘭丸も口髭つけるのかな？

練習で汗だくになりながら、花音は思わず想像してしまう。けれども蘭丸なら、意外と似合ってしまうかもしれない。ちょっと中性的で、タカラヅカみたいな感じ？　あ、でも、それじゃダメか。貴族アルブレヒトとの対比がないとね。う～ん、だったら蘭丸みたいな美形じゃないダンサーの方がよかったのかも。だけど蘭丸のテクニックはダントツだ。ヒラリオンは、第一幕こそダンスでの見せ場は多くないものの、第二幕ではかなり激しいソロの踊りを披露しなければならない。しかも、踊りたくもないのにウィリによって踊らされている感じや、屈強な森の番人が踊り疲れてウィリに精気を吸い取られ、だんだん弱っていく様子も表現しなくてはならないのだ。そういった意味では、やはり蘭丸しか考えられないだろう。

それにしても、蝶野監督と蘭丸が並んでいる姿といったら！　超美形が二人でいると、迫力がある。それだけで絵になり、オーラを醸し、周囲の目を引き付けてしまう。

「ちょっとぉ、花音さん、集中してるの？」

池田先生に叱られ、花音は我に返った。ああもう、大切な振り写しだというのに、目の前で麗しい男性二人に踊られたら目の毒だ。気がつくと、ドゥ・ウィリの振り写しの真っ最中である絢子も彼らに見惚《みと》れている。ひょっとしてと池田先生を盗み見る。案の定花音を指導しながらも、ダンスール・ノーブルの二人が気になるとみえて、ちらちらと視線を流していた。罪作りな男性たちから意識を引き戻した池田先生と、花音の目が合う。池田先生が、バツが悪そうに苦笑した。

蝶野が蘭丸の指導を終えて、ドゥ・ウィリへと移動する。女性陣はやっと安心して、それぞれのすべきことに神経を集中させることができるのだった。


区切りの良いところで、初日のレッスンは終わった。

最後は全員一緒に、踊り疲れた体をクールダウンさせる。蝶野監督が音響装置のところへ行き、ゆったりとした音楽をかけてくれる。それに合わせて、各自ゆっくりと呼吸を整え、体をストレッチさせるのだ。いつもはバレエ・ピアニストがその時の雰囲気に合わせたメロディを奏でてくれるが、今日はメインが振り写しで、別々のパートがひとつのスタジオに集まってレッスンをしていたため、生演奏ではなかったのだ。

クールダウンが終わり、監督と先生たちに挨拶をすると、花音たちは廊下へ出た。

「あー、お腹空《なかす》いた！」

花音の第一声に、蘭丸と絢子が顔を見合わせる。

「まったく、さっきまで復讐の女王を踊っていた人とは思えないわね」

「ほんとほんと」

「だってえ、バレエ用語って食べ物を連想させるものが多いんだもん。フォンデュとか、フラッペとかさあ」

フォンデュはもちろんチーズやオイルを使った料理、フラッペはかき氷だ。バレエでは、前者は「とろけるように」、後者は「叩く」「削る」という意味で使われる。だからレッスンで疲れてくると、ついアツアツのチーズフォンデュといちごのかき氷ばかり頭に浮かんでしまう。

「ま、そういうところが可愛いんだけどさ」

蘭丸が、さりげなく肩を抱いてくる。こういうボディタッチもいやらしくならない。つくづく、得な人間だと思う。美形で、爽やか。女子は全員、こういう男子に弱い。

「じゃあ、『ジゼル』出演決定を祝って、食べに行こっか」

汗をタオルで拭きながら、絢子が提案する。

「行く行く！」

花音は跳んで、はしゃいだ。このメンバーで食べに行くのは久しぶりだ。

「有紀子も行くよな？」

蘭丸が、ちょうど脇を通りかかった有紀子に声をかける。

「あ……わたし、いい」

有紀子がぽつりと、しかしきっぱりと拒絶し、そのまま通り過ぎて行った。その後ろ姿を見送りながら、花音は寂しくなる。

「――今日のレッスンが終われば、立ち直ってくれると思ってたんだけどな」

絢子が呟いた。

「だってさ、有紀子のドゥ・ウィリ、すでに完璧だったんだもん。あたしなんて、いっぱいいっぱいだったのに」

花音もレッスン中に気がついていた。ドゥ・ウィリの振り付けはすでに有紀子の体に入っており、初日とは思えぬ完成度だった。

「もちろんミルタを演りたかったんだろうけど、有紀子のドゥ・ウィリには鬼気迫るものがあった。それを、本人もわかったんじゃないかと期待したんだけどね」

絢子の言葉に、花音はため息をつく。

バレエの世界では、他のダンサーへの嫉妬と自己嫌悪の板挟みは宿命とすらいえる。花音だって、望むような役がもらえずやり場のない思いを抱いたことは何度もある。けれども口惜《くや》しさを全てレッスンにぶつけてきた。いや――有紀子とて、それは同じだろう。花音よりもキャリアが長い分、そうした経験も多いに違いない。それでも嫉妬をもバネにしてここまで実績を積んできたはずだ。しかし抑えがきかないほど、今回のことがショックだったということなのだろう。

プロのバレエ・ダンサーになると決めた時点で、負の感情を努力に変換することが精神的な任務となる。しかし、それは果てしなき泥沼で、決して終わることはない。ライバルは日々生まれ、そして彼らも練習を重ねて実力を伸ばしているからだ。

しかし最大のライバルは、自分自身といえるかもしれない。いくら血を吐くような努力をし、どんなに技術を磨いても、やっと完成した瞬間にはもう、さらに上の完成度を求められる。その舞台が絶賛され、史上最高の出来だと評価されて、次に同じレベルで踊っても、決して観客は満足してくれないのだ。

絵画などの芸術は、描きあがった時点で完成品となる。しかしバレエは、どんなに踊っても、どれだけ舞台を踏んでも、決して「完成」などしない。

バレエは、つねに成長、進化しつづける芸術なのだ。生身のダンサーたち。生のオーケストラ。リアルタイムの照明。その全てが総合され、そして常に新しい技術や演出、振り付けを取り入れながら進歩を続ける、有機的な生きものなのである。

たとえまったく同じ演目、同じダンサー、同じ演出と振り付けであっても、ひとつとして同じ舞台は生まれえない。全てが一瞬で咲いては散る、はかない美だ。しかしだからこそ、その魅力に取り憑《つ》かれ、完璧なテクニックを欲し、さらなる高みをめざす——瞬間の永遠性を求めて。

花音も、蘭丸も、絢子も、もちろん同じだ。

だからこそ、誰よりも有紀子の気持ちがわかる。配役を決定する監督たちの目は確かだ。どちらが良い悪いではなく、花音がミルタに、有紀子がドゥ・ウィリに相応しいと判断したのだ。

有紀子もきっと、理屈ではわかっている。けれども感情が付いてこないのだろう。嫉妬。怒り。焦燥。悔しさ。なぜ、自分ではなく花音なのか。同じように踊れるのに――いや、それ以上に踊ってみせるのに。自分の何がいけなかったのか。自分が持っていない何を、花音は持っているのか。どうすれば、それを持てるのか。有紀子の気持ちが、手に取るようにわかる。

そしてそんな不毛な自問自答で押しつぶされそうになっても、誰も助けてはくれない。バレエ・ダンサーはそれらの感情と一人で闘い、乗り越えなくてはならないのだ。

「あー、汗くさ！　さっさとシャワー浴びて、食べに行こうぜ！」

蘭丸がわざとらしいほど明るい声で沈黙を破り、さっさとシャワー室へと向かう。

「そうだね」

「行こう行こう！」

花音もやっと笑顔を取り戻し、絢子と共に蘭丸のあとを追った。

「かんぱーい！」

　スタジオ近くのフレンチ・カフェレストラン「ラ・シルフィード」で、花音たちは杯を合わせた。杯とはいっても未成年なので、グラスに入っているのはもちろんソフトドリンクだ。

「それにしても、まだ信じられないよな。俺たちで、『ジゼル』を演れるなんて」

　ルートビールをうまそうに飲みほし、蘭丸が口元についた泡をぬぐう。ルートビールはビールに似た甘めの炭酸飲料で、アメリカでは一般的らしい。以前ロサンゼルスにバレエ留学していた蘭丸はその時にルートビールに出合い、それ以来はまってしまったそうだ。そんな蘭丸のために、「ラ・シルフィード」のマスターはわざわざ仕入れてくれている。

　蘭丸があまりにうまそうに飲むので、花音も味見させてもらったことがある。しかしハーブのような独特の香りと薬っぽい甘みを、どうしても好きになれなかった。こういう変わったものを子供みたいに喜んで飲むところが、なんとも天真爛漫《てんしんらんまん》な蘭丸らしい。「てんしんらんまる」と団員からこっそり呼ばれていることを、本人は知っているんだろうか。

「ほんとだよね。あたしさ、ここだけの話……『ジゼル』がレパートリーに入らないなら、他のバレエ団に移籍することも視野に入れてたんだ」

絢子が言う。そう考えている団員はこれまでにもおり、実際に何名かは移籍した。

「やだ、そうだったの？」花音が驚くと、

「えへ、実はそうだったんだ。黙っててゴメン」

絢子が申し訳なさそうに舌を出した。

「でもさ、まだここで実績も積んでないのに、他のバレエ団のオーディション受けたって意味ないじゃん？　あたし程度のキャリアじゃ、また群舞から始めなくちゃいけないもん。かといって、『ジゼル』が団の演目にないのは辛い。だってさ、うちら、まだ十代よ？　ダンサーとして、どんどん成長していかなくちゃいけない時期じゃん。そんな貴重な期間に『ジゼル』を演る機会がないっていうのは、かなりのロス。アリーナ・コジョカルがジゼルを演じたのは、うちらと同じ十九歳の時だったんだし。だから実は、すごく悩んでた」

「なんだよ、そうだったのか。だったらそういう意味でも、今回のタイミングで蝶野監督が『ジゼル』を解禁してくれたのは正解だったかもな」

「ほんとね」

花音もホッとする。

「俺、バレエ団そのものの成長のためにも、『ジゼル』は欠かせないと思うよ」

「同感。東京グランド・バレエ団がもっと国際的知名度を上げる、大きなチャンスだと思う。そしたら団員にも、海外への道が開けるしね」

絢子の意見に、花音は感心する。

「すごいね。絢子は海外を視野に入れてるんだ」

「うん。あたしね、日本で実力つけて有名になって、パリのオペラ座に客演として呼ばれるのが夢なの。もちろん海外のバレエ団のオーディションを受けて就職っていう手もあるけど、あたし日本が好きだし、もっと日本にバレエが根付いてほしいから、基本は日本で活動したいんだ」

「へえ……」

夢を語る絢子の表情が、花音には眩《まぶ》しい。絢子ははたと照れたように頬を染め、

「ああもう、やだ、あたしばっかり熱く夢を語っちゃって。二人のも教えてよ」

とねだった。

「俺の夢は、いつか自分で振り付けと演出をすることかな。プロデュースもしたい」

「うわあ、蘭丸の夢もすごい！」

「花音は？」

「わたし……？」

花音はこほんとひとつ咳払《せきばら》いをする。

「笑わないでね。実はわたし、いつかは自分のバレエ団を持ちたいの」

「ええ⁉」二人が素っ頓狂な声をあげ、それから大爆笑する。

「いや、その夢が一番すごいって！」

「うん、花音らしいよね！」

「え、そう？」当の花音はきょとんとしている。

「花音って、いつも明るくて元気潑剌なのに、あっけらかんとそういう野望を持ってたりするんだよね」

「そうそう。いい意味で、野心に燃えてるっていうか。バランス取れてるよ」

「えへ、そうかな。正直バレエを始めた時は、ここまで打ち込むことになるとは思ってなかったんだけど」

「そういえば花音はどうしてバレエを始めたの？」

絢子が聞いた。

「姉がやってたから。その影響でわたしも妹も踊り始めたの」

「バレエ三姉妹か、いいね。じゃあお姉さんも妹さんも、どこかに所属してるの？」

蘭丸が尋ねる。

「姉は昔に短期間だけ。妹は足を痛めて、やめちゃった」花音は姉と妹のことを思い、目を伏せた。「だからわたしは二人の為にも踊っているつもりなの」

「そっか。それなら花音は頑張って夢を叶えなくちゃね」

　そう言うと、絢子は、高々とグラスを掲げた。

「それでは未来の如月花音バレエ・カンパニー設立と、偉大な振付師兼演出家・太刀掛蘭丸と、国際的プリマ・バレリーナ斉藤絢子の誕生を祝って、乾杯！」

「かんぱーい！」

　三人で、グラスを重ねた。

　それからも熱っぽく夢を語り合い、食べては飲む。あっという間に楽しい時間は過ぎ、会計する段になった。

「あ！」

　ジーンズのポケットを探っていた蘭丸が声をあげた。

「悪い。財布、スタジオに忘れてきたみたい。すぐ取ってくるわ」

「あーいいよ、払っとく」絢子が男前なことを言う。

「いや、てか、定期も入ってっから。急いで行ってくる。悪いな」

「了解。じゃあ待ってる」

「でも終電近いから、急いでよね」

　おしゃべりできる時間が少しでも延びたとばかりに、再び会話に花を咲かせ始める女子二人を残して、蘭丸は「ラ・シルフィード」の外に出た。

すっかり肌寒い季節となった。もう秋も終わりだ。

ジャケットの襟もとを掻き合わせながら、蘭丸は夜道を本部へと急いだ。

正面玄関のテンキーパネルで番号を打ち込む。正団員になると、いつでも自主練習できるように暗証番号を教えてもらえるのだ。

エントランス・ホールに足を踏み入れる。高い天井にはめ込まれた天窓からの月明かりを頼りに、廊下を進んだ。大理石の床を踏む足音が、三階までの吹き抜けに反響する。いつもはまばゆく輝くシャンデリアも、今は息を潜めている。蘭丸は手探りで階段を昇り、ロッカー室へと急いだ。

いつもながら、まるで外国の城のような、美しい造りの建物だと思う。ドアノブ、ニッチ、柱、窓の形など、細部にいたるまで美の光を惜しみなく放ち、そしてそれは確かに、所属するバレエ・ダンサーたちの感性を磨いている。紅林総裁の徹底したこだわりは、かつて自らもトップの男性ダンサーとして活躍していただけあると、蘭丸はつくづく感心する。

——それにしても……

ぞわりと肌が粟立って、思わず蘭丸は首を縮める。寒さのせいだけではない。急に冷たい風が首筋を撫でたような気がしたのだ。

——こういう建物の雰囲気って、真夜中だと不気味なんだよな……

足早にロッカールームへ行き、自分のロッカーのカギを開ける。財布を摑《つか》むと、急いで廊下を引き返した。

いつも見慣れた廊下やスタジオなのに、どうしてこんなに怖ろしく感じるのだろう。

その時、天窓から月明かりが密《ひそ》やかに差し込むスタジオに、ぼんやりとした人影が浮かび上がるのが見えた。

──ああよかった、まだ誰かいたんだ。

蘭丸は心から安堵《あんど》した。

ふわりと、白い影が舞う。

──ずいぶんと軽いジャンプだな。誰が踊ってるんだろう。

蘭丸はガラス窓に顔をくっつけんばかりにして、目を凝らす。舞い踊る影がちょうど月明かりの真下に来た時、その顔が見えた。

蘭丸は息を吞《の》む。

それは姫宮真由美だった。

今日の午後、タブレットで確認したばかりの、彼女の姿だ。

十五年前に死んだ、幻のバレリーナ……。

──まさか!!

ふたたび目を凝らす。そういえば、あれはジゼルの衣装ではないか。純白のロマンティック・チュチュ——若くして死んだ村娘の、死に装束。

蘭丸はその場で動けなくなった。

白い影は踊ることが楽しくて仕方がないというように、月明かりと闇の狭間《はざま》を跳ね回り、軽やかに回転し、高く空中に舞い上がり——そしてそのまま、消えた。


花音と絢子が「ラ・シルフィード」でおしゃべりを続けていたところに、真っ白な顔をして蘭丸が戻ってきた。

「おっそーい！」

「終電逃しちゃうじゃない！」

蘭丸は何も答えず、ただ荒い息をしている。全速力で走ってきたのだろうか。

「お会計済ましといたから。とりあえず行こ」

慌ただしくバッグを摑み、絢子が立ち上がる。花音も急いでジャケットを羽織り、ふと蘭丸の尋常ではない様子に気づいた。

「蘭丸、どうしたの？」

まるで空気に溺れているかのように喘《あえ》いでいる蘭丸の背中を、花音がそっとさする。戸口へと向かいかけていた絢子も不安げに足を止め、「何かあった？」と蘭丸の顔を覗き込んだ。

「俺……見た……」

蘭丸が、やっと言葉を絞り出す。その声は掠《かす》れ、弱々しい。

「え、なあに？」

「どうしたって？」

絢子も花音も時計を気にするのを止《や》め、蘭丸のか細い声に耳を澄ませた。

「ひめ……み」

「え？」

「スタジオ……白い……消え……」

「蘭丸、落ち着きな」

まるで男同士がするように、絢子がバシッと蘭丸の背中を叩いた。こういう時、いつも冷静な絢子は頼りになる。我に返ったように、やっと蘭丸の目の焦点が合った。

なんとか呼吸を落ち着かせた蘭丸は、花音と絢子を交互に見た。

「姫宮真由美の、亡霊。スタジオで踊ってた」

一瞬の沈黙がおりる。

——姫宮真由美の、亡霊……？

思いがけない蘭丸の言葉に、花音の頭は真っ白になる。

——どういうこと？　そんなはずがない。

ちらりと見ると、絢子も眉を寄せて深刻な表情をしていた。頬が強張っている。

「……亡霊？　スタジオに？」

絢子が呟くと、蘭丸が神妙な面持ちで頷《うなず》いた。が、次の瞬間、

「あーっはっはっはっは！」

絢子はグロスをたっぷり塗った大きな口を開けて豪快に笑うと、蘭丸の肩を小突いた。

「ばっかみたい！　ルートビールで酔っぱらった？」

絢子のリアクションに、花音はホッとする。

「そうよ、蘭丸。姫宮真由美だなんて、いるはずないでしょ」

「いや、俺ほんとに……」

「ははーん。そうやって美女二人を怖がらせておいて、『怖いなら俺んちに泊まりに来いよ』とか誘うつもりでしょ。やることが小学生！」

からかう絢子につられて、花音もつい噴き出してしまう。一瞬緊張した分、ほぐれた時の解放感は大きい。

「そうじゃなくて、マジで……」

蘭丸が口を開きかける。が、花音は腕時計を見て、慌てて蘭丸の言葉を遮った。

「大変！　今出ないと本当に間に合わない！」

「きゃ、急ごう！」

あたふたと駆け出す花音と絢子を、蘭丸も慌てたように追ってきた。

蘭丸はもどかしい思いで、二人の後ろを走っていた。どうして信じてくれないんだ。嘘なんかじゃない。本当に見たのに――

しかし、こうして走りながら足の裏にアスファルトの衝撃を感じていると、体中にべっとりと貼りついていた恐怖が次第に振り落とされていくようだった。

駅に近づくにつれてネオンは賑《にぎ》やかになり、人通りも増えてきた。誰かが投げ捨てたゴミや座り込んだ酔っ払いなど、俗っぽい現実を目の当たりにすると、確かに夢でも見ていたのではないかと自分でも自信がなくなる。東京グランド・バレエ団の本部は、浮世から切り離された特殊な空間だ。あの非現実的で豪奢《ごうしゃ》な建物は、そもそもバレエ・ダンサーたちを一切の俗物から解き放ち、夢の世界の住人にするために存在する。そんな空間に真夜中、たった一人でいたのだ。おまけに今夜は、特別に月が美しいときている。

改札を通り抜けるころには、ようやく蘭丸も現実感を取り戻しつつあった。三人で電車に駆けこみ、互いにホッとした笑顔を向ける。いつもと変わらない、日常。疲れていたのだ。自分は、何かを見間違えたに過ぎない。

他愛もない花音と絢子のおしゃべりに相槌《あいづち》を打ちながら、蘭丸は懸命に、月光と戯れながら幸せそうに舞い踊る姫宮真由美の姿を忘れようとした。

第二場「嫉妬と憎悪」

二人で踊り終わった後、ロイスは自分の心臓に手を当て、ジゼルに永遠の愛を誓います。

けれどもジゼルは、そんなロイスを遮るように優しく彼の手を握りこみ、首を振るのです。無邪気に見える幼い娘ですが、永遠の愛など存在しないことを、まるで悟っているかのように。

ジゼルは植木鉢に咲くマーガレットの花を摘み、たおやかな指先で、一枚、また一枚と、花びらをちぎってゆきます。

愛してる、愛してない、愛してる、愛してない……

ああ、だけど残酷なことに、残りの花びらの数から、ジゼルはこの恋占いが「愛してない」で終わることを知ってしまうのです。

マーガレットを投げ捨て、泣き出すジゼル。

けれどもロイスはジゼルが投げ捨てた花を拾い、その花びら一枚をこっそりちぎって「ほら、勘違いだったよ」と見せます。

なんて優しいロイス。ジゼルは眩しそうに見つめます。そして彼の腕を自分の腕に絡ませ、再び初々しいステップを踏み始めます。

そんな二人に嫉妬の炎を燃やし、拳を振り上げて割り込んでくる男がいました。屈強な森の番人、ヒラリオンです。

ヒラリオンは、抱き合っていた二人を咎《とが》めます。けれどもジゼルは、

「何も恥ずかしいことなどないわ。だって愛し合っているのだもの」

とうっとり答えるだけ。それどころか、ヒラリオンが自分を慕っていることを知り、嘲笑《あざわら》うではありませんか。

ロイスに追い立てられ、その場から退散を余儀なくされたヒラリオンは、哀《かな》しくて、悔しくてたまりません。

そして、密かに復讐を誓うのでした——

＊

「はあ？　亡霊だって？　ばっかだなあ！」

次の朝、本部スタジオのラウンジのソファでは、レッスン前の団員たちが蘭丸を囲

んで盛り上がっていた。絢子が到着早々、「聞いてよ、昨日の晩、蘭丸ったらさぁ」と、笑いながらすっかり話してしまったのだ。レッスン中は私語を慎み、ひたすら厳しい稽古に打ち込むバレエ・ダンサーたちも、一歩スタジオを出れば都市伝説や七不思議などの類《たぐい》が大好物な、ごく普通の若者だ。案の定このネタは大いに受け、張本人である蘭丸は輪の真ん中でむくれている。

「仕方ないじゃん、その時は見えた気がしたんだから。みんな、真夜中にスタジオに来たことないから笑ってられるんだよ。どんだけ不気味だったか」

「まあなあ。外国のホラー映画にありそうな雰囲気だもんなあ」

石森達弘《いしもりたつひろ》が、シャンデリアの吊るされた吹き抜けの天井を見上げる。達弘は花音や蘭丸、絢子たちより二期先輩にあたる。ガッチリとした体格をしており、彼にリフトをされると本当に空中を舞っているような安定感がある。努力家で、技術も確かだ。

ただ、眉が濃く奥目で、額が張っており、醜男《ぶおとこ》ではないが気品のあるハンサムとはいえない。よって、残念ながら王子様――すなわちダンスール・ノーブルの器ではない。本人はその辺りを重々認識していて、「俺は日本で一番のダンスール・キャラクテールになる」と宣言している。

キャラクテールとはキャラクター、つまり個性を生かした踊り手という意味で、映画の世界でいえば「性格俳優」といったところだ。決して主役ではないが舞台には欠かせない存在で、世界観に奥行きと厚みを与えてくれる。例えば「白鳥の湖」での道化役や「眠れる森の美女」の青い鳥、「ラ・バヤデール」のブロンズアイドルなどがそれにあたり、人並み外れた跳躍力とテクニック、そして演技力が必要とされる。ちなみに「ジゼル」におけるキャラクテールは、ヒラリオンである。当然、達弘はヒラリオン役を狙っていたであろうが、その役は蘭丸に与えられ、達弘は村人役だ。それでも村娘とペアを組んで踊る収穫のパ・ド・ドゥという見せ場が十分ほどある。

「あ、じゃあ今度さ、みんなで泊まりこんで、肝試しする？」

「いいねいいね」

絢子の提案に、達弘をはじめ、メンバー全員が興味津々で身を乗り出した時、たまたまラウンジを通りかかった事務局長・渡辺が、ふくよかな体を輪の中に割り込ませてきた。

「ちょっとちょっとあんたたち、今の聞き捨てならない！　ここは宿泊禁止！　当然ながら、肝試しなんてもってのほか！」

「だって聞いてよ渡辺さん、蘭丸ったら昨日、亡霊見ただなんて言うもんだから！」

絢子が笑うと、渡辺の表情が強張った。

「やだ、何よそれ……」

不安げに眉をよせた渡辺は助けを求めるように視線をさまよわせ、そして花音のところで止まった。

「ねえ、本当なの？　あたし、よく一人で事務室に残ってるんだけど……」

泣き出さんばかりに、花音に詰め寄ってくる。慌てて「まさか！　冗談ですよ！」

と打ち消す。

「見間違いだったらしいっすよ」

達弘も気遣いをみせる。

「……ほんとに？」

「当たり前じゃないすか！　変なこと言い出しちゃってごめんね、渡辺さん」

当の蘭丸が端整な笑顔を向けると、やっと渡辺はホッと頬をゆるめた。

「そう？　じゃあいいけど……もう、あんたたちふざけてないで、さっさとウォームアップしに行きなさいよ」

逃げるように事務室へ入っていく渡辺の後ろ姿を見送りながら、申し訳なさそうに絢子が肩をすくめた。

「悪いことしちゃったね。渡辺さん、よくひとりで仕事してるもん」

「極度の怖がりだって前に言ってたもんな」

「じゃ、この話はここまで。そろそろ稽古に行きますか」

達弘が立ち上がると、全員それに倣った。スタジオにぞろぞろ向かう途中、絢子が蘭丸と花音に言う。

「ふっふっふ、実はだね、さきほどは興をそぐから黙っていたが、わたしは亡霊の正体を知っておるのだよ。君たち、知りたいかね？」

「え？　絢子、わかったの？」

蘭丸が驚いている。花音だってびっくりだ。

「もちろんである」

「知りたいに決まってる。教えろよ」

「よろしい。それではレッスン後に、ホームズ絢子が教えてしんぜよう」

「え、なんだよそれ、気になるじゃん。今言えよ、こっそりでいいから」

蘭丸が絢子の肩に腕を回し、彼女の唇に自分の耳を近づける。絢子の顔がさっと赤らむのが、花音にもわかった。

「だから、あとでと申しておろう」

身をよじるようにして、絢子が蘭丸の腕から逃れる。ふざけた口調は崩さないが、耳まで真っ赤だ。

「えー、なんでだよー、ケチー」

蘭丸にしてみれば、きっと何気ない動作だったのだろう。たった今、相手が乙女心をときめかせたということに微塵《みじん》も気づいていない。

「あーもう。じゃね、先に着替えてる」

素に戻った絢子が、小走りでロッカーへと去っていく。

「なんだ、あいつ。変だよな？」

同意を求める蘭丸に、花音は肩をすくめるしかなかった。全く、無自覚な美男子ほど、罪作りなものはない。

「ジゼル」の公演が決まってからというもの、レッスン・スタジオにはいつも以上の熱気がたちこめている。壁に取り付けられたバーには、小鳥が小枝に並んでとまるがごとく男女が入り混じり、腕や背、脚を伸ばしてウォームアップにいそしむ。みな黙々と、真剣な表情だ。

ウォームアップが終わると、各パートに分かれて昨日のおさらいだ。ちゃんと振り付けが体に入っているか、何度も入念な確認をする。自分の役どころ、解釈、振り、立ち位置、タイミングを覚えるのはもちろんだが、他のメンバーがどのような動きをしているかも、常に把握しておかなければならない。個々に踊るとはいえ、全員の踊りは相互に関連があり、全体でひとつの完成品となるからだ。

「舞台って、スイミーみたいだよな」

花音はミルタの振り付けをおさらいしながら、入団して間もないころに蘭丸が話していたのを思い出す。

スイミーは、オランダ出身の作家、レオ・レオニの絵本で、小さくて無力な魚が何匹も集まって巨大な魚を形作り、敵の魚を打ち負かす、というストーリーだ。

「パッと見は、ステージという一匹の巨大な魚。でも近くで見ると、何十匹もの小さなダンサーが固まって、一生懸命、手脚や尾やひれとなって蠢《うごめ》いてるの。俺にとってはバレエのステージって、まさにそんなイメージ」

なかなか上手な表現だな、と感心した記憶がある。蘭丸はそんなふうに面白い視点を持っていて、「蘭丸君のユニークで柔軟な感性は、バレエの解釈や役作りにも大いに役に立つよ」と蝶野監督にも褒められていた。蝶野監督は、蘭丸の自由な発想はロサンゼルス留学によるものではないかと考えているようだった。バレエ・ダンサーには良くも悪くも「お国柄」が出る。海外のダンサーから見れば、日本人はレッスンは真面目にするしテクニックはあるものの、「型にはまりすぎる」、「面白みがない」という印象が強いようだ。その点、蘭丸は若いころに海外に出ているせいか――そしてきっと生まれ持ったオープンな性格も手伝って――いわゆる日本人的な殻を破ることができたのだろう。そう考えると、羨ましいかぎりだ。

その一匹の巨大魚を育てるべく、蝶野監督からの指導は今日も手加減なしだった。要求はどんどん激しく、過酷になっていく。怒られながら、ついていくだけで必死だ。

自分が、ほんのちっぽけな魚に過ぎないことを思い知らされる。

けれども、花音はぐっと歯を食いしばって耐える。どんな指導も、自分の血となり肉となる。それに、特に今日は楽しみにしていることがある――衣装合わせだ。

衣装も、バレエの舞台を構成する重要な要素のひとつである。衣装ひとつで演目の時代背景、その役の身分や性格を表現することができる。その豪華さ、美しさは観客の目と心を楽しませるし、また、バレリーナのモチベーションにも直結する。ジュリエットの衣装を着たい。シンデレラのティアラをつけたい。オデットの羽根飾りをつけて舞いたい――辛いレッスンも、その一心で乗り越えられることも少なくないのだ。それはバレエを習い始めた少女のころから変わらないものなのかもしれない。

ミルタの衣装を着たい。

純白の衣装に身を包んだ自分を想像して心を奮い立たせ、花音はひたすら、汗だくになって踊り続けた。

クールダウンがすむと、順番に呼ばれて衣装部へと行くことになっている。最初に呼ばれたのは花音と絢子だった。絢子と連れ立ってレッスン・スタジオを出て、白亜の壁に沿って曲線を描く階段を降り、二階にある衣装部へと向かった。

衣装部には、歴代の登場人物の衣装がぎっしりと詰め込まれている。バレエ団のレパートリーが増えれば増えるほど、衣装の数も増える。また、ひとつの役に一着の衣装ではすまない。上演前や上演中に汚したり破れることだってあるので、数着のバックアップも必要だ。そんなわけで、衣装部の壁は天井まで衣装で覆いつくされている。

丈の長いスカートタイプのロマンティック・チュチュならともかく、腰を取り囲むようにして水平に広がり、足を全て見せるタイプのクラシック・チュチュは、畳んで保管しておくと傷んでしまうので、ここでは広げたままの保管が基本だ。それにはかなりのスペースを要するが、紅林総裁は衣装の適切な保管もバレエ団を運営するのに重要だという意識が高く、二階のフロアの大半を衣装部にあてがい、また、シームストレス（お針子）を常駐させている。

アマチュアのころは、花音は衣装を自分で縫った。そう、バレリーナには裁縫の技術も必要である。ぶきっちょな花音にとって、けっして楽な作業ではなかったが、それでも何メートルものチュールレースを部屋中に広げ、幾重にも重ねてチュチュを作り、キラキラしたスパンコールやラインストーンをつけていくのは、心が弾んだ。

「あらお二人さん、いらっしゃい」

衣装室に足を踏み入れると、シームストレスの紺野奈央《こんのなお》がにこやかに迎え入れてくれる。化粧っ気がないので――衣装にファンデーションや口紅がつかないよう、奈央はいつでもすっぴんなのだ――幼く見えるが、実際にはアラフォーであるらしい。左手首には腕時計のように針山を巻きつけ、首からはメジャーをぶら下げる、というのが彼女のいつものスタイルだ。

バレエ団の一員でありながら、ダンサーでも事務局の人間でもない奈央は、団員にとって一番話しやすい立場の人である。レッスンの辛さ、ライバルへの嫉妬、役を得られた嬉しさ、取られた口惜しさ——完全に中立の立場である奈央には、なんでも話せた。ちくちくと縫物をする奈央の隣で悩みを吐き出すと心が落ち着き、また次の日から頑張ろうという気力が湧いてくる。

「さて……と、測りますか。じゃあ、先に絢子ちゃんから。両手上げて」

レオタードの上からバスト、ウエスト、ヒップ、二の腕などを、奈央は手際よくメジャーで計測していく。

「あれ、採寸から？　奈央さん、今回は新しいお衣装作るの？」

花音も絢子も驚く。

衣装合わせでは、すでに衣装部にあるものを、その都度踊り手に合わせてリフォームすることが多い。いくら「ジゼル」を封印していたとはいえ、かつては公演したことがある演目である。だから当然、当時の衣装を使用するのだと思っていた。

「え？　うん、総裁からそう聞いてるけど？」

耳に挟んだ鉛筆を取り、奈央がさらさらとサイズを紙に書く。

「はい、次は花音ちゃんね」

花音の体に、メジャーが回された。

「十五年前の衣装はないの？」

花音の口にした「十五年前」という言葉に、奈央は少し目を伏せながら答える。

「うん、そうね。もう残ってないから」

「そうなんだ……」

「当時、総裁が全部処分したの。縁起が悪いからって。舞台美術はさすがに保管していたらしいけどね」

「ふうん……」

花音はがっかりした。この機会に、見られると思っていたのだ。伝説のプリマ、姫宮真由美が着たジゼルの衣装を。絢子も同じ考えだったらしく、「そっかあ、見たかったなあ」と残念そうにため息をつき、続けて「そういえば、奈央さんって、十五年前もここで働いてたんだよね？」と聞いた。

「うん、そうだけど」

「事件の真相って、いったいなんだったわけ？　誰も教えてくれないから、余計に気になるんだけど」

絢子が直球を投げる。

「さあ。わたしはまだあの時見習いだったし、よくわからないから」

奈央ははぐらかす。やはり総裁からきつく口止めされているのだろう。

「今回のウィリの衣装って、ミルタもドゥ・ウィリも全員同じ？」

空気を読んで、花音が話題を変える。

「うーん、どうしようかと思ってるんだよね」奈央はホッとしたように、話題に乗ってくる。「コール・ドは同じで、ミルタとドゥ・ウィリだけ袖をつけようかなあ、とか模索中」

ウィリの衣装には色々なバリエーションがある。袖があるもの、ないもの。装飾をつけるもの、つけないもの。死に装束ではなくウェディングドレスだという解釈で、全員がベールをかぶるパターンもある。演出家によって、衣装にも微妙な変化が出るのだ。

「まあ、今はとりあえず、蝶野監督の指示待ちかな。今日はこのあと、作品解釈のディスカッションがあるでしょ？　その時にダンサー全員と解釈を深めて、それから衣装の細部を決めたいって監督が言ってた」

「そっかあ。そういうところ、監督らしいよねえ」

絢子が感心する。

一方的に自分の解釈と演出を押し付けるのではなく、ちゃんとディスカッションでダンサーの意見にも耳を傾けてくれる。そんな監督だから、どこまでもついていこうと思えるのだ。

ノックの音がした。奈央が慌てて壁時計を見る。

「やだ、もう次の子の時間。ではお二人さんの採寸は終了。行ってよし」

「はーい。じゃあお衣装よろしくね。楽しみにしてまあす」

廊下へのドアを開けると、有紀子が立っていた。花音を見たとたん、有紀子の顔が強張る。

「有紀子、お先」

いつもの調子で絢子が声をかける。が、有紀子は花音と絢子を無視して、中へと入っていった。その後ろ姿を見送りながら、花音は小さくため息をつく。

「気にしない気にしない。さ、行こ行こ」

絢子が明るく言い、花音の手を引く。

「……そうだね」

花音は無理やり笑顔を作り、廊下へ出た。

「ごめんごめん、花音ちゃん、ちょっと待って」

ふたたび衣装部のドアが開き、奈央があたふたと飛び出してきた。

「花音ちゃんはミルタだったよね。ティアラかヘッドピースが必要だから、念のために頭囲も測らせて」

「あ……はい」

よりによって有紀子と衣装部で一緒になるなんて。しかもミルタとドゥ・ウィリを区別するヘッドピース用の採寸とは。

「付き合おうか？」

気遣う絢子に、花音は首を振る。甘えてばかりもいられない。

「先に行ってて」

「了解。じゃあ後で」

絢子が行ってしまうと、花音は衣装部へ戻った。奈央の作業台の脇に、有紀子が立っている。花音が隣に並んでも、有紀子はまっすぐ前を向いたままだ。

「じゃあ、先に花音ちゃんを終わらせちゃうね。それにしても、カルテット全員が主要な役をもらえるなんて、なんだかすごいわね」

何も知らない奈央は、花音の頭にメジャーを回しながら呑気《のんき》に言う。

「はい、オーケー。じゃあ次は有紀子ちゃんね。……あれ、ちょっとやせた？」

奈央は心配そうに顔を曇らせる。そういえば、有紀子はなんだかやつれたように見える。

「大丈夫？　ちゃんと食べてる？　寝てる？　ダメだよ、ダイエットなんかしちゃ。

ガリガリのプリマが良いなんていうのは、もう昔のこと。今は健康的なプリマが一番なんだから」

「……わかってます」

気まずそうに有紀子がうつむく。

「何かあったら、いつでもここに吐き出しにおいで、わかった？　奈央おばちゃんが待ってるから」

「おばちゃんだなんて、もう、奈央さんたら」

弱々しく有紀子が唇の端を上げる。ぎこちなかったが、それでも花音は有紀子の笑顔が嬉しかった。

採寸が終わり、さっさと衣装部を出て行く有紀子を、花音は慌てて追いかける。

「待って、有紀子！」

階段を少し上がったところで、有紀子が立ち止まる。振り向きはしないが、無視もされていない。花音は勇気を出して、続けた。

「あの……よかったら、アドバイスもらえないかな」

「……アドバイス？」

有紀子がゆっくりと顔をこちらに向けた。

「わたし、ミルタなんて大役は初めてだし、すごく不安で、役作りとか、解釈とか、有紀子はどうしてきたのかなって。こんなこと厚かましいお願いだってわかってる。だけど――」

「いいわよ」

　ぶつりと有紀子が遮る。

「……え、本当？」

　思いがけない返答に花音は嬉しくなり、笑顔で見上げた。が、有紀子がまったくの無表情なのを見て、花音の笑みはすうっと消える。

「ねえ……ミルタは、どうして死霊になったんだと思う？」

　低い声で言いながら、有紀子がゆっくりと階段を降りてくる。

「え……と」

「大切な人に、裏切られた――そうでしょ？」

　階段を降り切ると、有紀子は花音の目の前に立ち、その蒼白い顔を近づけてきた。

「う、うん……」

「大切なものを奪われた……とかね？」

　有紀子の冷たい手が、肩に置かれた。背筋がひやりとする。

「そういう気持ち……花音にわかるかしら？」

　有紀子の冷たい両目が、花音をじっと覗き込む。何も言えず、ただうつむくだけの花音を、有紀子はふっと鼻で笑った。

「そういう感情が理解できないと、ミルタは難しいんじゃない？」

突き放すように、花音の肩から乱暴に手を離す。

「皮肉よねえ。今のわたしなら、ミルタを完璧に踊りこなす自信があるのに」

低く笑いながら花音に背を向けると、有紀子はふたたび階段を昇って行った。

有紀子の姿が階段から見えなくなっても、花音はその場を動けなかった。少しすると、他愛ないおしゃべりが聞こえ、誰かが階段を降りてくる。

「あれ、花音ちゃん、採寸まだなの？」

「順番、もしかして押してる？」

ウィリ役――つまり第二幕のコール・ドである藤原美咲《ふじわらみさき》と井上雅代《いのうえまさよ》だった。

「あ、いえ……もう終わりました。どうぞ」

廊下の真ん中に突っ立っていた花音は、慌てて道を開ける。二人とも、花音の先輩に当たる。

「ねえねえ、どう？　ミルタってやっぱ、難しい？」

美咲が興味深げに聞いてくる。

「あ、わたしも聞きたかったー。でも花音ちゃん、すごく頑張ってるよね」

有紀子だけでなく、花音はこの二人をも差し置いてミルタに抜擢されたことになるのだ。けれども彼女たちは、

「あー、ミルタか、羨ましい。せめてドゥ・ウィリの役が欲しかったなあ」

「ほんとだねー。どっちも後輩たちに先越されちゃった」

と屈託がない。そんな彼女たちの態度が、今の花音には救いだ。

「ミルタって、やっぱりとても難しくて……。監督に怒られてばっかりです」

「でもさ、花音ちゃんはそれだけ期待されてるってことだよ」

「そうそう、頑張んなきゃ。みんな応援してるし。じゃあね」

手を振って二人が衣装部へと去っていく。花音の心に、ほんのりと明かりが灯《とも》る。

花音はふっと息を吐くと、「よし」と自分を励まして階段を上がった。

採寸が済み、ダンサーたちが第三スタジオへと集まってくる。花音は前の方にスペースを見つけ、絢子と蘭丸と共に座った。

このディスカッションで、今回の「ジゼル」公演の方向性が決まる。きっと全員、自分なりの解釈を考えてこのディスカッションに臨んでいるはずだ。ふと後方を見ると、奈央もスケッチブックを持って座っている。

「遅れてすまない。みんなもう、揃ってるかな？」

蝶野監督が、妻の嶺衣奈と共にやってきた。ふたりともレッスン着で、汗を拭きながらの登場だ。きっとギリギリまで踊っていたのだろう。

嶺衣奈が腰を落ち着けるのを見届けると、「さて、始めよう」と蝶野監督が前方に立った。

「『ジゼル』は『眠れる森の美女』や『白鳥の湖』ほど一般的に知られてはいないにしても、実は初めてバレエを鑑賞する人にはぴったりだと僕は思っている。『眠れる森の美女』や『白鳥の湖』は全幕上演だと休憩を入れて三時間にもなるから、少々ハードルが高い。一方ジゼルは全二幕というシンプルな構成で、休憩を入れても二時間程度だ。だから僕は今回の公演を、バレエに親しみのない人に興味を持ってもらうチャンスだと思っているし、初心者にもわかりやすい演出を目指すつもりでいる」

蝶野監督のバリトンが、天井の高いスタジオに響く。

「そもそも『ジゼル』のような亡霊ものは、一般的に受け入れられやすいからね。ある意味『ジゼル』はゴシックホラー的でもある。それにウィリというキャラクターは、実はメジャーなんだ。古くは『ハムレット』に、最近では『ハリー・ポッター』にも出てくるよ」

えー、ハリー・ポッターに？ と誰かが言う。

「そう。『炎のゴブレット』に登場するヴィーラという妖精は踊って殺すという設定で、ウィリが由来なんだ。というわけで、初心者にもわかりやすい『ジゼル』を創り上げるには、演じ手である我々が理解していなければ始まらない。今から自由に話し合って、登場人物の解釈を掘り下げていきたいと思う。まずは手始めに、アルブレヒトからやってみよう。演出家によって一番解釈が分かれるのが、彼はジゼルを本当に愛していたのか、それとも浮気にすぎなかったのか、という点だ。

前者の場合、第一幕は最初から最後まで紳士的だ。ジゼルと向き合う時や踊る時には、誠意が滲《にじ》み出る。ジゼルが息を引き取った後には、追いすがって泣く演出が多い。しかし後者の場合は、いかにも遊び人といった、軽い感じに演じられる。たとえばやたらとジゼルに触れたり、キスしようとさえする演出もある。——ま、今で言う『チャラ男』だな」

どっと笑いが起こる。

いつも大真面目でキリリとした蝶野監督だが、時々こうやって茶目っ気のあることを言う。よく考えてみたら、監督と呼んでいるが、まだ三十代半ばなのだ。

「チャラ男バージョンだと、ジゼルが死んでも当然追いすがるなんてことはしない。舞台から走って逃げ出してしまうんだな。火遊びの相手が、自分のせいで死んでしまった。身元詐称もばれてしまった。本当の婚約者であるバチルド姫にも浮気を知られた。ジゼルの母親にも責任を問われる。ジゼルが死んで哀しいというよりも、どうしよう、という気持ちの方が大きいわけだ。自分のことしか考えちゃいない。もちろん、第二幕で墓参りに行くのだから、それなりに誠意はあるんだろうがね」

なるほど、そうだったのか。

花音もこれまで色んなバレエ団の「ジゼル」を見てきたが、第一幕の幕が下りる時、ジゼルの死を悲しむ人々の輪の中に、アルブレヒトの姿があるものとないものがあった。それがキャラクター解釈の違いに基づいたものであったとは。

「解釈には、正解も間違いもない。どうしてその解釈に至ったのか、ちゃんと自分で確固たる根拠を持ってさえいれば、自由だ。バレエは振り付け通りに踊っていればいいというものではない。踊り手の表情、腕や指の動き、足さばき……全てに解釈とその根拠は映し出されてしまうんだ。そう、まるで鏡のようにね。

さて、今回アルブレヒトを踊るのは僕だ。では僕だけがアルブレヒトの解釈を完成しておけばいいと思うかもしれないが、それは違う。僕の解釈を全員が理解しておいてくれないと、各パートにも影響が出る。

たとえば、ロイスというのは偽名で、本当はアルブレヒトという貴族であり、身分の高い婚約者までいるのだとヒラリオンに暴露されるシーン。紳士バージョンであれば、村人たちも『お気の毒に。何か事情があったのですね』という表情やしぐさになるだろう。しかし、僕がチャラ男だったら？」

蝶野監督は小さく両手を広げて、みんなから答えを求めるジェスチャーをした。

「ざまあみろ！」

蘭丸が声を張り上げると、スタジオ内がまたどっと沸いた。蝶野監督は満足げに頷く。

「そう、ざまあみろ、だ！　誰からも同情などしてもらえない。村人は、アルブレヒトに冷たい視線を向けることになる。このように、主役の解釈によって、周囲の演技も影響されるんだ。いいかな？」

うんうん、とみんなが相槌を打つ。蝶野監督の講義は、的確でわかりやすい。

「では、紳士バージョン対チャラ男バージョンだが……僕個人はね、アルブレヒトはチャラ男だったと思うんだ」

へえ、と絢子と花音は顔を見合わせる。

「婚約者であるバチルド姫は、高貴であでやかで美しい女性だ。しかし対照的に、純朴な村娘ジゼルにも興味を持ってしまった。正反対の魅力を持つ二人の女性に、同時に惹《ひ》かれる——いやはや、男の悪い癖だね」

くすくす、と笑いが起こる。

「だけど、ちょっと考えてみてほしい。紳士バージョンであったとしても、結局彼はバチルド姫との婚約を解消する気がなかったわけだろう？　本当に真剣な恋だったのであれば、何とでもできたはずだ。身分の違い？　時代が許さなかった？　笑止！　いずれにしても、彼が狡猾《こうかつ》な男であることに変わりはない。彼が守ったのは自分自身だけだ。ジゼルのことを、無残にも見捨てたんだ。だから僕個人としては、紳士という像はしっくりこない。結局彼は、ただの二股男なんだから。そうだろ？」

　全員が熱心に耳を傾けている。蝶野監督の心地のよい声、メリハリの利いた話し方、表情の豊かさに、つい引き込まれてしまう。ダンスール・ノーブル蝶野幹也のオーラは、踊っている時以外でも周囲の心を摑んでしまうのだ。

「――が、しかし、だ。一緒に過ごしている間は、その相手のことだけを真剣に愛せてしまう……これもまた、男の真実なのだよ」

　悪戯《いたずら》っぽく、片目をつぶってみせる。

「アルブレヒトは、ずるい自己保身の男。あくまでも自分至上主義者だ。バチルド姫もキープしつつ、純朴で可憐なジゼルをどうしても手に入れたい。会っている時は、ジゼルの白魚のような指に触れ、果実のようにつやめく唇を吸いたくてたまらないのだ」

　謳《うた》いあげるように語りながら、近くにいた女性団員の前にうやうやしく跪《ひざまず》いたかと思うと、じっと目を見つめながら手を取り、甲に口づけた。彼女は真っ赤になってうつむき、周囲の女子団員からは、いやーん、ともだえるような声が上がる。

「すげ。俺、今、見えたわ。アルブレヒトが」

蘭丸が、ぶるっと体を震わせる。

「そのものだったね。今なら、わたしでもアルブレヒトを演じられそう」

花音も感心し、

「今のヤバかった……あたし、鳥肌立ったよ」

絢子がほうっとため息をつく。

「そういうわけで、僕の演じるアルブレヒトは、ちょっとチャラくて、ナルシストのプレイボーイという方向で行こうと思っている。では、それを踏まえて、少し考えてほしい。ジゼルが死んだ後、剣で自殺を試みるバージョンとヒラリオンを殺そうとするバージョンがあるが、どっちが相応しいと思う？」

周囲を見回して、答えを促す。

「チャラ男であれば……自分が死ぬより、ヒラリオンを殺そうとするでしょうね」

達弘が答える。

「うん、そうだな。自分の非を顧みず、ヒラリオンに怒りをぶつけるような奴というわけだね。よし、アルブレヒトのキャラクター像はほぼ固まったな。では、ジゼルはどんな人物なんだろうか」

蝶野監督が、嶺衣奈を見る。

「本当に、アルブレヒトに疑いを持ったことはなかったんだろうか。結婚できると信じていたんだろうか。ヒラリオンが疑いを持ったくらいなのに、いつも一緒にいるジゼルは何も気づかなかったんだろうか」

蝶野監督の問いかけに、嶺衣奈はじっと考える。

「そうね……もし今回のアルブレヒトが紳士的じゃないのだとすれば、ジゼルもうすうすは気づいていた、という解釈も成り立つかもしれないわね。それなら、天に向かって永遠の愛を誓うアルブレヒトをジゼルが止めることも、理解できるわ。

それでなくても女の子って、恋をしているといつも不安なものでしょう？　実際、ジゼルは花占いをして、悪い結果に落ち込んでいる。だけど、アルブレヒトが、強引に花占いの結果を良いものにしてくれた。

つまり、ジゼルはそんな彼を信じたいのね。片目をつぶってプレイボーイな部分は見ないようにして、開いている目で優しい部分だけを見ているんじゃないかしら」

「非常に面白い視点だね」

蝶野監督が、団員の方へ向き直る。

「では、さらに膨らませていこう。君たち、解釈が分かれる重要な部分が、もう一か所あるのを知っているだろ？　ジゼルの、死の原因だ」

ジゼルの死は、剣による自殺だったというものと、裏切りを知ったショックと踊りすぎたことで心臓に負担がかかった末に心停止した、という解釈がある。

「君たちはどう思う？　自由な意見を聞きたい」

「え、まさかそんな肝心なところにも意見を取り入れてくれるの？」

絢子が驚いて花音に囁《ささや》く。監督はそれを聞き逃さず、すかさず絢子の前までやってきた。

「もちろん！　肝心だからこそ、ディスカッションの意義がある。絢子、君はどう思う？」

「えー、あの、その……」突然の指名に、絢子は慌てている。「突然言われても……ドゥ・ウィリの解釈しか考えてこなかったんで」

「いいねえ。先にも言ったように、それぞれの役柄の解釈は影響し合う。よって、君のドゥ・ウィリの解釈もジゼルの役柄に影響を与えるわけだ。ぜひ、絢子のドゥ・ウィリ像を聞かせてくれ」

「はい……とっても拙い解釈なんですが……」

「拙い解釈なんて存在しないよ」

蝶野監督が、絢子を励ます。

「踊ることが何よりも好きだった若い娘が、花嫁になることを夢見ながらも、婚約者に裏切られて死んでしまった……というのがウィリですよね？　その中で二人だけがドゥ・ウィリとして別の踊りを踊るのはなぜだろうって考えた時に……もしかしたら、相手の男を殺したか殺してないかの違いかと思ったんです」

　蝶野監督が目を輝かせる。

「ほう、相手を殺したっていうのは、ものすごく斬新な発想だよ。続けて」

「当然ながら殺人は大罪だし、当時の封建的な社会で、立場の弱かった女性がそうそう実行できることじゃない。それをやってしまったのが、大勢のウィリの中の二人だけというか――」

「面白いね！　ではもう一人のドゥ・ウィリ、有紀子の意見も聞きたいな。君はどう思う？」

　蝶野監督が有紀子の席まで進む。

「そうですね……前にいたバレエ団ではミルタ役だったので、ドゥ・ウィリとなると正直どこまで理解できているか自信はないのですが……」

　さりげなく経験をアピールしながら、有紀子が監督を上目遣いで見上げる。

「わたしは、二人は単に他のウィリよりもずっと永く死霊でいるのだと理解していました……例えばウィリたちが数百年だとしたら、ドゥ・ウィリは千年とか」

「なかなかいいね。千年もの間、毎夜踊って男たちを殺し続けていると想像すると、なんとも凄《すご》みがある」

「でも相手を殺したというのは……いくらなんでも突拍子もないことではないでしょうか」

有紀子の言葉に、絢子は少し傷ついた顔をした。

「僕は絢子の意見が突拍子もないとは思わないよ。とても価値があると思う」

ホッとする絢子とうらはらに、有紀子の顔が強張った。

「……では、ドゥ・ウィリが婚約者を殺《あや》めたかどうかは置いておくとして……わたしはウィリである全員が、男に裏切られた果てに死を選んだ娘たちだと理解しています。ということは、新しくウィリとなるジゼルも、剣によって自ら死んだと考えるのが自然です」

「ほう、ウィリが全員、自死をした娘だと？　それはどうして？」

「ウィリのお墓が、森の外れにあるからです。暗くて寂しい、不気味なところに。そんな場所にまとまって彼女たちのお墓があるのは……キリスト教では自殺は大罪ですから、捨て置かれている――そう考えると筋が通ります」

有紀子は自信があるように、少し胸を反らせた。

「なるほど。みんなはどう思う？　それでは、ジゼルは自死したということになるんだろうか」

蝶野監督が、スタジオ内を見渡した。

「いや……俺は、ちょっと違うと思います」

　さっと達弘が手を挙げる。

「ジゼルは、最期までロイスを――アルブレヒトを信じてたんじゃないかと思うんです」

　達弘に視線が集まった。

「裏切られてショックだったけど、でも最終的にはバチルド姫より自分を選んでくれるかもしれないって希望を持ってた。だって、さっき嶺衣奈さんが、片目をつぶってたって言ってたでしょう？　それって信じたかったからですよね。そんな女の子が、大逆転の可能性を捨てて自死なんてするかな」

　蝶野監督は感動したようにしみじみと達弘を見つめ、「達弘ぉ……お前、なかなかやるなぁ」といきなり両手で彼の頭をわしゃわしゃと撫でた。

「がさつでちゃらんぽらんな男だと思ってたのに、なかなか鋭い考察じゃないか、え？」

「有難うございます……って監督、俺のことそんな風に思ってたんですか？　ひどいっすよ」

　あちこちで笑い声が起こる。しかし、みんなが達弘の意見に感心していた。

「うん……確かに有紀子のより、達弘の意見の方がしっくりくるかも」

美咲が声をあげる。

「第二幕で、ジゼルはアルブレヒトのことをミルタから守りますよね。しかも命がけで。それはやっぱり、まだ愛してるからだと思います。自殺するまで追い込まれていたら、憎しみしか残ってないんじゃないかなあ」

「わたしもそう思う」

雅代も加わる。

「やっぱり自殺より、ショックと踊りすぎた末の心停止の方が辻褄《つじつま》は合うよね。特に、踊りが原因のひとつっていうのは、第二幕の『死ぬまで踊らせる』というウィリのテーマに馴染むし」

有紀子が、少しイラついた声で割り込んだ。

「でもそれじゃ、寂しいところにお墓がある設定が成り立たないじゃないですか。だから自殺という前提は、間違いないと思います」

「有紀子、ディスカッションではどんな意見も大歓迎なんだよ」

監督がたしなめる。

「君の自殺説だって大いに結構——ただ、それは本当に君が自分自身で導き出した解釈なんだろうか」

蝶野監督に顔を覗き込まれ、有紀子が目を伏せる。

「だって……前のバレエ団では自殺説を採用してましたから」

「そうだね、プルミエ・バレエ団の公演では、ジゼルは剣を胸に突き立てていた。しかし僕が聞きたいのは、君のオリジナルの見解なんだ。刷り込まれたものじゃなくてね」

「だけど……わたしはそれで納得していたんです。それにプルミエ・バレエ団の公演は、日本でも一、二を争う『ジゼル』だったと思います」

「プルミエの『ジゼル』は、僕も何度も観《み》た。完成度も高く、素晴らしかったよ。もちろん君のミルタも完璧だった」

有紀子の目が見開かれ、そしてすぐにすがりつくような、寂しげな色を帯びた。

「だったら……なぜわたしにミルタを踊らせてくださらないんですか」

「全く新しい『ジゼル』を創り上げたいからだ。プルミエ・バレエとも、他のどのバレエ団とも一線を画したものをね。言っただろう、蝶野幹也版『ジゼル』を完成させると。そのビジョンに、たまたま誰よりも花音が合った。花音の、まだ粗削りだが、腹の底に秘めた力強さのようなもの――僕のミルタに、それが欲しかった。

そして有紀子のしっとりとした雰囲気と、精緻なテクニックは、まさにドゥ・ウィリに求めていたものだった。ドゥ・ウィリをイメージした時、君と絢子が静かに舞っている姿が鮮明に浮かんできたんだ。だから君にドゥ・ウィリを演じてほしかった。

ただ、それだけの話だよ」

「でも……だからといって……」

有紀子はわなわなと唇を震わせている。

「有紀子、君は勘違いをしている。そしてこの際だからみんなにも言っておきたい。役に大小はない。まして端役など存在しない。

舞台の上にあるのは切り取られた一部の世界にすぎないと、演者は理解しなければならない。舞台にいない間にも、ジゼルの母やバチルド姫、村人たちの人生はずっと続いている。そして、それぞれが恋をし、裏切り、傷つけあい、ドラマを繰り広げているんだ。偉大なダンサーというものは、舞台にいない間でも、観客に空白の間の行動を想像させることができる。

我々の実際の人生に、一人でも端役が存在するか？ ――いるはずがない。誰もが主役を張ってそれぞれの人生を生きている。舞台だって、それと同じなんだ。

万が一、端役というものが存在するとすれば、それはダンサー自身がその役を粗末に思っている時だけだ。そのことが理解できるようになるまで……」

言葉をそこで切って、蝶野監督はドアを指さした。

「君をこのバレエ団で踊らせるわけにはいかない」

会場が静まる。

有紀子の唇は色を失っていた。しばらく監督と睨み合うようにしていたが、やがて立ち上がると、走ってスタジオから出て行く。

気まずい空気が流れ、スタジオ内がざわめく。それを断ち切るように、監督がパン！　と手を叩いた。

「さあ、ディスカッションに戻るぞ。素早く気持ちを切り替えるのも、ダンサーには大切な素質だ。時間が惜しい」

監督の言葉は、とてもドライに聞こえた。しかし、

「このままで終わるか、ダンサーとして成長するか……あとは有紀子次第だ」

ぽつりと呟いた監督の表情には、複雑な親心がにじみ出ている。花音はホッとした。

「さて自殺か心停止か……今のところ心停止が優勢なようだが、確かに有紀子の指摘も的を射ているぞ。自殺でないのなら、どうしてウィリたちは森外れの墓に葬られなければならなかったのか」

ウィリを演じる女性たちはもちろん、男性陣も頭を絞っている。良い墓に入れるお金がなかったから、その地域ではたまたまその場所に墓地を作っていたからなど、さまざまな意見が出た。けれども、どれもがピンとこない。停滞しそうになった時、絢子が「そうだ！」と叫んだ。

「ウィリは、結婚式目前で亡くなったっていう設定だよね？　つまり、それって急死

ってことになるんじゃないかな。

自殺じゃないんだとすれば、全員がジゼルと同じように、心臓が弱かったって考えられる——だから急に亡くなってしまった。ということは、死ぬ前の告解を済ませるチャンスがなかったんだ」

「……告解？」

みんなが顔を見合わせる。

「そう。懺悔《ざんげ》をして悔い改め、赦《ゆる》してもらうこと。それをしなければ確か、昔は天国へは行けないと考えられていたんじゃなかったっけ。どんな清らかな乙女でも、キリスト教では原罪があるから、生まれながらに罪人なんだよね」

絢子は早口でまくしたてる。

「ということは、急死してしまった彼女たちは、まだ罪を赦されていない——つまり罪人のまま死んでしまったと考えられるんじゃない？　だから普通の墓地に埋葬されなかったんだよ」

「わあ、それ完璧！」

「絢子、冴《さ》えてる」

ウィリを演ずる女性たちが、口々に絢子を称賛する。

「いや、たまたま思いついただけだって」

絢子は照れ臭そうだ。

けれども花音にはわかっていた。「ジゼル」公演を夢見てきた絢子は、これまで色々な文献を読み漁《あさ》り、こつこつと研究を重ねてきたに違いない。裏付けがあってこその、閃《ひらめ》き。そこに至るまで、どれだけ地道な努力があったことだろう。

「すばらしい考察だ。おそらくウィリの伝説は、宗教改革でプロテスタントが台頭する以前からあった。つまり告解を重要視するカトリックが主流だったことを踏まえると、時代背景、宗教的背景から見ても筋が通っている」

蝶野監督も惜しみなく褒める。

「どんどんウィリのキャラクターが立体的になってきたね。ドゥ・ウィリが相手の男を殺しているという発想も、非常に面白い。ドゥ・ウィリの演出は、その方向でさせてもらうよ」

「え、本当ですか？」

絢子が驚きつつも、顔を輝かせる。

「ああ。相手に報復するほど、激しくてこわーい女。千年の時を過ごしているという、有紀子の設定もゾクゾクするね。これも取り入れさせてもらう。

では、ジゼルは自死でなく心停止で亡くなったこと。ドゥ・ウィリは二人とも相手を殺して千年の時を過ごし続けている。そしてウィリは告解をする機会を失ったまま亡くなった乙女たち——ということで決まりだな」

すごい。本当にひとつの役の解釈が、どんどん他の役の方向性を定めていく。こうやって着々と演出を固めていくんだ。面白い。

演出家は、振り付けや表現方法を指導するだけではない。このように解釈の広げ方を教えることも重要だ。しかし、解釈というのは非常に抽象的で、どうしても「押し付ける」ことになりやすい。そこを蝶野監督は、巧みにダンサーから意見を引き出し、展開させていくことに長《た》けている。

上手な踊り手が、良い指導者とは限らない。しかし蝶野幹也は、間違いなく、良き指導者でもあった。

「裏切られた末に、急に亡くなってしまったことを考慮すると……生きて着ることのできなかった花嫁衣装への、強い憧れと執着を前面に出したいな。となると、やはりウィリの衣装はウェディングドレスを基本とすべきかもしれない」

監督は一人で納得したように頷くと、

「奈央ちゃん、その方向でデザイン起こしてくれる？　ベールも必須ってことになるな。素材のサンプルも、いくつか出してみて」

と後方の奈央に声をかけた。指でオーケーサインを作る奈央は、張り切った表情をしている。

「なんだか、新しい『ジゼル』観が、深いところから掘り起こされた感じ。刺激的だわ」

　ディスカッションの熱気にあてられたように、嶺衣奈も頬を紅潮させている。

「ああ、実に楽しいね！　体がむずむずするよ」

　蝶野監督が、おどけた調子でくるりと回転した。

「どうだい、嶺衣奈。ここまでの解釈を踏まえて、ちょっと踊ってみないか」

差し出された右手を、嶺衣奈は「ええ、喜んで」と取って立ち上がった。

　前方のスペースに正面を向いて立ち、二人はにこやかに腕を組んだ。それから揃って右、左と交互に足を上げ、ステップを踏む。花占いの直後のダンスだ。それにしても、なんと軽やかなステップなのだろう。音楽もないのに息もぴったりだ。

　二人は反対の方向へと跳びながら離れ、向かい合う。投げキッスをするアルブレヒトに、ジゼルがはにかむ。実生活では十年以上も夫婦である二人なのに、今この瞬間は、相手の一挙一動に胸を焦がす初々しい男女にしか見えない。

　農民の振りをしているが本当は貴族であるということが、細かく表現されている。視線、微笑、手の差し出し方など、ひとつひとつの仕草が洗練されているのだ。そして投げキッスをする時の、流し目。なるほど、これが「チャラ男」のアルブレヒトか。見ているこちらの方が、やきもきしてしまう。

ヒラリオンや村娘が出てくるシーンを飛ばして、嶺衣奈のソロに入った。両手でスカートをつまんで、可憐なワルツを舞う。しなやかに高く上がる脚。優美な弧を描く両腕。全ての動きから、瑞々《みずみず》しさがあふれ出ている。

ジゼルが両手を頭上に上げ、糸巻きをするようにくるくると回す。これは「踊る」ということを意味する。台詞が一切ないバレエにおいて、仕草で心情や行動を語ることをマイムという。ジゼルはアルブレヒトに、「踊ろう」と誘ったのだ。

二人はワルツを踊り始める。楽しげで潑剌としている。何度も嶺衣奈をリフトするところがあるが、まるでステージに根が生えているのかと疑うくらい、蝶野監督はどっしりと安定している。さぞかし女性ダンサーは踊りやすいことだろう。

ワルツの途中で、ジゼルが心臓のあたりを苦しそうに押さえた。慌てるアルブレヒト。しかしジゼルは安心させるように微笑すると、再びワルツを踊り始める。アルブレヒトがジゼルをリフトし、そのまま右肩に座らせて数秒間静止した。重心が不安定なはずなのに、少しもぐらつかない。ジゼルは安心しきって座っている。そこにも、ジゼルのアルブレヒトへの信頼が表現されていた。

再び四拍子となり、アルブレヒトの短いソロに入る。

蝶野監督が、跳ねる。助走は一切ない。それなのに、なんという跳躍力だ。とにかく高い。力強く、華があり、かつ羽のように軽やかだ。鍛え抜かれた、強靭《きょうじん》な肉体が、何度も宙に舞う。

日本国内だけでなく、海外にも蝶野幹也のファンは多い。優秀なバレエ・ダンサーがどんどん海外へ流出していくなか、蝶野は日本に腰を据えて活動している。海外での公演も滅多に行わない。それにもかかわらず、数少ない映像などを通じてミキヤ・チョウノの名は世界のバレエ界に轟《とどろ》いているのだ。

その類まれなる容姿とずば抜けた技術力で「プリンス・チャーミング」、「ミスター・パーフェクト」などと海外のメディアとファンに愛情を込めて呼ばれているが、中でも最も定着しているのが「パピヨン」というニックネームだ。

蝶野という名字、そして彼のトレードマークである華麗なジャンプから、フランスのファンが呼び始めたのが由来だそうだが、蝶野監督のバレエを観た者なら、誰もがこれ以上相応しい愛称はないと納得するだろう。

蝶野監督が、再び嶺衣奈の手を取って踊り始める。近い距離からアルブレヒトがキスを投げると、今度はジゼルも投げて返す。可憐な彼女の表情には、「あなたが口づけをする相手はわたしだけよね？」という不安が一瞬よぎるが、再度キスが投げられると不安は吹き飛び、そこにはとろけそうな笑顔だけが残る。信じたいという乙女心が、痛いほど伝わってきた。

二人が踊っているだけで、その場の空気がつやめく。その存在感と迫力に、ただただ圧倒される。

アルブレヒトはジゼルをくるりと回転させ、自分の膝に座らせながら、ひしと抱きしめる。それが、二人のダンスのフィナーレだった。

わあっと拍手が沸いた。

二人は優雅に立ち上がると、片手を大きく上げ、円を描くようにふわりと胸元にあてて一礼した。


「なんというか……やっぱり格が違うね」

つくづく感動した様子で、絢子が手を叩いている。

「ほんとに……」

花音も、熱っぽいため息をついた。

これだけのダンスを披露したというのに、蝶野監督と嶺衣奈の息はほとんど乱れていない。拍手が収まると、二人はペットボトルの水で喉を潤しただけで、すぐディスカッションに戻った。

「さて、ここまでアルブレヒト、ジゼル、ウィリ像を掘り下げてきた。そろそろミルタについて考察してみようか。花音の意見を聞きたいね」

急に名指しされ、花音は慌てて姿勢を正す。

「ええと……復讐の女王というくらいです。ドゥ・ウィリが人を殺めたことがあって、そして千年以上を過ごしているのであれば……ミルタは二千年くらいを経ていると考えてもいいですね。さらに憎い相手も、複数いるかもしれません」

「ほほう、一人以上いると。例えば何人くらい？」

「生きていた頃に騙された人数、と考えると……まだ若い娘ですし、多くても三人くらいが適当でしょうか」

「三人か！　ふうむ、良いセンかもしれないな」

「その中にはもしかしたら男性だけじゃなくて、女性——例えば恋人を奪った人も含まれるかもしれません。とにかく自分を裏切った人間はとことん容赦しない——それがミルタなんだと思います」

「憎しみの相手は男性だけじゃない、というのは非常にユニークだね。そこが復讐の女王たる所以《ゆえん》であると。なるほど、いいじゃないか」

「だけど、実はひとつ、納得のいかないことがあるんです。ヒラリオンの扱いについてなのですが……」

花音は思い切って言った。初めて「ジゼル」を鑑賞したときから、疑問に感じていたことだった。

「ミルタとウィリは、ヒラリオンを殺してしまいますよね？　彼女たちは男性と見れば殺すという設定なので、そこは良しとします。でも、ストーリー上、ヒラリオンはひとつも悪いことをしていません。ただただ純粋にジゼルのことが好きで、心配で、アルブレヒトの正体を暴いた。それなのに、アルブレヒトは生き残って、ヒラリオンは無残に殺されてしまう——あまりにも哀れです。

そういう物語なのだと理解しようとしてきましたが、やはり釈然としません。だから今回踊っていても、どうしてもその部分にわたしの気持ちが沿わないんです」

「ふうむ、もっともな質問だね。これはヒラリオンのキャラクターを掘り下げるのにも役立ちそうだ。蘭丸、どう？」

蝶野監督が、軽やかに蘭丸の前に立つ。しかし蘭丸は下を向いて、唇を嚙んだまま黙っている。

「ちょっと、蘭丸？」

花音が小突く。ついさっきまで熱心にディスカッションに参加していたというのに、突然どうしたんだろう。

「——すみません、実は今、打ちのめされてて」

やっと蘭丸が顔を上げた。

「今のお二人のパ・ド・ドゥ、完璧でした。完璧すぎて……俺なんて、敵《かな》いっこないっていうか、まだまだだって思い知らされたっていうか。正直、一緒に舞台に立ちたくないです。監督と嶺衣奈さんのステップ見てたらもう、自信失《な》くしちゃって……すみません、正直、怖気《おじけ》づいてます」

スタジオがしんと静まった。

第一幕でのヒラリオンは、アルブレヒトとジゼルと一緒に舞台に立つことがほとんどだ。そのプレッシャーたるや、さぞ大きなことだろう。蘭丸の表情からは、いつもの屈託のなさは見受けられなかった。

しかし、そんな蘭丸とは対照的に、なぜだか蝶野監督は嬉しそうな笑顔を浮かべる。

「蘭丸……それ、本心で言ってるんだな？　狙ってないよな？」

にやにやする蝶野監督に、蘭丸が少しムッとする。

「狙ってる？　どういう意味ですか、それ」

「うんうん、やっぱお前は大した奴だよ」

「え？　こんなにショックを受けてるのに？」

つっかかる蘭丸を、監督がまあまあと片手で制する。

「蘭丸、さっきのをもう一回言ってくれないか」

「……だから、嶺衣奈さんと監督の踊りを見たら、俺なんて完璧にダメで、踊る前から負けてる感じで、自信失くしました……って、なんでこんな情けないことを、繰り返して言わなくちゃいけないんですか」

「わからないかなあ、蘭丸」

監督が抑えきれないように、さらに口元をほころばせた。

「わかりませんよ。一体なんですか？」

怒りのボルテージを上げそうな蘭丸を、全員がハラハラしながら見守っている。

「君のその感情……まさにヒラリオンの感情だと思わないか？」

蘭丸だけでなく、その場のみんながハッとした。

「ハンサムなアルブレヒト、可憐なジゼル——二人が一緒に踊っている姿なんて、ヒラリオンは見たくないんだよ。アルブレヒトが憎い。だけど、ジゼルが彼に惚《ほ》れる理由も、重々わかってるんだ。自分は醜い森の男。一方、アルブレヒトは魅力的。彼らを見れば見るほど、コンプレックスが掻き立てられていく……そうだろう？」

「ああ、そうか……これこそが、まさにヒラリオンの気持ちなんだ……」

蘭丸は立ち上がった。そして憎々しげに蝶野を睨みつける。

「眉目秀麗で完璧な恋敵。真っ向から戦っても勝ち目はない。だから相手の身元を明かすという卑怯な手段しか思い浮かばない。もはやジゼルを手に入れることは不可能。だったらいっそ……」

蘭丸はさらに数歩進み出ると蝶野と嶺衣奈の間に立ち、大きく両手を広げて引き裂くような仕草をした。これは実際に舞台で行われるマイムだ。

「どんなことをしてでも、アルブレヒトとの仲を引き裂いてやりたい。どのみちジゼルが自分を愛してくれることはない。だったらいくら軽蔑されようと、嫌われようと構わない。二人が幸せになることなど、絶対に許さない。ああ、俺……摑めました」

蘭丸は熱に浮かされたように頰を紅潮させ、目を潤ませている。たった今、ヒラリオンが蘭丸に宿ったのだ。その瞬間を目の当たりにした花音の中にも、光のように何かが閃く。

「そうか……わたしもわかりました。なぜストーリー上、ヒラリオンが殺されなくてはならないか」

「ほう、聞こうじゃないか」

蝶野監督が身を乗り出す。みんなも花音の見解を聞きたがっているのが伝わってくる。

「確かに、ヒラリオンの心情も理解できます。だけど結局は、彼も非常に自己中心的なんです。ジゼルを守りたくてアルブレヒトの正体を暴いたんじゃない。嫉妬心とコンプレックスからです」

花音は立ち上がって蘭丸の前に立つと、まっすぐ見据えた。

「彼が本当にジゼルのためを思っていたのなら、バチルド姫や村人たちの前で、これみよがしにアルブレヒトの正体を明かしはしなかったでしょう。つまり彼は、ジゼルを傷つけたかった。そしてそれは非常に効果的でした。ジゼルは発狂し、あげくに亡くなってしまったんですから。もちろん死んでしまうなんてヒラリオンもさすがに予想していなかったでしょうが、責任は重大です。拳銃をつきつけたのがアルブレヒトだったとしても、引き金を引いたのはヒラリオンだったということです」

「なるほど」

「さきほど蝶野監督が、アルブレヒトのことを自分至上主義者だって言いましたけど、ヒラリオンだって同じです。そんな男性の狡《ずる》さに、きっとミルタも生前に痛い目にあった」

蘭丸に視線を据えたまま、花音は両手を上げ、糸巻きをするようにくるくる回した。先ほど嶺衣奈が踊ったソロにも登場した「踊る」というマイムだ。しかし花音は、回していた手でそのまま拳を作ると、交差させ、ギロチンのように鋭く振りおろす。併せると、「死ぬまで踊れ」という、第二幕で使われるマイムとなる。

「だから男が憎くて、見つければ、殺さずにはいられない――それがミルタの心情なのだと思います」

「いいねえ花音、そこまで到達できたか!」

蝶野が手を叩く。

「花音の疑問が蘭丸を刺激し、ヒラリオンに目覚めた蘭丸が、さらに花音のミルタを完成させた――まさにシナジー効果だ。二人とも素晴らしいよ！　みんな、拍手を！」

温かい拍手に包まれながら、蘭丸と花音は照れ臭そうに元の場所へと戻った。

「あのう、わたしも意見を聞きたい。いいですか？」

おずおずと雅代が手を挙げる。

「ウィリは、ミルタの命令によって動いているんでしょうか？　それとも各々に感情があって、男を殺してるんでしょうか」

「うーん、みんな良い質問をするねえ。参ったなあ」

蝶野監督は、ちっとも参ってなどいない、明らかにうきうきした様子で頭を掻いた。

「さあ、どう思う？」

さすがに全員、思案顔で黙り込む。ウィリが各自感情を持っているのかどうか……そんなこと、考えもしなかった。

「えっと、俺、思うんですけど」しばらく頭をひねっていた蘭丸が、突然手を挙げる。

「ミルタの命令によって殺しているだけじゃないと思う。彼女たちも男が憎いわけでしょ？」

「ふむ。ではウィリたちはそれぞれに感情を？」

「いや……それもしっくりこないです。だって、ウィリの群舞って、一挙一動、全く同じじゃないですか。クローン的というか。それが大きな見せ場でもあるわけだし、つまりはそこに原作者の意図が反映されているわけでしょう？」

「ほう。ならば、どう結論付ける？」

蝶野監督が片方の眉を上げる。

「命じられてるわけでもない。でも個々の感情があるわけでもない――つまり、彼女たちは一心同体なんです」

ウィリを演じるコール・ドの女性たちが、一斉に蘭丸に視線を向ける。

「ミルタの意志イコール、ウィリの意志なんです。『結婚直前に死んだ花嫁』という共通体験を根っことして、ミルタが幹であり、ウィリはその枝である――と考えるのはどうでしょうか」

誰もが、唖然《あぜん》として蘭丸を見つめている。一体どうやったら、これほど理解しやすく、素晴らしい解釈に思い至ることができるのだろう。

「それ……筋が通ってる」

「うん、とってもわかりやすい」

「ミルタを幹とした一本の木で、ウィリはその枝……なるほどね」

コール・ドの女性たちが、口々に言う。蝶野監督は、感嘆したように首を振った。

「スイミーの喩《たと》えといい、蘭丸の発想が優れているところは、視覚的にもイメージしやすいところだ。その発想力はバレエに欠かせない。大切にした方がいいぞ」

それからもジゼルの母、バチルド姫、村人たちのキャラクターについて、活発に意見を交わしながら、どんどん解釈を広げていった。議論は白熱し、予定終了時間をとっくに過ぎても、止まることはない。やっと全体の解釈がまとまった頃には、すでに九時近くになっていた。

「ところで、これまで蝶野監督が見たなかで、最高のアルブレヒトを演じたダンサーは誰ですか？」

　達弘が尋ねる。

「あ、確かに聞きたーい」

　美咲や雅代も口を揃える。

「そうだなぁ……ヌレエフ、マラーホフなど素晴らしい踊り手はたくさんいるが……僕は断然、バリシニコフかな」

「バリシニコフって、アメリカン・バレエ・シアターのプリンシパルだった人ですか？」

「そうだよ。といっても、元は旧ソ連出身だがね」

「あー、ドラマの『セックス・アンド・ザ・シティ』に出てた人だよね！」

「主人公キャリーの彼氏役だっけ」

「そうそう、シーズン6！　この前再放送してたよ」

「お似合いだったよね。TVシリーズが終わってちょうど十年か。続編を作って、また彼氏役で出てくれないかな」

「なるほど。今の子たちにとっては、彼はバレエ・ダンサーより、俳優としての印象の方が強いわけか」

盛り上がる若手団員たちを前に、蝶野監督は苦笑を禁じ得ないようだ。

「どうしてバリシニコフが監督のベストなんですか？」

「そうだね……あの卓越した表現力かな。そして力強くありながらも、ひとつひとつのパを繊細にこなす技術力。それにはなんといっても、彼にはきらきらした魅力が溢《あふ》れている。それはもう、天性のものだ。誰にも真似《まね》できないし、いくら練習を積んでも得られるものではない。

しかし、それら全ては、彼が大きな犠牲を払ってこそ手にできたものなんだよ。彼は、文字通りバレエに命を懸けたダンサーだからね」

「バレエに……命を懸けた？」

「そう。先ほど旧ソ連出身と言ったように、彼はアメリカに亡命したんだ。ソビエト式バレエしか踊らせてもらえないことが不満だった彼は、もっと自由に踊るために母国から飛び出したんだよ。

君たちにはピンとこないかもしれないが、当時のソ連というのは巨大な軍事国家であり、社会主義国だった。鉄のカーテンという言葉を聞いたことはないかな。非常に閉鎖的で、政治的に緊迫した状態にあったんだよ。

亡命というのは、他国へ逃げればおしまいじゃない。母国に残された家族や恋人、友人は、政府から厳しい取り調べを受けるんだ。拷問に近いものがあったとも噂されている。そして彼らは、何十年も監視されながら生きなければならない。

亡命は、成功すれば本人にメリットをもたらすが、母国に残された家族や恋人には地獄でしかない。それでもバリシニコフは、自分のバレエのために決行したんだ——周囲の人間を犠牲にしてでもね」

「そんなのって……ひどい」

団員の一人がぽつりと呟くと、周囲の数名も同意するように頷いた。

「そうだね。僕も若い頃には、バリシニコフの気持ちがわからなかった。彼だけじゃない、ヌレエフだって、プリマのナタリア・マカロワだって亡命している。そこまでする必要があったのだろうか、とね」

蝶野監督は、みんなをぐるりと見回した。

「しかしね、最近、彼らの気持ちが手に取るようにわかるようになってきたんだ。ダンサーとして現役でいられる期間は短い。それに、いつ怪我や故障で踊れなくなるかわからない。だから踊れるときに思い切り、悔いなく踊りたいんだよ」

「それにしたって――」

なおも腑《ふ》に落ちない様子の団員たちに、蝶野監督は「理解するには、まだ君たちは若すぎるだろうな」と目を細める。

「芸術というのは、生ものだからね。いつでも最高傑作が創れるとは限らない。特にバレエは総合芸術だから、自分一人が素晴らしいダンサーであっても意味がない。パートナーダンサー、振付師、演出家、作曲家……全てが超一流でなくては傑作は完成しないんだよ。

バリシニコフが亡命した時期、アメリカには気鋭のプリマ、ゲルシー・カークランドがいた。天才振付師、トワイラ・サープやジョージ・バランシンがいた。

いいかい、それは奇跡なんだ。突然誰かが負傷したり、亡くなる可能性だってある。実際、亡命のほんの数年前に、二十世紀を代表する作曲家、ストラヴィンスキーは死んでしまっている。彼はずっと、バランシンのためにバレエ音楽を作曲していた。もしもバリシニコフの亡命がもっと早くて、ストラヴィンスキーと出会っていたら……新しいバレエが生まれていたかもしれない」

何かに思いを掻き立てられるように、とうとうと語り続ける蝶野監督を、嶺衣奈も少し驚いたように眺めている。

「シャネルがバレエの衣装を手がけていたことを知っているか？　ジャン・コクトー

がバレエの台本を書いていたことは？　ピカソが舞台装置を担当し、マティスが公演プログラムの表紙画を描いていたことは？

もっともっと遡れば、レオナルド・ダ・ヴィンチがバレエ衣装のデザインをし、舞台装置を作った時代もあったんだ。想像しただけで、震えがくるよ。彼らが携わった舞台で、バレエを踊りたいと思わないか？」

スタジオの隅々にまで監督の熱気が伝わったかのように、全員が深く頷いている。シャネルの衣装にピカソの舞台装置……誰もが、かつて存在した、夢のような公演を思い描いていた。

「バリシニコフは知っていたんだ。自分には類まれなる才能があること、そしてそれに匹敵する才能が同時代に集まることの貴重さを。だから彼は、肉親を犠牲にしてまで亡命した。せざるを得なかった。彼はバレエの神様――いや、悪魔というべきか――に魅入られてしまった天才なんだから」

最後に監督はスタジオをぐるりと見回すと、まるで夢を追う青年のように目を輝かせて、言った。

「もしも今、シャネルやコクトーやピカソやダ・ヴィンチと舞台を作れるなら……僕も迷わず、悪魔に魂を売るだろうね」

ディスカッションが終了して解散すると、スタジオはがらんどうに戻る。その片隅で、花音と蘭丸と絢子は議論を続けていた。

「ずいぶん熱心なのね。みんなはもう帰ったのに」

振り向くと、嶺衣奈と蝶野監督がにこやかに立っていた。

「三人とも、今日の発言には感心したよ。成長したな」

褒められて、花音はちょっと誇らしいような、照れ臭い気持ちになる。

「監督、ひとつの役の解釈が、他の役、ひいては全体の演出に影響するという意味が、よくわかりました」

蘭丸の言葉に、蝶野は嬉しそうに頷く。

「そう。相互に反応し、影響し合う——バレエというのは、互いにコネクトすることで成り立つんだ。パートナーとだけではない。演出家、コール・ド、そして観客が繋《つな》がりあって、やっとひとつの結晶が完成する。そのことを常に忘れず、最高の舞台を目指してほしい」

「はい！」

「頑張ります！」

「俺たちなりに、最高のジゼルを目指します！」

三人の張り切った返事に、嶺衣奈が微笑んだ。

「わたしも蝶野も負けていられないわね。もっともっと練習しなくちゃ」

「練習といえば、嶺衣奈さん、昨日は真夜中まで残っていらっしゃいましたよね。すごいなあ」

絢子が悪戯っぽい表情で、蘭丸の顔をちらりと見ながら言う。蘭丸は「あ、そうか」と膝を打った。

「なんだ、嶺衣奈さんだったのか……」

蘭丸は耳まで真っ赤になる。

嶺衣奈が首をかしげた。

「昨日？　何の話？」

「それが蘭丸ったら、亡霊を見たって大騒ぎして。あたしも最初はびっくりしたけど、ちょっと考えたら正体がわかりました」

くすくすと絢子が笑う。

「亡霊？」

蝶野と嶺衣奈が顔を見合わせた。

「いや、俺、真夜中に財布取りに戻ったんですよ。そしたらスタジオに白い影が見えたんで、近づいたら誰かが踊ってたんです。デヴェロッペ・ア・ラ・スゴンドからプロムナードに移ったから、ああ、第二幕のジゼルだってわかって。で、そのう……俺たち、その直前まで、姫宮真由美さんの話をしてたから、つい、彼女に見えちゃって——」

姫宮真由美、という名前が出た時の嶺衣奈の様子を、花音は注意して見ていた。さっと顔色が変わったような気がする。

「あー、ばかだよなあ、俺。なんで嶺衣奈さんだって思いつかなかったんだろう！」

蘭丸が両手で髪をくしゃくしゃにする。

「そう……そんなことがあったの……」

嶺衣奈は軽く咳払いした。

「ええ、昨日は踊り込みたくて、つい真夜中になってしまったの。蘭丸君に見られてたなんてね。なんだか恥ずかしいわ」

「いいえ！　嶺衣奈さん綺麗《きれい》でした。幻想的で、ふわふわして無重力みたいで……」

「そう？　ありがとう」

微笑む嶺衣奈はいつも通りだった。顔色が変わったように見えたのは、花音の気のせいだったのか。

「さあ、もう遅いわ、あなたたちも帰りなさい。ゆっくり休まないと、明日のレッスンに差し支えるわよ」

「はい！　では失礼します」

謎が解けたからか、蘭丸はすっきりした表情で一礼した。

「お疲れ様でした」

花音は頭を下げ、蘭丸と絢子と連れ立ってスタジオを去る。廊下に出た途端、「お腹空いたね」と言葉が揃って、三人で笑った。

三人が出て行きドアが閉じられると、嶺衣奈は力が抜けたように壁にもたれた。

「――幹也、さっきの話……」

「ん？」

「真由美が現れたって……」

蝶野は一瞬ぽかんとし、笑いだした。

「君まで何を言ってるんだ。だいたい、昨日は真夜中まで練習してたって、自分で言っていたじゃないか」

「本当はわたしじゃないの。昨日は総裁と――父と予算の打ち合わせをしていたんだもの」

「だったら、単純に蘭丸君の見間違いだ。亡霊だなんて、クールな君らしくないね」

蝶野は壁にかけられた時計を見た。

「随分遅くなってしまったな。何か食べに行こうか」

「わたし、もうちょっと練習をしたいわ」

「付き合おうか？」

「いいえ――ちょっと一人になりたいの」

「了解。じゃあ先に帰るよ。夜食を作っておくから」

蝶野は軽く嶺衣奈の頬にキスすると、スタジオを出て行った。嶺衣奈はふうっと息を吐く。

――そうよね、幹也の言うとおりよ。真由美のはずがないじゃない。蘭丸君が、何かを見間違えただけ……。

嶺衣奈は気持ちを切り替えると、プレイヤーを操作し、音楽をかけた。しかし、踊り始めても蘭丸が見たという白い影のことが頭にちらついて、どうしても集中できない。テンポが遅れる。着地のタイミングがずれる。回転の重心がぐらつく。

メロディをよく聴かなくちゃ、と自分に言い聞かせる。ここでグラン・ロン・ド・ジャンプ、それからトンベ、ああ、それから次は――

あれほど踊りこみ、振り付けも完璧に身についているはずなのに、体がついてこない。この音楽が、姫宮真由美を思い出させる。軽やかに、まるで重力を感じさせることなく踊っていた天性の舞姫。どんなに嶺衣奈が努力してもたどり着けなかった境地に、真由美はやすやすと到達していた。

真由美は、死んでもなお、嶺衣奈のライバルだった。

嶺衣奈は真由美に、ずっと囚《とら》われ続けている。

こんなはずじゃなかったのに。真由美が死んでくれれば、全てが手に入ると思ったのに――

真由美の死顔。見開いた両目。血に染まった、ジゼルの純白の衣装。

きっと真由美は、わたしを恨んでいる――

何も考えないように、ひたすら体を動かした。踊って、踊って、そして――音楽が止まった。いつの間にか、ソロのパートを踊り切っていた。嶺衣奈はストレッチをして、体をクールダウンさせる。息があがり、汗をかいているのに、体の芯《しん》は冷え切っていた。

もう十一時を過ぎている。シャワーを浴びて、家に帰ろう。

嶺衣奈はスタジオを出て、シャワー室の併設されたロッカールームへ急ぐ。他のスタジオの電気は消えており、物音ひとつ聞こえない。残っているのは、嶺衣奈だけなのだ。

熱いシャワーを頭から浴び、やっと人心地ついた。心と体が、じんわりとほぐれていく。早く家に帰って、幹也が作ってくれた夜食を食べよう。嶺衣奈も料理が好きだが、幹也も手際よく美味しいものを作ってくれる。軽く食べて、少しワインを飲んで、それからふかふかのベッドで眠るのだ——。なるべく心が温まることを考えながら手早く汗を流し、着替え、ドライヤーで髪を乾かす。

ロッカールームを出て、ハッと立ち止まった。廊下の電気が消え、真っ暗になっている。出てきたときに暗いのは嫌なので、あえて点《つ》けっぱなしにしておいたはず。それなのに、今は非常灯のぼんやりした緑色の明かりがあるだけだ。

やだ、どうして……？

天窓から差し込む月明かりが、吹き抜けの三階から一階を照らしている。なんとか階段を降りられないことはない。けれども、点いていたはずの電気が消えていたという事実が、嶺衣奈には不気味だった。嶺衣奈は手探りで壁を探る。電気のスイッチに触れ、ホッとしながら押した。が、

——点かない。

焦った嶺衣奈はもう一度、スイッチを押す。もう一度、もう一度。

どうして点かないの？

暗闇の中、嶺衣奈の視界の端で、何かが動いた。——何か、白いものが。

いや、見たくない……！

心はそう叫んでいるのに、視線はついそちらを向いてしまう。第二スタジオの暗がりのなかに、ぼんやりと白い影が見える。

ああ、やっぱり。

それが何か……いや、誰なのか、嶺衣奈にはわかっていた。嶺衣奈は廊下を壁伝いに歩き、吸い寄せられるようにゆっくりと近づいていく。

蒼く輝く月光の中で、影は舞っていた。純白のジゼルの死に装束——総裁が処分したはずの、あの衣装を着て。嶺衣奈はいつの間にか、ガラスの壁に顔をくっつけるようにして、その踊りを見つめていた。

ふと、影が踊るのを止め、振り向いた。嶺衣奈は息を呑む。

——真由美……。

美しいが、まだあどけなさの残る顔。成熟する前の、柔らかな筋肉を持った肢体。あの当時そのままの、姫宮真由美に間違いなかった。

真由美はガラス越しに、まっすぐ嶺衣奈を見つめている。嶺衣奈は金縛りにあったように、その場から動けなくなった。

真由美は、ゆっくりと両手を顔の前で交差させると、一気に振り下ろした。

——あなたを、呪う。

マイムでそう告げられた嶺衣奈は、思わず叫んでいた。

くずおれそうになる体をなんとか支え、震える足を踏みしめて階段を降りる。やっとの思いで一階へたどり着くと、全身を使って正面玄関の重い扉を押し、よろけながら外に出た。

嶺衣奈は自宅マンションの玄関を開けると急いで中に駆け込み、U字ロックをかけた。

「おかえり。遅かったね」音を聞きつけて、リビングの方から蝶野が出てきた。「――どうかした？」

顔の色を失い、肩で息をしている嶺衣奈に、蝶野が怪訝《けげん》な表情をする。

「ああ、幹也――」

嶺衣奈が、蝶野の胸に倒れ込む。

「嶺衣奈、どうした」

震える嶺衣奈の肩を抱き、蝶野はリビングへと連れて行った。きつくしがみついてくる腕をそっとはがしてソファに座らせ、ブランケットをかけてやる。

「……真由美が、いたのよ」

「――え？」

「蘭丸君の言ってたことは本当だった。スタジオで、真由美が踊っていたの」

「何を言ってるんだ」

蝶野が眉を寄せる。

「この目で見たの。間違いないわ」

「しかし」

「本当よ！　わたしが、嘘をつくと思う？」

嶺衣奈は蝶野にすがりついた。

「あの子、呪うって……あたしを呪うってマイムで伝えてきた」

「嶺衣奈……」蝶野は、そっと嶺衣奈の手を握る。「真由美がこの世にいないということは、僕たちが一番良く知っているじゃないか」

「だけど」

「君は……僕を苦しめたいのかい？」

蝶野の表情には、苦悩が浮かんでいる。嶺衣奈はハッとして、やっと冷静さを取り戻した。

「ごめんなさい、幹也。そんなつもりじゃ……」

嶺衣奈は、蝶野の手を握り返す。体の震えが、ようやくおさまってきた。

「もう一度、落ち着いて話して。いったい、何があった？」

嶺衣奈は順を追って話した。練習し、シャワーを使った後、点けていたはずの廊下の電気が消えていたこと。点け直そうとしても、なぜだか点灯しなかったこと。そしてスタジオに白い影が見え、近づいてみると、姫宮真由美が第二幕の衣装を着て踊っていたこと――。

「なるほど」

蝶野は頷いた。

「信じてないのね」

「そうじゃない。ただ最近、君は精神安定剤を飲み過ぎている」

嶺衣奈はこの一年ほど、精神安定剤を服用している。プレッシャーや不安で始終落ち着かなく、眠れないことが続いたので、処方してもらったのだ。もちろんレッスンや舞台に支障のない範囲で、必要最低限の量である。しかしジゼルの公演が決まってからというもの、通常の量では足りなくなった。ずっと望んでいた公演がやっと実現するというのに、舞台を失敗するのではという不安が頭を離れないのだ。

「君は、ジゼル役に相当な重圧を感じている。十五年前の事件を乗り越えて、完璧に踊らなければならない、失敗は絶対に許されないとね。真由美のジゼルと比べられるのを、君は一番怖れている。だから蘭丸君の話が引き金となって、そんな幻覚が見えてしまったんだ」

「安定剤のせいで幻覚が見えたことなど、これまで一度もないわ」

「ごめん、言い方が悪かった。影がそんな風に見えただけだよ、きっと」

「……影？」

「そう。天窓からは月光、窓からはざわめく木々の影。それが踊っている人影に見えた。それだけだ」

違う。

そう言い張りたかったが、控えた。せっかく蝶野が落ち着かせようとしてくれているのだ。「……そうね、きっとそうだわ。わたしったら」

嶺衣奈はぎこちなく微笑んだ。

「ホッとしたらお腹が空いたわ。お夜食はなに？」

蝶野は安堵したような表情を浮かべ、

「ラタトゥイユだよ。今持ってくる」

と早速立ち上がった。

蝶野がキッチンへ消えたのを確かめると、嶺衣奈はそうっとキャビネットへと近づく。素早く引き出しから精神安定剤を取り出し、水差しからグラスに水を注ぐと、一気に飲み下した。

足音が近づいてくる。嶺衣奈は急いでグラスを片付け、何食わぬ顔でソファに戻った。

「隠し味にクミンを入れてみたんだ。良い香りだろ？」

ソファテーブルにラタトゥイユとスプーンを置くと、蝶野は嶺衣奈の隣に座った。

嶺衣奈は早速、ひと口味わってみる。

「とっても美味しいわ」

「よかった」

「ナパの白ワインがあうと思うよ。軽いし、フルーティだから」

蝶野はボトルからグラスに注ぐ。が、ふとその手を止めた。

「ワインは……やめたほうがいいかな」

「大丈夫よ。飲みたいわ」

「いや、やめておこう。お酒も、今日みたいなことが起こった一因かもしれない。ね？」

蝶野は、嶺衣奈の前からグラスを遠ざけた。

確かに、嶺衣奈のアルコール摂取量も増えていた。もともとワインは好きだった。けれども最近は楽しんで飲むというよりも、緊張を取るために飲む。そこには心の余裕はなく、切羽詰まった焦りがあるだけだ。そしてひと口飲むと、緊張を忘れるまでどんどん飲んでしまう。よくない兆候だ、と自分でもわかっていた。けれどもコントロールできない。

「そうね。わかった。今日はやめとく」

嶺衣奈は素直に従う。

「おかわりは？」

「もういいわ。ごちそうさま。美味しかった」

「足はどう？　無理し過ぎてないか？」

「そうね、ちょっと痛い。薬を飲まなくちゃ」

嶺衣奈が立ち上がろうとすると、「休んでて」と蝶野が代わりに薬のボトルを取って来てくれた。何年か前、海外公演に行った時に購入した関節炎の薬だ。日本では市販されていないものだったが、これを飲んでから踊った舞台が、嶺衣奈の中では史上最高の出来だった。それ以来、わざわざ個人輸入して同じ薬を飲んでいる。

縁起を担ぐバレエ・ダンサーは少なくない。この化粧グッズを使えば笑顔が引きつらない、このトウ・シューズなら着地に失敗しない、このタイツなら回転が上手にできる……。嶺衣奈はそんなダンサーの中でも、よりスピリチュアルなことに傾倒する性質《たち》だ。パワーストーンを身に着けたり、バーレッスンをする方角を気にしたり、毎朝必ず右足からベッドを下り、左足から玄関を出ることにこだわる、などだ。そしてその最たるものが、この薬なのだった。

「ありがとう」

薬を飲む嶺衣奈の足を、そっと蝶野が持ち上げた。そして優しく、丁寧にマッサージし始める。バレエ・ダンサーにとって、足は生命そのもの。だがその足は、血豆や傷、絆創膏《ばんそうこう》だらけだ。しかも嶺衣奈の場合は、ひどい関節の痛みにも悩まされている。

だから蝶野は時々こうして、嶺衣奈の足を揉《も》み解《ほぐ》してくれるのだ。

「幹也、ありがとう」

「君は我がバレエ団のプリマだからね。指導よりなにより、これこそが芸術監督の最も大切な仕事さ」

嶺衣奈の笑いを誘おうと、蝶野がおどける。

「明日から週末にかけて出張だが……君を一人にするのは心配だな」

「出張？　何だったかしら」

「全日本ジュニア・バレエコンクールの審査員だよ」

「ああ、そういえばこの土日ね。前日から現地入りするんだったわね」

確かに、一人になるのは嶺衣奈も嫌だ。

「お父様の家に押しかけるわ。だから心配しないで」

「それがいい。僕も安心だ」

蝶野が、目を細めて微笑した。

彼は優しい。魅力的で、そして天才だ。今、彼は自分のものだ。彼が選んだのは、真由美でなく自分なのだ。

それなのに——温かい彼の両手につま先を包まれているのに、嶺衣奈の体の芯は、恐怖で凍り付いたままだった。

　それは蝶野と温かなベッドに横たわってからも、融《と》けることはなかった。蝶野が眠っていることを確かめ、嶺衣奈はそっとリビングルームへと行く。そしてキャビネットからグラスを取り、ブランデーを注ぐと、一気に飲み干した。

　心地よく喉が焼ける。けれども頭は妙に冴え冴えとし、油断するとすぐに恐怖が押し寄せてくる。嶺衣奈はさらにグラスに注ぐと、再びあおった。体が温まり、視界が揺らぎ、何も考えないようになるまで、薄暗いリビングの片隅でひたすら飲み続けた。

第三場「証拠探し」

　美しい村娘たちが、葡萄《ぶどう》の収穫から戻ってきました。

「一緒に踊りましょう」とジゼルが誘い、みんなでワルツを踊り始めます。ワルツの最中、ジゼルは一瞬苦しそうに左胸を押さえますが、すぐに笑顔になって再びステップを踏み始めました。

　ちょうど踊り終わった時、ジゼルの小屋のドアが開いて母親が出てきます。

――おや、まあ、何をしていたの？

――あらお母さま、みんなで踊っていたのよ。

ジゼルは軽やかに回って見せます。

——ダメよ、あなたは心臓が弱いの。こんなに踊って、なにかあったらどうするの？

母親は、さらに続けます。

——こんなに踊りが好きで、しかも若いみそらで死んでしまったら、ウィリになるのよ。

——ウィリですって？

村娘たちは、気味悪がります。

——ええ、ええ、そうですとも。ウィリは、結婚を目前にして死んでしまった女の精霊ですよ。夜な夜な墓地から現れては、目についた男の人を死ぬまで踊らせるという、怖ろしい死霊なのです。

——いやだ、怖いわ！

ウィリの話を聞いて村娘たちは震えあがり、帰っていきました。母親はロイスをじろりと睨みつけると「さあジゼル。おうちに帰りましょうね」と強引に小屋に連れて入ってしまいます。

一人残されたロイス。ジゼルの小屋の扉をノックしかけて、はたとその手が止まります。遠くの方から、角笛の音が聞こえてきたからです。

——この角笛は、貴族の狩りの合図では……？　ロイスは慌てて、その場から逃げていきました。

貴族の仲間と鉢合わせしては大変です。ロイスは慌てて、その場から逃げていきました。


そこへヒラリオンがやって来ます。今なら、ロイスの小屋には誰もいません。

ヒラリオンはこっそりと、小屋へ忍び込みました。

さてヒラリオンは、ロイスを陥れることができそうなものを見つけられるでしょうか——。

＊

次の朝、嶺衣奈は恐る恐るスタジオに顔を出した。

「おはようございまーす」

団員たちが嶺衣奈に挨拶をして、レッスンへと急ぎ足で向かっていく。拍子抜けするほど、いつもと変わらない朝だ。

「ね？」蝶野が、嶺衣奈の肩をポンと叩く。「じゃあロッカーで着替えてくるから。第三スタジオで待ってて」

「ええ」

蝶野が去ると、嶺衣奈は廊下のスイッチに手を伸ばした。押してみると、ちゃんと電気は点く。

なんだ……。

嶺衣奈はふうっと息をつき、ロッカールームに入った。

「……ううん、見間違いじゃないって！」

着替えていると、違う列のロッカーから声が聞こえてきた。

「わたしたち、二人で同時に見たんだもん」

「うん、一人だったら、恐怖でぶっ倒れてたと思う」

声には怖れよりも、興奮が表れていた。嶺衣奈はふと手を止め、聞き耳を立てる。

「本当かなあ、姫宮真由美が白い衣装着て、そこの廊下をふらふらと歩いてたなんて」

「ちょっと見え透いてるよ、ね？」

無邪気な笑い声に、「マジだって！」というムキになった声がかぶさる。

嶺衣奈は思わず、会話が聞こえてくる方に近づいていた。コール・ドで村娘を踊る若手たちが、五名ほどで輪になっている。

「わたしたちだけじゃないよ。健二《けんじ》も見たんだって、ロビーで」

「健二かぁ。いつもおちゃらけてるし、信用できないなあ」

「本当だって。その後、何もないのに自転車で転んだんだって。呪いだ呪いだって騒いでたよ」

若いからなのか、怪談だというのに声が弾み、時折笑い声が混じる。

「はいはい、呪いね」

「ねえ、そろそろ行こうよ」

「うん……痛っ、ロッカーに指を挟んじゃった」

「姫宮真由美の呪いじゃない？」

どっと爆笑が起こった。

「やめなさい！」

嶺衣奈はいつの間にか叫んでいた。女子たちが、驚いて振り向く。

「そんな根も葉もない話、やめなさい。いるはずないじゃない、亡霊だなんて」

女子団員たちはしゅんとなって、「嶺衣奈さん、ごめんなさい」と小さな声で謝る。

「変な噂を立てたら承知しないわよ！　いいわね！」

嶺衣奈はヒステリックに釘《くぎ》をさすと、廊下へ出た。第三スタジオに入り、精神安定剤をペットボトルの水で流し込む。それでも動悸《どうき》と体の震えがおさまらない。嶺衣奈は錠剤を、もう二錠追加して飲む。なんとか気を落ち着けて、ストレッチを始めた。

今日のレッスンでは、ミルタ、ドゥ・ウィリ、そしてコール・ドのウィリたちと一緒に、第二幕を合わせることになっていた。有紀子が不在なので、ドゥ・ウィリの片方はコール・ドの雅代が一時的に代役を務める。

第二幕の精霊たちのシーンは、まずミルタが登場して踊る。踊った後、手に持ったローズマリーの枝の力で、墓場からドゥ・ウィリを含むウィリたちを召喚する。それからジゼルを呼び、新たな仲間として迎えるのだ。

「花音、ちょっと待って」

ミルタがジゼルを召喚したところで蝶野が遮り、ピアノの生伴奏も止んだ。

「もっと威厳をにじませて枝を掲げるんだ。これがミルタの魔力の象徴なんだから」

「すみません」

「といっても、それじゃ気分が出ないよな。悪いね、ぎりぎりまで、枝の種類をどうするか迷っていたから」

蝶野が頭を掻く。小道具のローズマリーが間に合わず、「ドン・キホーテ」で使用する扇子を枝に見立てて使っているのだ。

「迷っていたって……ローズマリー以外、他にあるんですか？」

花音や絢子を始め、コール・ドの団員たちも驚く。ミルタはローズマリーの枝を持っているというのが定説なのだ。

「昔の台本では、ギンバイカになっているものもあるんだ」

「ギン……バイカ？」

「銀の梅の花と書いて、ギンバイカだ。夏に白い花をつける。愛や純潔を象徴しているとして、結婚式では花嫁のブーケに使われることも多い」

「花嫁かぁ」

「確かに、ジゼルにぴったりですよね」

「ああ。白い花だと、白い衣装にも合うし、舞台映えもする。しかもギンバイカはドイツ語でミルテといってね、ミルタという名の由来はそこからではないかと個人的には思っているんだ。けれども改めて検証し直してみて、ミルタにはローズマリーの方が相応しいという結論に至ったんだ」

蝶野に、女子団員の興味深そうな視線が集まる。

「ローズマリーの花言葉は、追憶、思い出だ。古代には『ずっと覚えている』という意味を込めて、婚姻の時にも、埋葬の時にも用いられたそうだよ。婚姻と埋葬という両極端さは、幸せな第一幕と不幸な第二幕、そして花嫁衣装と死に装束というジゼルのテーマを、端的に表しているといえる。

それと共に、ミルタがローズマリーを持つ最も重要な意味は、『思い出せ』ということだ。ミルタはウィリたちに、『男どもが何をしたかを思い出せ。憎しみを思い出せ』と繰り返し伝えている——僕はそう解釈した」

「『憎しみを思い出せ』か……」

「小道具ひとつに、そんな深い意味も込められるんだね」

「うん、なんだかすごい」

コール・ドのダンサーたちが感心する中、花音も何度も頷く。

「どうだ、花音。理解できたか？」

「はい！」

「ではジゼルを召喚するところから、もう一度！」

再びピアノの伴奏が始まる。花音が、ローズマリーを高々と掲げた。

「いい感じだ」

蝶野が頷く。

ローズマリーの枝に誘われて、ジゼルである嶺衣奈は目を閉じたまま、一歩、一歩と中央へと歩み出る。そしてミルタがローズマリーでジゼルの体に触れると、ジゼルは眠りから覚めたように目を開け、まるで操られているようにダンスを始めるのだ。

嶺衣奈は両手を大きく広げ、右を軸足にして回転しながら考えていた。

——『思い出せ』ですって。なんて嫌な言葉だろう……。

「嶺衣奈、いいよ。死から呼び覚まされたばかりで、まだ空っぽな感じがよく出ている」

蝶野の言葉は、しかし嶺衣奈の耳に入っていない。嶺衣奈はずっと、真由美のことを考えている。

――廊下をふらふらと歩いてたなんて。

――健二も見たんだって、ロビーで。

――姫宮真由美の呪いじゃない？

蘭丸や嶺衣奈だけでなく、他の団員たちも目撃している。それは、つまり――

「あっ！」

軸足がぐらついた。体勢を立て直す間もなく、フロアに転倒する。

「嶺衣奈！」

みんながざわめく中、蝶野が駆け寄ってきた。

「大丈夫か？」

答えようとしても、体が震えて声が出ない。蝶野は嶺衣奈を横抱きにして持ち上げると、「十五分休憩だ！」と団員に告げてスタジオから出た。

休憩室のベッドの上に降ろされても、嶺衣奈は落ち着かず、きょろきょろと辺りを見回した。

「わたしのバッグはどこ？　安定剤をちょうだい」

「ダメだ。さっきも飲んでいただろう。見ていたよ」

蝶野が首を振る。

「嶺衣奈、いったいどうした？　プリマたるもの強い精神が必要だと、つねづね言ってた君じゃないか」

「……他にもいるの」

か細い声が、震える唇から漏れる。

「――え？」

「真由美を見た子が、何人もいる。あの子、わたしたちに陥れられたことを知ってるのよ。だから復讐しにきたんだわ」

「滅多なことを口にするんじゃない」

「そうよ。だから呪いのマイムを……」

「嶺衣奈！」

「復讐される。わたしたち、殺されちゃうんだわ」

蝶野が、嶺衣奈の頬を張った。嶺衣奈はハッとし、やっと正気に戻る。

「ごめん……」

蝶野が嶺衣奈を抱きしめ、優しく背中をさする。

「わたしこそごめんなさい、取り乱して」

ノックの音がした。二人は咄嗟に口をつぐむ。ドアが開いて、おずおずと花音が顔を出した。

「総裁が監督をお呼びです」

「わかった」

「あのう……わたしたちのせいですよね」

花音が申し訳なさそうに口を開き、

「昨日亡霊を見たなんて、変なことを言ったから。本当にすみません」

とぺこりと頭を下げる。

「まさか。嶺衣奈はただ疲れてただけだ。亡霊の話なんて最初から気にしちゃいない。な？」

「ええ」

嶺衣奈も笑顔で取り繕う。

「そうですか。だったら安心しました。昨日、蘭丸が姫宮真由美さんの話をした時、嶺衣奈さんの顔色が変わった気がしたから」

すうっと嶺衣奈の顔が強張る。気づかれていた――

「関係ないと言ってるだろう」

「すみません、では失礼します」

一礼して花音が去っていく。

「じゃあ嶺衣奈、僕は総裁の部屋に行ってくるから。そのまま出張に発《た》つよ」

ドアから出ようとする蝶野を、嶺衣奈はベッドから起き上がり、慌てて引き留めた。

「——行かないで」

「え？」

「行っちゃダメ。なんだか悪い予感がするの」

「馬鹿だなぁ。何も起こるわけないじゃないか。とにかく君は、今夜は総裁の家でゆっくり休ませてもらうこと。いいね？」

蝶野の背中がドアの向こうに消えてしまうと、嶺衣奈は世界からただ一人、取り残された気になった。

——怖い。

嶺衣奈は自分を両腕で抱き抱える。姫宮真由美が、蝶野を連れ去ってしまうという想像が、頭から離れなかった。

「……やっぱ呪いだったりして」

蝶野が吹き抜けの階段を下りていると、玄関ロビーの方から密やかな声が聞こえてきた。天井が高いので、階下の声も上までよく響く。

「そうよね、嶺衣奈さんが倒れるなんて……」

「顔色も悪くて、まるで取り憑かれて――」

一階までたどり着いた蝶野の姿を見て、数名の団員が気まずそうに口を閉じる。蝶野はやれやれとため息をついて彼らの脇を通り過ぎ、総裁の部屋に入った。

「ああ、幹也くん」

鷹揚《おうよう》に、紅林総裁が迎えた。

総裁の部屋には、いつも高級な葉巻の匂いが立ち込めている。磨き抜かれたオーク材の調度品。重厚なワイン色のカーペット。そして壁には自身の肖像画――そんな部屋の中で、ダークブラウンのシルク地のスリーピース・スーツに身を包み、葉巻をくゆらせている総裁が「バレエ界のゴッド・ファーザー」と呼ばれているのも頷ける。

紅林総裁は、革張りのソファを蝶野に勧めた。

「嶺衣奈は、ずいぶん不安定なようだな」

「ええ、お義父《とう》――総裁」

「精神安定剤を飲んでいるというのは、本当かね？」

「……はい。僕がついていながら、申し訳ございません」

「関節炎の薬も？」

「はい」

「薬漬けだな、まったく」

総裁は、ふんと鼻から煙を吐き出した。口調は冷たいが、総裁なりに娘を心配はしているのだろうと蝶野は思う。しかし何よりも先に、バレエ団責任者という立場でものを考える人なのだ。「お父様は、バレエとバレエ団のことしか考えていないのよ」と嶺衣奈が不満を漏らしていたこともある。

「もっとも、ミスターBであれば、こんな時には迷わずダンサーにアンフェタミンを渡すんだろうがね」

総裁は笑った。ミスターBというのは、天才振付師、ジョージ・バランシンの呼び名だ。生前、彼はビタミン剤だと偽って、プリマであるゲルシー・カークランドにアンフェタミンを飲ませ、踊らせていた。バランシンはまた、ダンサーたちに極限までの――骨が浮き出て見えるほどの――細さを求めた。彼にとっては自分のバレエの完成度だけが重要で、ダンサーの健康状態は二の次だったのである。しかし凡人には到底真似のできないその徹底したこだわりが、バランシンの作品を唯一無二のものにしたことは確かだ。

そして同じ種類の冷徹さを、蝶野は総裁からも感じることがある。

「どうもあれは、子供のころから弱いところがある。母親を幼いころに亡くしているから、周りが甘やかしたんだな。しっかりと、君が支えてやってくれ」

「もちろんです」

「多分、今回が最後だろう」

「――え？」

「嶺衣奈がジゼルを踊れることが、だ。ジゼルは体力がいる。体力的にも年齢的にも、この公演が嶺衣奈にとっては最後のチャンスかもしれん。あれも、そのことを重々わかってるんだろうな。だから余計に追い詰められている。しかも……姫宮真由美のジゼルは、比類なく素晴らしかったからね」

総裁は、意味深な視線をちらりと蝶野に向けた。

「ともかく、このジゼル公演には、我がバレエ団の今後がかかっているといってもいい。必ず成功させなければならないのだ。くれぐれも、プリマの管理を頼むよ」

「承知しました」

「……面白くない噂が、わたしの耳にも入っている」

総裁が、再び苦々しげに煙を吐き出した。

「亡霊だとか、呪いだとか……全く、けしからんね。こんな噂が、外部に漏れないようにくれぐれも頼むよ。昔のことを……真由美のことをほじくり返されては、かなわん。君のためにも、ならんだろう？」

「とにかく、君には期待している。いやあ思い出すね、わたしがかつて舞台に立っていたころを。アルブレヒトを踊ったのは、もうかれこれ四十年も前になるかな」

「……はい」

目を細めて、総裁はふふ、と笑った。

「世界の舞台も目指した。だが、まあ……わたしには君ほどの才能はなかったんだろうね」

蝶野に向ける眼差《まなざ》しに、かすかな嫉妬が混じっている。そう、これもバレエ・ダンサーに染みついたやっかいな性質だ。現役を退いて後進を指導する立場になっても尚《なお》、優秀なダンサーには嫉妬を禁じ得ない。自分が昔できなかったことを、あいつは軽々とこなしている。自分が獲《と》れなかった国際コンクールの賞を、あいつは獲った。自分には海外から招聘はなかったが、あいつは引く手数多《あまた》だ——。そんな思いが、常に胸に渦巻くのだ。

蝶野だって同じだ。蘭丸を、達弘を、もっと伸ばしてやりたい、世界に通用するダンサーに育てたいと心から願う一方で、その素早い吸収力には焦りと脅威を覚える。彼らはまだまだ若い。伸びしろは計り知れない。師である自分を越えてほしくもあり、自分が決して越えられない壁でもあり続けたい——。ダンサーとはどこまでも業の深い生き物なのだと、つくづく蝶野は怖ろしくなる。

この世で、蝶野の才能を最も買ってくれているのは総裁だろう。まだ中学生だった蝶野の技術力と表現力をいち早く見抜き、心血を注いで育ててくれた。しかしいざ、蝶野にパリ・オペラ座からの客演の打診があった時、即座に却下したのもまた総裁だった。

それ以降も、総裁は決して、蝶野に海外からのオファーを受けさせない。嶺衣奈には招聘に応じさせ、何度も海外での客演を行っているが、蝶野には断らせている。表向きは、「東京グランド・バレエ団の公演準備と重なるから」であるが、蝶野には何となくわかっている。蝶野に、自分のバレエ団以外で踊らせたくないのだ。パピヨンが、手のひらから羽ばたいていくのが許せないのだ。

総裁からはとてつもなく大きな愛情と共に、その裏に潜む嫉妬を感じる。同時に蝶野も、総裁に対して返しきれないほどの恩義を感じ、敬愛しながらも、やはり心の底では暗い感情を飼い殺している。

二人の師弟関係には、愛憎が複雑に入り混じっているのだ。

「何をおっしゃいますか。バレエ・ダンサー紅林ひさしといえば、当時の日本を代表する――」

総裁は、遮るように葉巻を蝶野の目の前で揺らした。

「いいんだよ。わたしには運営が向いていたんだ。今や東京グランド・バレエ団は日本一のバレエ団だと自負している。そしてこれからも、さらに成長することができる――君さえいてくれれば、ね」

「はい、総裁」

「蝶野幹也版『ジゼル』――楽しみにしているよ」

「お任せ下さい。この公演は、必ず成功させてみせます」

蝶野が力強く言うと、紫煙の向こうで、総裁が頬を緩めた。


「エントリーナンバー八十七番。『眠れる森の美女』第三幕より、オーロラ姫のヴァリエーション」

司会者のアナウンスに続いて、オーロラ姫の衣装を着てメイクを施した少女が舞台下手から登場した。照明は地明かりだけで舞台美術もなく、背景に白いホリゾント幕があるのみだ。

少女は満面の笑みだが、舞台中央へと向かう足取りには怯《おび》えが見て取れる。ポーズを取って音楽が鳴り始めるのを待つ姿に、蝶野はつい昔の自分を重ね、審査員席にいるというのに緊張してしまう。

毎年神戸で行われる全日本ジュニア・バレエコンクールは、十歳から十四歳の男女を対象としている。昨日行われた予選の出場者は百名。そのうち三十名が予選を通過し、今日の本選に参加することができる。特別審査員長として、蝶野は呼ばれていた。

審査員のオファーを受けたことは何度もあるが、その度に蝶野は断ってきた。自分がバレエ・ダンサーとして現役である以上、他のダンサーに甲乙をつけ、評価する立場にはないと思っているからだ。しかし今年から、東京グランド・バレエ団が普段世話になっている毎報《まいほう》新聞社がメイン・スポンサーとなったので、引き受けるという選択肢しかなかったのである。

審査員長というのは、正直荷が重かった。しかし今の蝶野には、プロの踊りを見ることはあっても、ジュニアの踊りを見る機会はあまりない。現代の子供たちがどういうバレエを踊るのか、どんな解釈をし、どう表現するのかを知る好機だと捉えることにした。

ピアノ曲が始まるのと同時に、少女が踊り出す。蝶野はエントリーシートに目を落とした。年齢は十一歳とあるが、気品のある踊りをする。バランス感覚に長けていて、アラベスクも美しい。しかし緊張のためかジャンプの踏み切りが弱く、着地もずれた。ひとつひとつのパを見る限り、かなりの熟練者であることは間違いない。実際、シートによると、彼女は予選をトップ通過している。だが、細かいミスがところどころに見受けられ、全体に精彩を欠いて見えた。

コンクールはみずものである。いくらレッスンや予選で完璧に踊れても、本選でミスをしてしまえば入賞は難しい。何年もの努力が、ほんの一瞬のミスで、水の泡となってしまうのだ。

蝶野は素早くジャッジシートに鉛筆を走らせ、メモを取る。コンクール終了後は、パーティシパント全員にコメント入りのジャッジシートが渡されることになっている。どこがどう減点に繋がったのか、改善するにはどうすればいいのか――このコンクールが子供たちのダンサーとしての成長に繋がるよう、蝶野はなるべく細かく、具体的に書いた。

音楽のテンポが緩やかになり、オーロラ姫が最後のポーズを取った。笑顔ではあるが、きっと心中はミスを引きずっている。舞台袖に引っ込んだ途端、バレエ教師の胸に飛び込んで泣く様子がありありと思い浮かんだ。

「それでは、ただ今から審議に入ります。結果発表、および表彰式は午後六時より行われます」

アナウンスが入り、審査員たちが立ち上がる。今の少女が最後だったようだ。ぎっしりと書き綴《つづ》られたジャッジシートの束を抱えて蝶野も席を立ち、他の審査員たちと控え室へと向かった。

「いやあ、接戦ですねえ」

「今年のジュニアはレベルが高い」

「大人顔負けですわね」

　それまで無言でいた審査員たちが、控え室に入った途端、口を開く。公平な審査ができるよう、頭の角度から指先の伸び方、足のさばき方など、ひとつひとつの動きを見逃すまいと、息を詰めて集中していたのだ。一気に気がゆるむのも、無理はない。

「蝶野審査員長、お願いします」

　審査員五名と蝶野が丸い会議テーブルにつくのを見計らって、毎報新聞社の文化部長、日下《くさか》が蝶野を促した。蝶野は頷いて、審議をリードする。

「それでは、出場順に進めていきましょう。まず、四番の望月雅夫《もちづきまさお》さんについて。皆様の評価をお聞かせください」

　審査は技術力、表現力、音楽性、容姿、将来性など、総合的に考慮して行われる。三十名の本選参加者一人一人について、審査員が意見を述べていった。時に意見が割れることもあるが、双方の意見を熱心に聞き、うまく調整するのは蝶野の得意とするところだ。白熱した議論を重ね、入賞者が決められていく。

「第三位が乾華子《いぬいはなこ》さん、第二位が北園雄吾《きたぞのゆうご》さん、第一位が森田大輔《もりただいすけ》さん、そしてグランプリが足立《あだち》みのりさん――以上、決定ということでよろしいでしょうか」

　同意の拍手が起こり、蝶野はホッとする。これで審査員長としての大きな仕事は終わりだ。

「審査員の皆様、お疲れ様でした。それではジャッジシートを回収します」

日下がそれぞれから用紙を回収していく。

「やあ、蝶野さんのシートは、これまたびっしりと記入されていますな」

蝶野の隣席に座る審査員、立花《たちばな》が目を丸くする。

「少しでも、ジュニアのためになればと思って。ついうちの団員に教えるつもりで書いていたら、いつの間にか裏面までいっぱいになってしまって」

蝶野の言葉に、向かい席の女性審査員、北条《ほうじょう》も感心したように頷く。

「そうですわねえ。蝶野さんに指摘していただいた点をみっちり改善すれば、来年のコンクールでは入賞できるかもしれませんもの」

「ええ、彼らはまだ若いですから、いくらでも矯正《きょうせい》できる。色んなコンクールを経験してもらって場数を踏んで、賞を獲って――」

自分で発した何気ない一言に、蝶野は引っ掛かりを覚える。

色んなコンクールを経験する。

場数を踏む。

賞を獲る。

――でも、その先は？

「蝶野さん？　どうなさいました。もう発表の時間ですよ」

日下が顔を覗き込む。

「ああ、いや……」

蝶野は笑顔を取り繕った。

「では、行きましょう」

日下が控え室のドアを開ける。たった今胸に湧き起こった正体不明のもやもやしたものを抑えつつ、蝶野は舞台へ向かった。


「ただ今より、受賞者の発表をいたします。パーティシパントの方は、舞台中央にお集まりください」

司会者のアナウンスに、華麗な衣装に身を包んだジュニア・バレエ・ダンサーたちが舞台袖から次々と出てくる。遊びたい盛りを厳しいレッスンに費やし、コンクールに向けてひたむきに努力してきた小・中学生たち。隣に並んだ審査員を見つめる彼らの眼差しには、殺気すら感じられる。

日下から、司会者に入賞者のリストが渡される。司会者はマイクを握り直すと、慎重に名前を読み上げた。

「第三位、乾華子さん――」

パーティシパントの列の中から、キューピッドに扮した少女が、軽やかなステップで、文字通り踊り出てくる。最年少の十歳。入賞したことが嬉しくて仕方ないのか、審査員の一人から賞状を受け取ると、満面の笑みを客席に向けた。

「第二位、北園雄吾さん」

颯爽《さっそう》と、十一歳の王子が中央に進み出た。しかし自分より上位者がいることが不満なのか、唇を引き結んでいる。

「第一位、森田大輔さん」

青い鳥の衣装に身を包んだ十四歳。落ち着いた様子で賞状を受け取り、審査員と握手を交わしている。

「いよいよ、グランプリの発表です。グランプリは——足立みのりさん！」

盛大な拍手の沸き起こるなか、真っ赤なチュチュを着た少女が舞台中央へとやってきた。あふれる涙を手の甲でぬぐい、しゃくりあげているさまは、まだ十二歳の小学生らしくて微笑ましい。笑顔で手を叩く子供たちも、全ての結果が出てホッとしているような安堵感に包まれている。

蝶野の手に、日下からトロフィーが手渡された。審査員長である蝶野が、トロフィーを授与するのだ。グランプリ受賞者には、海外の有名バレエスクールへ一年間、授業料免除で留学できる権利も与えられる。

クリスタルでできたトロフィーは、ずっしりと重い。蝶野には、まるでこの少女の運命の重みのように感じられた。

きっとこの子は、今日までに色んな犠牲を払ってきたことだろう。同年代の少女のように週末に遊びに行くことも許されず、レッスンでしごかれ、学業と両立させるために睡眠時間を削って勉強し、体重管理のために徹底した食事制限も強いられてきたはずだ。

本人だけではない。親も大変だったに違いない。バレエは、金を喰う。レッスン代や衣装代、トウ・シューズ代はもちろんだが、コンクールに出場するとなれば別途指導料や振り付け代が必要となる。会場までの旅費も馬鹿にならない。

それを考えれば、こうしてグランプリを獲得できたことで、本人も親も報われたことになる。

しかし――

蝶野は、涙を流しながらも優雅なお辞儀で拍手に応えている足立みのりを見ながら、自問した。

――この少女にとって、受賞したことは本当に幸せなことなのだろうか？

みのりは来年から、親元を離れて言葉も文化も違う外国へ行き、寮で暮らしながら更に過酷なレッスンを受けることになる。いくら授業料が免除されるとはいえ、渡航費や寮費、食費など経済的な負担は小さくない。

時間と金銭を費やして留学しても、プロになれるダンサーは、ほんの一握り。そしてプロになれなかった時点で、バレエだけに打ち込んできたダンサーは、他業種への軌道修正は難しい。乱暴な言い方をすれば、潰しがきかないのだ。

「プロにはなれなかったけど、あの時頑張ったことは人格形成で役に立った」と、将来振り返って納得できるレベルの経済的負担ではない。

蝶野は、みのりの脇に立つ入賞者三名に視線を移した。彼らにしても、今日コンクールで賞を獲れたことを励みに、ますますバレエに情熱を傾けるだろう。もしも賞に漏れていれば、早めに諦めて他の進路を見いだせたかもしれないのに。

バレエ団で指導するのとは全く違う重圧を、蝶野は感じていた。バレエ団に所属するのは、既にいばらの道を抜け、血だらけになりながらもプロへの門をくぐった者ばかりだ。しかしコンクールで賞を与えることは、幼い子供たちに、いばらの道を進んで血まみれになれと鼓舞することに他ならない。しかも、その先にある門が開いている保証はどこにもないのだ。

クリスタルのトロフィーが、ますます重く感じられる。この少女に、グランプリを受賞させていいのか。そんな過酷な運命を背負わせていいのか。控え室で湧き起こったもやもやとしたものが、今、はっきりとした迷いになりつつあった。

「それでは、パピヨンという愛称で親しまれ、日本が世界に誇るトップ・ダンサーであり、東京グランド・バレエ団の芸術監督でもある、本コンクールの特別審査員長の蝶野幹也さまよりトロフィーを授与、またお祝いの言葉をいただきます！」

スポットライトが顔に当たり、蝶野は顔を上げた。舞台に並ぶ少年少女たち。審査員。司会者。客席にいる観客。全員が、拍手をしながら、にこやかに蝶野を見つめている。

スポットライトの熱気と、割れんばかりの拍手にあてられながら、蝶野はふらりと前に進み出る。馴れているはずのライトも拍手も、なぜだか今日の蝶野には居心地が悪いものだった。

自分は何をしているのだろう。こんな小さな子たちを熾烈《しれつ》な競争へと駆り立て、また、針の孔《あな》ほどの可能性に人生を賭けさせるなんて。それはほとんど狂気の沙汰ではないのか？

蝶野がマイク・スタンドまで近づくと、さらに拍手が大きくなった。足立みのりが、潤んだ瞳で蝶野を見上げる。

「ただ今ご紹介に与《あずか》りました、東京グランド・バレエ団の蝶野です」

蝶野が口を開くと、会場が一気に静まり返った。

「足立みのりさんのパキータは、とても情熱にあふれていました。華やかな中にも高い技術力と繊細さが感じられる、非常に美しいバレエが完成されていたと思います。グランプリ、本当におめで――」

ふと蝶野は口をつぐむ。

おめでとう？　受賞したことが、留学することがこの子にとって幸せなのかどうか、さんざん自問していたくせに、口先だけで祝ってもいいのか？

中途半端にトロフィーを差し出した形で、途端に無言になった蝶野を、少女が訝《いぶか》しげに見つめている。

「――君には、覚悟ができていますか？」

再び口を開いた蝶野に、少女はホッとした顔をした。しかし、言葉の真意を測りかねて、笑顔を強張らせたまま首をかしげる。

「足立みのりさん。君には、この先プロとしてのバレエ・ダンサーを目指す覚悟ができていますか？」

みのりは利発そうな瞳を輝かせ、力強く「はい！」と答えた。

「わたしは三歳の頃からバレエを始めて、それ以来、ずっとプリマ・バレリーナとして踊るのが夢でした。だからコンクールには毎年、いくつも出場しているんです。何度か入賞できたこともあったけど、だけどどうしても、この全日本ジュニア・バレエコンクールでグランプリを獲りたくて、何年も必死でレッスンしてきました。だから今日、こうして結果を出すことができて、本当に嬉しいです」

とても十二歳とは思えぬほどの、しっかりとした回答だった。これくらいの明確な信念がなければ、きっとここまでは到達できなかっただろう。よくやったと、褒めてやるべきなのだ。しかし——

「コンクールでグランプリを獲ることと、プロのバレリーナになることは、全く違うことだよ。それを君は、わかっているのかな？」

自分でも予期せぬ言葉が、蝶野の口をついて出ていた。

みのりの顔から、笑顔が消えた。会場が、水を打ったように静まり返る。

「コンクールで踊るのは、所詮三分程度。いくつかある課題曲の中から、自分の得意なものを選べばいい。それに観客は、温かく見守ってくれる関係者ばかりだ」

司会者が小声で「蝶野さん」と呼びかけるのを無視して、蝶野は続ける。

「でもプロになったら、そうはいかない。何十分も、高い技術を保ったまま踊り続けることができて当たり前だ。もちろん演目の得手不得手など、あってはならない。たくさんのレパートリーを、いつでも完璧に演じられることが常に求められる」

みのりが、ごくりと唾を飲む。

「足立みのりさん」

「は、はい」

「バレエを踊る君にとって、一番厳しい人は誰？」

「厳しい人……ですか？　えーと、えーと、バレエ教室の先生です」

「そうだろうね。他には？」

「母も、とても厳しいです」

「なるほど。じゃあ、プロになったら、誰が一番厳しいと思う？」

みのりはしばらく考えてから、おずおずと答えた。

「──やっぱり、振り付けの先生や演出家の方でしょうか」

蝶野は優しげな表情で、そっと首を横に振る。

「ええと、じゃあ、同業者のダンサーたち？」

蝶野は再び首を振った。

「違うよ。振付師や演出家、同業者なんかより、もっともっと厳しい人々がいる──それはね、お客様だよ」

派手なアイラインに囲まれたみのりの目が、大きく見開かれる。

「高い料金を支払い、時間を割いて会場に来てくださるお客様の目ほど、怖ろしいものはない。それに、お客様の中にはバレエにとても詳しい方も、全く知らないという方もいる。だけどプロは、どんな人をも満足させなければならない。お金を戴《いただ》くということは、そういうことだからね。

コンクールでは、君はただ上手に踊ることに専念していればいい。けれどもプロは、上手に踊るだけでなく、観客を物語の世界に引き込み、酔わせなければならない。そしてそれは至難の業なんだ。いいかい、まずここが、プロとアマチュアの違いだよ」

みのりが、こくんと頷く。

ちらりと蝶野は辺りを見回す。主催者や審査員たちは、蝶野の言葉がどこに向かっているのか、はらはらと見守っている。構わずに、蝶野は続けた。

「そして、もうひとつの決定的な違い。コンクールで失敗しても、君だけが泣けば済む。でもプロのステージでの失敗は、君だけの失敗では済まない。その演目を台無しにし、ひいてはバレエ団そのものの名誉に傷をつける。プロフェッショナルになるということは、そんな厳しさを背負うことでもあるんだ。

精いっぱい努力することに意義がある——そんな甘いことが通じるのは、アマチュアの世界だけ。わかったかな？」

みのりは、真っ青な顔をしている。メイクや照明のせいではなく、体中から血の気が引いていた。喜びの涙などすっかり乾ききり、新たに畏《おそ》れの涙が滲んでいる。一筋の涙がみのりの頬を伝い、ぽたり、と床に落ちた。

「では、もう一度聞こう。足立みのりさん、君には、プロフェッショナルのバレエ・ダンサーを目指す覚悟ができていますか？」

再び、蝶野がみのりの瞳を覗き込んだ。みのりの肩は、小刻みに震えている。

「あの……わたし……とてもそこまで……」

幼い声が震え、かすれた。耐えきれなくなったかのように、みのりはうつむく。司会者がすかさず、白々しいほど朗らかな声を張り上げた。

「それでは会場のみなさま、もう一度グランプリ受賞者、足立みのりさんに盛大な――」

「……待ってください……」

みのりが顔を上げた。その必死な形相に、司会者も思わず言葉を止める。みのりは、しっかりと蝶野の顔を見つめ、口を開いた。

「わたし……コンクールのために、これまで死に物狂いで努力をしてきたつもりです。でも今のお話を聞いて、プロへの道はもっと険しくて、プロになれてからは更に大変なんだって、よくわかりました。これまではただ憧れて、バレエ団に入りたい、プリマになりたいって言っていただけのような気がします。覚悟があるかなんて聞かれて、正直、自分にはまだまだできていないんだって思い知りました。でも、あの――」

みのりは落ち着かなげに、胸のあたりで、何度も両手を組んでは離した。

「それでも、わたし、挑戦したいって改めて思いました。もっと色んな役を踊りたいし、たくさんの舞台に立ちたいです。そのためなら、なんだって我慢できます。もっと厳しいお稽古だって、喜んで受けます。だから、だからわたし……」

みのりがか細い腕を差し出し、きっぱりと言った。

「留学したいです。この賞を、ください」

その双眸には、グランプリを獲得したことに対する満足感は消え、更なる高みを目指す貪欲さと、いつかお金をもらって踊るのだという強い意志が表れていた。

ふっと蝶野は頬をゆるめる。

「おめでとう、足立みのりさん。君は、このグランプリに真に相応しいダンサーだ。これからの健闘を、心から祈っています」

蝶野がトロフィーを渡すと、会場内に張りつめていた緊張がほぐれ、わっと拍手が沸いた。やっと手にしたトロフィーを胸に抱き、みのりは涙を流している。

「蝶野幹也さま、貴重なお言葉を本当に有難うございました。そして足立みのりさん、おめでとうございます」

司会者も目尻に光るものを拭いながら、表彰式を締めくくる。

「それでは以上をもちまして、全日本ジュニア・バレエコンクールを終了いたします」

割れんばかりの拍手の中、表彰式は幕を閉じた。

表彰式の後、宿泊先のホテルで立食式のパーティーが開かれた。その席で、北条が蝶野の肩を叩く。

「一時はどうなることかと、ヒヤヒヤしましたわ」

立花も、同意した。

「僕もです。しかし、まさかあのような流れになるとはね。いやはや感動的でした。あの子にプロを目指す覚悟が芽生えた瞬間に、我々は立ち会えたわけですから。蝶野さん、さすがです」

主催者側の日下も、ビールの酌をしながら話に加わる。

「主催者としても、深く考えさせられましたよ。我々もね、コンクールを開催して、入賞者を選んで奨学金を出して、海外のバレエスクールに送って、そこで終わりだと思ってはいけないんですよね。もっと長い目で成長を見守り、支援していかねば——主催者側の意識も、改革するべきだと感じ入りました」

蝶野は慌てて手を振る。

「よしてください、そんなつもりは——」

「いいえ、やはり蝶野さんに審査員長をお願いして、大正解でした。いかがでしょう、今度、別のコンクールを起《た》ち上げる予定なんですが、是非そちらにも審査員長として——」

「とんでもない。今日のことで、つくづくコンクールには向かない人間だと痛感しました」

「いやいやそうおっしゃらず、前向きにご検討くださいよ。後ほど、概要をお送りしますから」

もともと政治部の記者であった日下は、良くも悪くも押しが強い。蝶野は苦笑した。

「飲みすぎたかな。風に当たって来ます。ちょっと失礼」

蝶野はやんわりとはぐらかすと、パーティー会場を出た。

疲れた。ちょっと部屋に戻って休もうか。

そう考えてエレベーターに向かっていると、ロビーで声をかけられた。

「ミキヤ」

振り向くと、すらりと背が高く、金糸かと見まがうような美しいブロンドの髪をした白人女性が佇《たたず》んでいた。

「シルヴィア！」

蝶野は驚きながら、彼女に駆け寄り、抱擁する。

ロシアが誇るスター・ダンサー、シルヴィア・ミハイロワ。百年に一度の逸材でバレエ界の至宝と呼ばれる、世界最高のプリマ・バレリーナだ。クラシックでもコンテンポラリーでも、彼女の右に出る者はいない。

「どうしてここに？　ああ、そういえば日本ツアー中だったね。だけど確か、今週は九州公演じゃなかったかい？」

蝶野は英語で会話を始める。

「ええ。だけどミキヤが神戸に来ると聞いて、駆け付けたの」

「それはそれは、光栄だね」

「それよりミキヤ、さっきの最高だったわ」

「さっきの？」

「表彰式。通訳の子に、ひと言も漏らさず訳してもらった」

くすくす笑う。

「参ったな。見てたのか」

「ええ。コンクールであんなことを言える審査員はなかなかいない。特に日本ではね。驚いた」

「実は今、かなり後悔してる。おめでとうのひと言で済ませるべきだったとね。審査員なんて初めてで、色々な思いが交錯して——ついあんなことを言ってしまった」

「あなたは大切なことを、あの子に——ううん、あの子だけじゃない、パーティシパントみんなに教えたのよ。みんなの顔つきが、ぐっと変わったわ。気づいてた？」

「いや、そんな余裕はなかった」

「ミキヤらしいわね」

シルヴィアは、紅林総裁からの招聘に応じて、東京グランド・バレエ団で何度か客演をしたことがある。特に、嶺衣奈が白鳥オデットを、シルヴィアが黒鳥オディールを踊った『白鳥の湖』は大きな話題となり、世界ツアーを行ったほどだ。

シルヴィアを客演に迎えたいバレエ団は数多あれど、承諾してもらえるバレエ団はわずかだ。その中でも東京グランド・バレエ団とは多くの公演を行っていることを考えると、いかに紅林総裁が交渉術に長けているかがわかる。

「せっかくだからディナーでもと言いたいところだが、今パーティーの途中で……そうだ、君も来ればいい。シルヴィア・ミハイロワが顔を出したら、みんな驚くぞ」

「いいの、すぐ帰るわ。伝えたいことがあっただけだから」

「伝えたいこと？」

「ええ。明日、公式に発表する前に直接言っておきたくて。――わたし、引退することにしたの」

「……なんだって？」

蝶野は耳を疑った。世紀の舞姫、シルヴィア・ミハイロワが引退？

「どうして――」

「もう充分踊ったわ。そうでしょ？　わたし、もう五十歳になるのよ。三十五年、現役で踊ってきた」

「でも、君なら……」

「限界を感じてるの。自分の踊りに、納得できなくなってきた。もうとっくに頂点は過ぎたのよ」

「そんな……」

蝶野が初めてシルヴィアの舞台を見たのは、小学生の時だ。パワフルで自由な踊りに、ただただ圧倒された。肉体から音楽がほとばしり、表情からは豊かな物語が紡がれた。こんなダンサーが存在することが、信じられなかった。

その神がかり的でさえあるテクニックに、蝶野はライバル心を掻き立てられた。男性である蝶野と競合することはないのに、シルヴィアのバレエは性別を超越した高みにあった。それゆえ、彼女はあらゆるダンサーのライバルであり、目標であり続けている。

そのシルヴィア・ミハイロワが、バレエ界を去る――？

「後悔はしてないわ。最高のバレエ人生だった。でも、ただひとつだけ――」

シルヴィアは言葉を止め、蝶野を見据えた。

「まだ、パピヨンと一度も踊っていない」

シルヴィアからは、パートナーの指名を何度も受けてきた。しかし東京グランド・

バレエ団の公演でも、シルヴィアの相手を務めたのは、紅林総裁が海外から招聘したゲストだった。蝶野の目が海外に向くことを懸念してか、総裁は決してシルヴィアと踊らせてはくれなかったのだ。

「何度もミスターKに交渉したのに、ついに叶《かな》わなかったわ」

ミスターKとは紅林総裁のことだ。ジョージ・バランシンがミスターBと呼ばれていたのを真似て、海外のダンサーからそう呼ばれている。総裁の才覚とワンマンぶりが、バランシンを彷彿とさせるのだろう。

「引退前にファイナルツアーをするの。あなたにパートナーになってほしい。ミスターKに話しても断られるだけだから、こうして直接あなたに会いに来たってわけ。どう？」

シルヴィアと同じ舞台に立てるだけで、目も眩《くら》むような栄誉だ。

だけど……。

「せっかくだけど、君とツアーを回ることはできない」

「ミキヤ、正気？　最後のチャンスなのよ」

「わかってる。しかし――」

「東京グランド・バレエ団との専属契約を気にしているのね？　解除すればいいじゃない。あなたほどのダンサーが、縛られることはないわ。わたしみたいに、フリーになればいいのよ」

シルヴィアは世界最高ともいわれるロシア・オペラ座バレエ団の専属契約を不服とし、電撃退団して世界を騒がせた。

「どのバレエ団も、あなたと仕事をしたがってる。ミスターKに恩があるのは知ってるわ。彼には別の形で返せばいいのよ。だから、ね？　わたしのパートナーになって」

「シルヴィア、ありがとう。身に余る光栄だよ」

蝶野は彼女の手を取り、甲にそっと口づけた。

「けれども僕は、東京グランド・バレエ団の外で踊るつもりはない。フリーになるつもりもない」

シルヴィアはじっと蝶野を見つめ、ため息をついた。

「——仕方ないわね」

「せっかく来てくれたのに、悪かったね」

「いいのよ。あなたの口から断られたのなら、納得がいくわ。ミスターKが許さないんだと思ってたから」

「まさか、子供じゃあるまいし。全て自分で選択してのことだよ」

「そうよね。東京グランド・バレエ団は幸せだわ。あなたほどの人を繋ぎとめておけるなんて、やっぱりミスターKは敏腕家ね」

シルヴィアが、蝶野の右手を強く握った。

「じゃあ戻るわ。元気でね、ミキヤ」

美しい金髪を翻し、シルヴィアはホテルを出て行く。遠ざかる舞姫の背中を、蝶野はしばらく眺めていた。


パーティーに戻る気はしなかったが、そろそろ顔を出さないと日下の面目も立たないだろう。蝶野は急ぎ足でロビーから会場へ向かった。ちょうど、会場へドリンクを運ぶボーイと一緒になった。

「お客様、どうぞ」

グラスをのせたトレイを片手に持ったまま、ボーイが器用にもう片方の手でドアを開ける。会場の中から、音楽と笑い声があふれ出てきた。やはり今の蝶野は、この中に入っていく気分になれない。

「いや……やっぱりもうちょっと、風に当たってくるよ」

ボーイのトレイから赤ワインの入ったグラスを取ると、蝶野はそのまま廊下を進み、非常階段へと出た。

風が心地いい。蝶野は手摺《てす》りにもたれ、ワインを口に含む。

ここは三階だが、ホテルは高台にあるので、異人館や神戸の街全体が見下ろせた。夜空に瞬く星を映し出すかのように、一帯には夜景がきらめいている。

エキゾチックな夜景を見つめながら、大きく息をつく。シルヴィアの引退が、蝶野に大きなショックを与えていた。

時がものすごい勢いで、確実に流れていることを思い知らされる。自分の肉体は次第に老いていき、他の名ダンサーも次々と引退し、舞台を去っていく。

蝶野は三十五歳。シルヴィアのように五十歳で引退するとしても、あと十五年。たった の十五年しかダンサーとしての時間は残されていない。

いや——十五年というのは、楽観的な数字だ。男性ダンサーの定年を、四十歳から四十五歳に設定しているバレエ団は多い。つまり、その年齢辺りがプロフェッショナルとしては限界だということだ。それなら、長くても十年ということになる。

焦る気持ちを飲み下すように、蝶野は一気にワインをあおった。口元を拭いながら、苦笑する。嶺衣奈には酒を飲むなと言っておいて、自分は何なのだ。

嶺衣奈のことがふと気にかかる。

真由美の霊を見たなどと騒ぎ、かなり追い詰められていた。しかし今の蝶野には、嶺衣奈の精神状態が痛いほどわかる。踊れば踊るほど、体力のピークを過ぎたことを思い知る。もちろん、若い頃よりもテクニックは円熟しているが、ダンサーとしてのカウントダウンに入ったことは認めざるを得ない。

今、蝶野は嶺衣奈の気持ちを共有していた。そしてそんな彼女の恐れと不安が、姫宮真由美の幻影という形になって表れるのも無理はない――そう思った。

蝶野は、姫宮真由美の亡霊の噂を、全く信じていなかった。嶺衣奈だけでなく、蘭丸や他の団員が目撃していても、絶対に何かの間違いだと確信していた。

なぜなら――

なぜなら、もしも真由美の亡霊が存在するとすれば、嶺衣奈や蘭丸などではなく、真っ先に自分の目の前に現れるはずだから。

最も恨んでいるであろう、この蝶野幹也の前に。

ふと、姫宮真由美が生きていたら、果たしてどんなバレエを踊るのだろうかと考えた。もしかしたら……もしかしたら、シルヴィア・ミハイロワにさえ匹敵する――いや、彼女をも超えるプリマになっていたかもしれない。

可憐でありながら、実は強靱な肉体。柔らかな関節。自由自在に動く手足。最高のプリマ・バレリーナたる素質を、真由美は備えていた。

けれども、その可能性を潰したのは、他でもない、蝶野自身だ。

自分のこの手で、真由美の命を奪ったのだ……。

真由美の死に顔を頭から振り払うように、蝶野は星空を仰いだ。

その時、視界を白いものがかすめたかと思うと、目の前が急に暗転した。ワイングラスが指を滑り落ち、砕ける音が聞こえる。あっと思う間もなく、まるで何かに押されるかのように体が傾き、そのまま階段を転がり堕《お》ちた。実際はものすごいスピードで落下しているはずなのに、蝶野には至極ゆるやかに感じられる。

——ああ、僕は死ぬのか……？

頭が、体が、階段に打ち付けられているのに、不思議と痛みは感じなかった。ついに地面へと放り出された時、薄れゆく意識の中で、白く輝く姫宮真由美のまぼろしを見たような気がした。

第四場「恋敵との出会い」

狩りの一行の、軽快なラッパの音が近づいてきます。

大公とその娘であるバチルド姫が、従者たちと共に、村に姿を現しました。

バチルド姫は輝くばかりに美しく、気品に溢れています。しかし、暑さですっかり疲れていました。

従者は、近くにあった藁《わら》ぶきの小屋の扉を叩きます。すぐにジゼルと、その母親が顔を出しました。

「姫君を休息させてはくれまいか」

こんな辺鄙《へんぴ》な村に、貴族が来るなんて！　ジゼルと母親は大喜びで頷くと、椅子を外に出し、そこに姫君を座らせ、牛乳や果物でもてなしました。

ジゼルは、うっとりとバチルド姫を見つめます。なんとお美しい。それに素敵なドレス……。

自分でも気づかぬ間に、ジゼルは姫君のドレスに手を触れていました。

「あら、何をしているの？」

バチルド姫に気づかれ、ジゼルは慌てて離れました。恥ずかしさでいっぱいでした。

けれども姫君はジゼルを見て、「まあ、可愛らしいお嬢さんだこと」と好意的に声をかけてくれます。

「恋人はいらっしゃるの？」

「ええ、おります！　婚約しているんです！」

「なんて素敵だこと！　実はわたくしにも、婚約者がおりますのよ」

素晴らしい偶然に、二人は嬉しくなりました。

「これ、あなたに差し上げるわ」

バチルド姫が自分の首飾りを外して、ジゼルの首にかけてやります。

「こんなに高価なもの！　よろしいのですか？」

「ええ、とってもよく似合っていてよ」

ジゼルは大喜びでした。バチルド姫も、ジゼルと知り合えて嬉しそうです。

もちろん二人とも、まさか同じ青年と婚約しているのだとは、想像だにしませんでした。

＊

週が明けた月曜日、花音は衣装部屋にいた。

衣装の仮縫いが終わった団員の名前と衣装合わせの指定時間が掲示板に貼り出されてあり、そこに花音の名前も入っていたのだ。自分の順番が来ると、やっとミルタの衣装を着られるとばかり、花音はいそいそと足を運んだ。

花音は真っ白なロマンティック・チュチュに袖を通し、奈央の指示で両手を上げたり下げたり、上体を折ったりひねったりしている。

「背中がちょっと開きすぎだね。裾もちょっと詰めようかな。オッケー、はい脱いで」

あちこちに刺された待ち針に気をつけながら、花音は衣装を脱いだ。

「素敵なお衣装だね。さっすが奈央さん」

「ふふ、有難う。少しでもダンサーが舞台で映えるお手伝いをしたいからね。でも踊りやすさも考慮しなくちゃいけないから、毎日頭を絞ってるのよ」

「見映えと踊りやすさかぁ。その兼ね合いが、腕の見せ所ってわけね」

「そういうこと」

　奈央は、待ち針で印をつけた箇所に、早速針と糸を通して直し始めた。

「結局、袖はつけることになったんだね」

「うん、監督と話し合って、ミルタとドゥ・ウィリだけにつけようってことになった。コール・ドとの違いが、観客に伝わりやすいでしょ？」

「確かに」

「あと、ミルタには、胸のところにラインストーンをつけるよ」

「え、そうなの？」

「うん。やっぱり女王だから、豪華にしておこうって監督が。冠も、花じゃなくて、スワロフスキーのビーズで作るように言われた。一目で女王とわかるようにって。目指してるのは、バレエを初めて観る人にも理解できる『ジゼル』だから」

「スワロフスキー？　すごく楽しみ！」

「でしょ？　さあできた。もう一度、着て見せて」

直されたばかりの衣装を、花音は再び着用する。吸いつくように、心地よく肌にフィットした。

「どう?」

「いい感じ! 動きやすい」

花音はターンをしてみる。

「あー、早くこれを着て舞台に立ちたーい。ね、ね、冠ができるのはいつ?」

「衣装が全部終わってから。一番後回しよ」

「えー」

「しょうがないでしょ、衣装と違って、合わせる必要もないんだから」

「そっかー。もうデザインは決まってるの?」

「まだ。いくつかデザインの案は画《え》に起こしたんだけどね。今日監督に見せて、選んでもらうの。あー、監督が出張から戻ってきたら、確認しなくちゃいけないことがいっぱい。さ、脱いだ脱いだ。ミルタは完了」

「はあい」まだ着ていたいが、花音はしぶしぶチュチュを脱ぐ。「次の子呼ぶ? 誰だっけ」

「ええと、誰までやったかな」奈央はリストを確認する。「あ」

リストを見たまま固まっている奈央を不思議に思い、「どうしたの」と花音も背後から覗き込む。

有紀子の名前があった。

「あの子……あの時帰っちゃったきりでしょ？」奈央がため息をつく。

「うん。昨日もレッスン来てなかった」

「あたしの発破《はっぱ》が逆効果だったか……」

「え？　奈央さんの発破？」

「うん……いやほら、採寸の日さぁ」

奈央が言いかけた時、衣装部のドアが開き、誰かが入ってきた。

「次、わたしじゃないの？　全然呼ばれないから、来ちゃった」

有紀子が、いつも通り、髪をシニヨンにまとめ、レオタードを着て立っている。

「有紀子……？」

花音はぽかんとして、有紀子を見つめた。

「仮縫いの確認じゃないの？　掲示板に書いてあったけど」

同じようにぽかんとしている奈央の脇を通り、有紀子はミルタの衣装を手に取った。

「これ、花音の衣装？　袖をつけたのね。わたしもその方がいいと思ってた。あらこれ、冠のデザイン画？　素敵ねえ。やっぱり奈央さんはセンスがいいわ。花音は顔が小さいから、小ぶりな方がいいわね」

有紀子はスケッチブックをぱらぱらとめくりながら、うんうんと頷いている。

「花音は後頭部が絶壁だから、シニヨンを作る時、すき毛を入れないときれいに見えないんだよね。輪っか型の冠だと、すき毛には固定しづらくて、踊っているうちにずれちゃうんじゃないかな。花冠だと軽いからいいけど、デザイン画のどれもワイヤーとビーズでしょ？　少し重くなるから、冠じゃなくて、後頭部のすき毛に負荷のかからない、ティアラがいいと思う」

言い終わると、有紀子はパタンとスケッチブックを閉じ、白い衣装のかかったトルソーを指さした。

「これがわたしのお衣装？」

奈央はハッと我に返り、「う、うん。そう」と答える。あっけに取られている花音と奈央を尻目に、有紀子はさっさと着替えはじめた。

「有紀子……戻ってきてくれたんだ」

おずおずと、花音が声をかける。

「え？　うん、まあね」

ちょっぴり照れ臭そうにドゥ・ウィリの衣装を身に着けると、有紀子は花音の前に立った。

「花音……色々ごめんね」

「有紀子……」

「完全に八つ当たり。バレエは実力の世界だって、わかってたはずだったのにね。わたし、前のバレエ団でもミルタに自信あったし、記念公演の演目が『ジゼル』だって知った時、絶対にミルタ役をもらえるんだって舞い上がったの。でも掲示板を見たら、花音がミルタで、自分がドゥ・ウィリでしょ？　頭が真っ白になって、何かの間違いだ、陰謀だなんて思い詰めちゃって……。まあ早い話が、ひがみよ」

「ひがみだなんて……」

「そんな時に、花音が監督に取り入った、なんて噂が耳に入ったりしてね」

「わたしが監督に？　やだ、そんなことしてないよ」

「だよね。でもあの時は信じこんで、何とか監督に目を覚ましてもらわなくちゃ、花音にミルタを踊らせるわけにはいかないって、必死でね。で、ああいう態度を取ってしまったの……本当にごめんね」

　有紀子が頭を下げる。

　慌てて花音は、有紀子の頭を上げさせる。

「やめてよ」

「監督にガツンと怒られて目が覚めた。それに、監督がドゥ・ウィリの代役を立てたって聞いて、ハッとしたの。わたしを降ろすつもりなら、代役じゃなくて、交代させせるはずでしょ？　わたしが戻ることを信じて下さってるんだって、監督の親心がやっとわかった。昨日まで引きこもって、反省して、踊りたくてたまらなくなって、スタジオに来たってわけ」

「嬉しい……」

思わず花音は涙ぐむ。いつも通りの、穏やかな有紀子だった。

「それにしても、花音が監督に取り入ったって？　そういう根も葉もない噂、やめてほしいよねえ」

奈央がチャコペンシルで頭を掻きながら、ため息をつく。

表面上は全員仲良く見えるが、実際には嫉妬の渦巻く世界である。ミルタ役を射止めた花音を快く思わなかった女性団員は、有紀子だけではないだろう。花音は悲しく、寂しく思った。

「まあそういうわけで、今日から改めてよろしくね。ちなみに奈央さんの発破も、本当は嬉しかったのよ」

「あ、そうよ。発破って、何だったの？」花音も、さっきの奈央の言葉を思い出す。

「採寸の日、わざわざわたしと花音を、この部屋で一緒にしたのよね」

「ばれてたか」奈央はにんまりと笑う。

「え、あれってわざとだったの？」

花音は目を丸くする。

「だーって、あんたたちピリピリしてるんだもん。ミルタ役を巡ってのことだって、ピンときたわよ。二人とも避けてたみたいだから、敢《あ》えてここで一緒にしてさ。有紀子に『バレエ人生は長いのだ！　これくらいでへこたれてどうする！』って発破をかけたつもりだったの」

「えー、そうだったの。有紀子は気づいてたんだ？」

「そりゃあ気づくわよ。いつもは争いごとに敏感で、色々気遣ってくれる奈央さんが、わざわざ一触即発状態のわたしたちを並べるんだもの」

有紀子が笑う。

「でも、あの時はさすがに反発心しか起こらなかったわ。奈央さんにも腹が立って、裏切られた気分になった。本当は奈央さんに泣きつくつもりで衣装部屋に来たのに、あれだもの。だけど、今は感謝してる。泣き事言うだけじゃ成長できないものね。あの時、突き放してもらってよかった」

「でしょ？」奈央が、誇らしげに胸を張る。「だけど嬉しいわ、こんな風に大復活してくれて。それに有紀子ちゃんのお陰で、ミルタの髪飾りもティアラの方がいいってわかったしね。蝶野監督とわたしだったら、きっと冠のデザインを選んでたと思う」

「花音の絶壁のことまでは、さすがに蝶野監督もご存じないものね」

有紀子が言い、あっはっはと三人で笑った。

笑いながらも、花音の目尻にはまた涙が浮かんできた。有紀子の姉のような心遣いと、ダンサーとしての的確なアドバイスに、つくづく感謝していた。

その時突然、バン！ とものすごい音がしてドアが開き、蘭丸が飛び込んできた。

「こら、蘭丸くん！」

「男子は明日よ」

「覗きは禁止！」

女性三人が囃《はや》し立てるなか、蘭丸は真っ青な顔で、肩で息をしながら突っ立っている。

「やだ、蘭丸？ どうかした？」

有紀子が蘭丸の顔を覗き込んだ。

「まだ具合悪いの？」

花音も心配になった。週末でも自主練習を欠かさない蘭丸が、昨日は珍しく体調が悪いと言ってスタジオに来なかったのだ。しかし蘭丸は、力なく首を横に振る。

「大変なんだ……」

蘭丸の声は、明らかに震えていた。

「蝶野監督が……！」

団員たちは、急きょ第一スタジオに集められた。全員、不安げな面持ちで席に着いている。

「諸君、お待たせ」

紅林総裁が、渡辺を引き連れてやってきた。

「レッスンの途中に集まってもらって、大変申し訳ない。実は、もうすでに耳に入っているかもしれないが……蝶野監督が、事故に遭われた」

ざわざわ、とスタジオ内の空気が揺れる。それを収めるように、総裁が両手を上げた。

「安心したまえ。幸い、命に別条はない。ただ――」

慎重に言葉を選ぶかのように、総裁は少し考えた。

「ちょっと、足を怪我されてだね」

スタジオのざわめきが大きくなる。花音もショックを受けていた。蘭丸も、絢子も、有紀子も、目を見開いたまま、微動だにしない。

「というわけで、今日のレッスンをしていただくのは、難しくなった。代理で、池田先生に全体を見ていただくから、そのつもりで」

「今日だけ？」「明日には戻ってこられるの？」「足の怪我って……」

あちこちから、ひそひそと聞こえる。

「静かにしたまえ！」

総裁が一喝すると、一気にスタジオが静まり返る。

「どんな時でも、バレエ・ダンサーは動揺してはならないのだよ。いつも言っておるだろう？」

口髭をいじりながら、総裁が全員を見渡す。

「たとえ何が起ころうと、我々は公演を成功させ、お客様を楽しませる義務があるのだ。たとえ身内が怪我をしようが、極端な話、死の床にあろうともね。事実、わたしは妻が病床にある時でも、一度もレッスンを欠かさなかった。危篤の知らせを受けた時だって、公演に出た。妻の死の瞬間、わたしはシンデレラの王子役としてステージに立っていた。妻が苦しんで苦しんで、苦しみ抜いて息を引き取ろうという時、わたしは他の女性に愛を語り、口づけ、永遠の愛を誓っていたのだよ」

全員が、総裁の言葉に聞き入っている。

「よって、君たちの心配はわかるが、このことに気持ちをとらわれてはならんのだ。蝶野監督とて、足を引っ張ることになるのは望んでおられないだろう。とにかく、君たちはいっそう気を引き締め、精進すること。よいね？」

それだけ告げると、慌ただしく総裁はスタジオを出ていった。渡辺が、補足説明をするために残る。

「総裁のおっしゃったように、昨日の晩、出張先の神戸で、蝶野監督が事故に遭われました」

「事故って……一体、何があったんですか?」

花音がおずおずと手を挙げて聞く。

「それが……高い場所から落下したらしいの」

「落下……?」

絢子と有紀子が顔を見合わせる。

「じゃあ、神戸に入院されてるんですか?」

「現時点ではね。今頃、精密検査を受けておられるわ」

「それで、怪我の具合は?　命に別条はないと総裁はおっしゃっていましたが」

美咲も不安げな視線を渡辺に向ける。

「そうね、監督ご本人から嶺衣奈さんと総裁にお電話があったそうだから、お元気なんだと思うわ。怪我の状態は、まだ何とも……」

渡辺は、言葉を濁した。

「とにかく、朝いちばんの飛行機で嶺衣奈さんが駆けつけたし、今から総裁も向かうそうよ。あんたたちは心配しないで、とにかく池田先生のレッスンを受けてね」

そう言いつつも、渡辺も心配でたまらないのだろう。蝶野が東京グランド・バレエ団に入団したころから何かと目にかけ、スター・ダンサーへと成長を遂げてからは共にバレエ団の屋台骨を支えてきた。その蝶野が遠く離れた地で入院したとなれば、駆けつけたいに違いない。しかし、こういう時だからこそ、自分がしっかりと留守を守らなくてはならないと耐えているのだ。

「じゃあ、それぞれレッスンに戻って。気を抜いてたら、監督にすぐに言いつけてやるからね」

無理やり明るく笑うと、渡辺もスタジオを後にした。

「蝶野監督……心配ね」有紀子が立ち上がりながら、ため息をついた。「ちゃんと今日、謝罪しようと思っていたのに」

「有紀子が戻ってきてくれたことを知ったら、絶対喜んでくれるよね」

絢子が有紀子と肩を組んで、廊下に出る。

「足の怪我って……どの程度なんだろうな」

「心配よね。神戸じゃなければ、お見舞いに行くのに」

花音たちが話しながら第二スタジオに向かっていると、あちこちからひそひそと聞こえてきた。

「……やっぱり本当に、呪いだってことじゃないの？」

これまでのように興味本位ではしゃいでいる様子ではなく、声は深刻なトーンを帯びていた。

「だよね。普通だったら笑い飛ばすところだけど——」

「だから言ったじゃん、本当に姫宮真由美を見たって」

「あたし、なんだか怖い」

「あたしも」

「俺も」

　これまでは馬鹿にしていた子たちも、真剣な表情で話に加わっている。

「……俺のせいだよな」

　第二スタジオに入りドアを閉めると、蘭丸がため息をついた。

「俺が、亡霊を見たなんて騒ぎ始めたから」

「蘭丸のせいじゃないって」

　慰めるように、絢子が蘭丸の肩を叩く。

「とにかく、今のわたしたちにできることは、監督の回復を祈りつつ、必死に練習することだけよ」

　有紀子が、年上らしい落ち着きを見せる。

「そうだよ！　有紀子の言う通り」

花音も力強く頷いた。

「監督のことだもん、きっとすぐに退院するよ。幸か不幸か、またあの鬼のしごきが再開するのだ」

絢子が言うと、みんな笑った。

「だよな！　じゃ、池田先生が来る前に、自主練といくか」

気持ちを切り替えて、それぞれの練習に入った。けれどもこの日はずっとバレエ団に重苦しい空気が流れ、それが晴れることはなかった。

次の日も池田先生による代理レッスンが行われる旨が、掲示板に貼り出してあった。

「監督、今日も休みかぁ」蘭丸は心配そうだ。「あの人が二日も続けて休むなんて、よっぽどだよ」

「そうよ、あの練習の鬼がさ」

絢子も、複雑な表情である。

「東京には戻ってきたのかしら」

「嶺衣奈さんも、どうしてるんだろうね」

有紀子も花音も、不安げなため息をついた。

「いたいた。あなたたち探してたのよ」

四人の姿を見つけ、渡辺が駆け寄ってきた。

「渡辺さん、蝶野監督は大丈夫なんですか？」

花音がみんなの思いを代表して聞く。

「大丈夫よ。心配しないで。もう東京に戻ってきたし」

「なんだ、そっかあ。大事を取って、今日はお休みってことなんですね」

「……っていうか、東京の病院に移ったってこと。まだ入院中」

「え……」花音たちは絶句する。

「あ、誤解しないでね。精密検査で全て問題なしってわかったからこそ、転院も許されたんだし。もちろん、近々復帰なさるわ」

「良かった」

花音たちは、互いにホッとして顔を見合わせた。

「ただ、あなたたちに話したいことがあるらしいの。今日レッスンの前に、病院に行ってもらえないかしら」

「いいですよ。俺らもお見舞い行きたいし。な？」

蘭丸の言葉に、花音と絢子が頷く。その中で有紀子が一人、首を横に振った。

「わたし、無理だわ。休んでた分のところ、雅代さんから教わることになってるの。無理を言って時間作ってもらったから、変更したら迷惑かけちゃう」

「そういうことなら仕方ないわ、有紀子ちゃんは残ってて」

渡辺が、安心させるように微笑む。

「あなたたち三人は、行ってもらえるのね？」

「はい」花音が頷く。

「これ、病院の住所。タクシーで行って。お代はバレエ団で持つから、領収書もらっといてね」

メモと一万円札を花音に握らせると、「じゃああたし、池田先生と打ち合わせがあるから」と渡辺は行ってしまった。

「わたしも雅代さんとのレッスンに入るわ。蝶野監督に、くれぐれもお大事にと伝えてね」

慌ただしく階段を昇って行く有紀子を見送ると、花音たちは早速病院へと向かった。

「それにしても、俺たちに話って何だろうな」

病院に到着してエレベーターに乗り込むと、蘭丸が首をかしげた。

「そういえばそうだね。まあ、監督の元気な顔が見られるならいいんだけど」

エレベーターが目的の階に着き、絢子が部屋番号を確認しながら花音と蘭丸を先導する。

「あ、ここだよ」

絢子が「特別室A」と書かれたプレートを指さした。

ノックをすると、「どなた?」と嶺衣奈の声が聞こえ、引き戸が開いた。

「あら、あなたたちね。わざわざ有難う」

嶺衣奈はやつれていた。いつもの美しさはなく、目は落ちくぼみ、頬がこけている。

無理やり浮かべた微笑が痛々しい。

「さ、入って」

嶺衣奈に通され、花音たちは病室に足を踏み入れた。

広くて、明るい陽差しがたっぷり入る病室。テレビ、応接セット、ミニキッチン、そしてシャワー室までもが完備されている。

「やあ、朝から悪かったな」

ベッドに横たわった蝶野が、気軽な調子で片手を上げる。いつもと変わらない笑顔に、花音たちはホッとした。

「監督――」

ベッドへと歩み寄りかけて、花音はぎくりと立ち止まった。

ベッドの脇には、松葉づえと車椅子があった。蘭丸と絢子も、言葉を失っている。

「ああ、これかい?」蝶野が、顎で車椅子を示す。「一時的なものだよ。心配するな」

「ですよね」

監督の明るい表情に合わせて、花音たちも笑顔を返す。けれども、たとえ一時的とはいえ、ダンサーが足を負傷したのだ。彼の精神的ショックは計り知れない。嶺衣奈のやつれ方にも納得がいく。

「おいおい、笑顔が引きつってるぞ。嶺衣奈といい君たちといい、僕本人よりも悲愴《ひそう》な顔をしてるじゃないか。嶺衣奈なんて神戸に文字通り飛んできて、神戸から東京に転院する時も、患者搬送車に一緒に乗り込んでね。全く、大げさなんだから」

「だって、心配なんだもの」

嶺衣奈が、蝶野の手をそっと握る。

「こういう時は、総裁のドライさを見習ってほしいね。僕の姿を見て、総裁が真っ先に何て言ったと思う？『公演はどうなる？』だ。大丈夫かなんて、一度も聞かれやしなかったよ」

監督はくすくす笑った。

「そのくらいでいてくれた方が、僕も気が楽だな。公演前に怪我をするなんて、そもそもプロにあるまじきことなんだから。心配されると、余計に落ち込むよ」

「高いところから落下したって聞きましたけど……どうしたんですか？」

花音が思い切って聞く。

「うん、あんまり覚えていないんだが、どうやら屋外の非常階段から足を滑らせてしまったみたいでね、骨にひびが入ってしまった」

　蝶野が頭を掻いた。

「格好悪いから団員には言うなよ。もっとも、バレエ団のみんなは、僕が誰かに突き落とされたって噂してたんじゃないか？　芸術監督なんて、恨まれたり憎まれたりしてばかりだからね」

　蝶野の笑い声が、病室に響く。

　蝶野は冗談っぽく言っているが、実際に、配役や運営方針への不満から、バレエ団の芸術監督は憎まれ役になることも少なくない。二〇一三年にボリショイ・バレエ団の芸術監督、セルゲイ・フィーリンが、配役を不服としたバレエ団員の計画により、顔に硫酸をかけられて襲撃された例もある。

「そんなこと、ないです」

「そうです。蝶野監督は、尊敬されています」

　蘭丸と絢子がムキになると、

「ごめんごめん。冗談だよ」

　と蝶野がなだめた。

「まあ、そんな所に突っ立ってないで。こっちへ来て座ってくれよ」

監督の手招きに応じて、三人がベッドを取り囲む。嶺衣奈が、椅子を持ってきてくれた。

「さて、と。早速本題に入る」

三人が椅子に腰を落ち着けると、蝶野が切り出した。

「公演まで、多くの時間は残されていない。恐らく、今回のステージに立つのは無理だと思う」

「そんな……」蘭丸の声が震える。

「ただ、演出は引き続きさせてもらう。早速明日からだ。この何日か空いた分、ビシビシしごくから、そのつもりで」

「わかりました」

「明日、待ってますね」

花音と絢子が、嬉しそうに頷く。

「そこで、だ。僕の代役なんだが……嶺衣奈とも総裁とも相談した結果、蘭丸、君にやってもらいたいと思ってる」

蘭丸が、きょとんとして監督を見つめている。少しして、「え!? お、俺ぇ!?」と立ち上がった。

「そう。引き受けてくれるかい？」

「俺がアルブレヒト？　本当ですか？」

「ああ。太刀掛蘭丸なら観客も代役として納得するだろうと、総裁も言っていた。ね、嶺衣奈？」

「ええ。わたしも蘭丸君なら、パートナーとして申し分ないと思う。お願いできるかしら」

茫然と立っていた蘭丸が、嶺衣奈から右手を差し出されて、やっと我に返る。

「もちろん、喜んで。こちらこそ、よろしくお願いします」

蘭丸が嶺衣奈の右手を握り返すと、花音と絢子が祝福の拍手を送った。

「よかったね、蘭丸！」

「すごい！　おめでとう」

「ありがとう。それにしても驚いた。……あれ、じゃあヒラリオンは？」

「達弘にお願いしようと思ってる。まずは、蘭丸の意思確認をしてからと思ってね」

「そっか、話ってこういうことだったのね。どうしてうちらが呼ばれたのか、謎が解けたわ」

絢子が頷く。

「わたしと絢子は、ただのオマケだったってことか。なーんだ」

花音ががっかりしたように言うと、監督が笑った。

「ごめんごめん。確かに蘭丸だけでも良かったのに、つい渡辺さんに『カルテットを呼んでくれ』って言ってしまったんだ。君たちのことは、つい四人一組で見てしまうんだよ。有紀子にも会いたかったしね。戻ってきたんだろ?」

「そうなんです。くれぐれもお大事にと言ってました。休んだ分を取り戻さなくちゃいけないから、今日は来られませんでしたけど」

花音の言葉に、監督が嬉しそうに頷く。

「そうか。明日が楽しみだな。まあとにかく、蘭丸に引き受けてもらえて良かったよ。嶺衣奈、下の喫茶店で、みんなにケーキでも買ってきてくれないか」

「やだ、気を遣わないでください。と言いつつ、あたしはショートケーキがいいです」

ちゃっかりした絢子の発言に、笑いが起こった。

「わかったわ。すぐ買ってくる。みなさん、ゆっくりしていらしてね」

嶺衣奈がバッグを持って、病室から出ていった。引き戸が、ひとりでにゆっくりと閉まる。

「――嶺衣奈は行ったか?」

先ほどまでの朗らかな声とは打って変わった低い声で、蝶野が聞いた。

「え?」絢子が立ち上がり、引き戸を開けて廊下を覗き込む。「はい、そうみたいですけど？」

「実は君たちに来てもらったのは、聞きたいことがあったからなんだ。いや、もちろん、蘭丸に代役を頼むという目的はあったが、それだけじゃない」

「聞きたいこと？」

椅子に戻ってきた絢子が、首をかしげる。

「俺たちにですか？」

蘭丸が、姿勢を正す。

「ああ、嶺衣奈の耳には、絶対に入れないでほしい。ここだけの話だ」

「嶺衣奈さんには内緒……ってことですね」

花音が確認する。

「そう。約束してくれるかい？」

「わかりました」

三人が頷くと、蝶野が思い切ったように口を開いた。

「君たちは……本当に姫宮真由美の亡霊を見たのか？」

「え？」

唐突な質問に、三人は顔を見合わせる。

「あ、見たのは、俺だけですけど」

「その時の状況を、詳しく聞きたい」

「え？　だけどあれって、嶺衣奈さんだったんじゃ……」

「いいから話してくれ」

蘭丸が話すのを、蝶野は神妙な面持ちで聞いていた。そして聞き終わると目を閉じ、長いため息をついた。

「他の団員も、見ているそうだね」

「ええ、そうみたいです。だけど、あの、多分みんなも嶺衣奈さんのことを見間違えたんだろうと――」

「嶺衣奈じゃない」

「え？」

「君が見たのは……嶺衣奈じゃないよ」

「それ……どういうことですか？」

花音は眉をひそめる。

「嶺衣奈は、あの夜総裁と一緒だったからね。おかしな噂を広めたくなくて、あの時はそう言っただけなんだ」

「え？　だけどそれじゃあ……」

絢子の顔に、戸惑いの色が浮かぶ。

「……たんだ」

ぽつりと、蝶野が呟いた。

「すみません、何て？」絢子が聞き直す。

「僕も、見たんだ。真由美の姿を」

「まさか……」

ひやり、と花音の背中を冷たいものが伝う。

蝶野は三人に向き直ると、はっきりと言った。

「僕は階段から落ちたんじゃない。突き落とされたんだ――姫宮真由美にね」

一瞬、蝶野が何を言っているのか、花音たちにはわからなかった。

このダンスール・ノーブルは大真面目な顔をして、ときどき茶目っ気を見せる。もしかしたら、これも悪いジョークではないのか。花音たちは訝りながら、じいっと蝶野の顔を見つめていた。

しかし、蝶野はずっと硬い表情をしたまま、黙っている。

「――監督、冗談ですよね？」

やっと蘭丸が沈黙を破った。

「冗談で、こんなことは言えないよ」

苦笑交じりに、蝶野が答える。

「だけど……ねえ」

花音が絢子を見ると、絢子も戸惑ったように頷いた。

「君たちだから話している——最初に姫宮真由美を見たと言っていたから」

「じゃあ本当に……俺が見たのは嶺衣奈さんじゃないんですね？」

「違う」

「ということは、あれは——」

その先を言うのも怖ろしいというように、蘭丸が身を震わせた。

花音の頭は、激しく混乱していた。

蝶野監督も、姫宮真由美を見た、ですって？

どうして？

そんなはずがない。

姫宮真由美の亡霊なんて、いるはずがない——

「監督、突き落とされたっておっしゃいますけど……だったら他に犯人がいるんじゃないんですか？　それを見間違えて——」

花音が言うと、蝶野は首を横に振った。

「僕がいたのは非常階段の狭い踊り場でね。誰かが来ればすぐにわかる。あの時、確かに僕は一人だった。白い影が見えたかと思うと――」

引き戸の向こう側で、何かが割れる音がした。全員がハッとしてそちらを見る。

「嶺衣奈……？」

蝶野がしまった、という顔をした。

蘭丸が慌てて駆け寄り、引き戸を開ける。廊下に嶺衣奈が立っていた。顔からは血の気が引き、全身がわなわなと震えている。足元には、割れた皿や潰れたケーキ、フォークなどが散らばっていた。

「嶺衣奈さん――」

「やっぱり……何かおかしいと思ってたのよ」

皿の破片が足に当たるのも構わず、ふらふらと嶺衣奈が病室に入ってくる。声が、ビブラートをつけたように震えていた。

「嶺衣奈、違うんだ、今のは――」

「いいえ。あなたが足を滑らせるはずなんてないもの。お酒だってほとんど飲んでなかったんでしょう？　やっぱり……やっぱり真由美が、あなたを……」

嶺衣奈はくずおれるように、蝶野のベッド脇に座った。

「わたしにも真実を教えて！　ねえ、幹也！」

「足を滑らせた。それが真実だよ」

蝶野は目を逸《そ》らす。

「嘘！　真由美がいたんでしょう⁉」

「――いや、僕の勘違いだ」

「勘違いなんかじゃないって、本当はわかってるくせに！　だってわたしも見たもの！　蘭丸くんも！　他の団員の子だって！」

蘭丸が、ぎょっとしたように口をはさんだ。

「嶺衣奈さんも……姫宮真由美を？」

「ええ。あれは確かに、あの子だったわ。わたしが見間違えるはずがない」

「ばかばかしい。亡霊だなんて、子供じゃあるまいし」

蝶野の言葉を、嶺衣奈がヒステリックに遮った。

「まだ取り繕う気なの？　あの子に決まってるわ！　あの子はずっとあなたを恨んでる――殺すつもりだったのよ。そしてあなたの次に狙われるのは、わたし。わたしたちが死ぬまで、あの子は許してくれないんだわ！」

涙を流し、嶺衣奈がベッドに突っ伏す。嶺衣奈の衝撃的な発言に、花音たち三人は呆然としていた。

「やめないか。この子たちの前で」

蝶野がたしなめると、嶺衣奈がハッと顔を上げた。

「嶺衣奈」

蝶野が、優しく嶺衣奈の髪を撫でる。

「もうこの話はよそう。僕は疲れてるんだ。一人にしてほしい。いいね？」

「いやよ、わたし帰らない」

嶺衣奈が、蝶野の手をしっかと握る。しかし蝶野は、優しくそれを解いた。

「羽織るものを持ってきてくれないか。冷やしたくないから、レッグウォーマーも頼む。退屈だから本も欲しいな。読みかけの文庫が寝室にあるはずなんだ。お願いできるね？」

「――わかったわ」

仕方ないといった様子で、嶺衣奈が頷く。

「悪いが、嶺衣奈を本部まで送ってくれないか」

蝶野が花音たち三人に言った。

「わかりました。嶺衣奈さん、戻りましょう」

花音はそっと嶺衣奈の腕を取る。嶺衣奈は促されるまま立ち上がったが、明らかにふらついていた。

「危ないですよ」

蘭丸が、脇から嶺衣奈を支える。

「荷物は、あたしが持ちますから」

絢子が嶺衣奈のハンドバッグを持ち、四人で引き戸まで行った。

「じゃあ監督、お大事になさってくださいね」

病室を出る前に、花音が振り返る。

蝶野は力なく微笑むと、「色々とすまなかったね」と手を振った。

足取りのおぼつかない嶺衣奈を、花音と蘭丸は両側から支え、病院の外へ連れ出した。

病院裏口のタクシー乗り場には、長蛇の列ができている。最後尾につくと、「もう大丈夫よ」と嶺衣奈が二人から腕を外した。そして絢子が預かっていたバッグを取り返し、錠剤を出すとペットボトルの水で流し込む。

何の薬だろう。

花音は気になったが、プライベートなことを聞くわけにはいかない。

「蘭丸くん――もう一度、あなたが見た真由美の話をしてくれない？」

「え？　あ、いや……」

蘭丸が、ちらりと花音と絢子を見る。花音と絢子は「言わない方がいい」と目配せをしたが、嶺衣奈は「蝶野にも聞かせたんでしょう？　わかってるのよ」と詰め寄る。

「はい、そういうことなら……」

蘭丸はしぶしぶ、あの晩のことを最初から話して聞かせた。嶺衣奈はみるみる顔色を失っていき、蘭丸がジゼルの振り付け通りに手を動かしそうになったところで、耐えきれなくなったかのように「やめて」と顔を手で覆った。

「嶺衣奈さん……大丈夫ですか？」

花音が嶺衣奈の背中をさする。その背中は、細かく震えていた。

「ええ……平気よ。わたしからねだっておいて、ごめんなさいね」

嶺衣奈は数回深呼吸すると、汗の浮き出た額をハンカチで拭った。ハンカチを持つ指も、真っ白だ。

やっとタクシーの順番が来た。後部座席に乗り込むと嶺衣奈は目を閉じ、軽い寝息をたてはじめた。心労が重なって、ろくに睡眠を取れていなかったのだろう。

花音は車窓から流れていく景色を眺めながら、考えていた。

いったい、どういうことなんだろう？

蝶野監督が、神戸で姫宮真由美を目撃したなんて。

しかも、突き落とされたとは――。

このバレエ団で、思いもかけないことが起こり始めている。

花音は今にも降り出しそうな暗い空を見上げた。

東京グランド・バレエ団の本部に戻ると、渡辺が心配そうに門で待っていた。

「蝶野監督から電話があったの。嶺衣奈ちゃんが取り乱してるから、こちらに着いたらよろしくって。いったい、どうしたの？」

タクシーを降りた四人の顔を、渡辺が見回す。花音がどう答えるべきか迷っていると、嶺衣奈自身が口を開いた。

「なんでもないの。父は？」

「総裁は、美術監督と会場に行ったけど」

「そう……」

「嶺衣奈ちゃん、今日はレッスンお休みすれば？　あなたまで体を壊したら大変よ」

「ありがとう。でも休んでなんていられないわ。幹也がいない間、わたしがしっかりしないと」

「でも……」

「ただ、ちょっと早めに切り上げる。入院の荷物で足りないものがあったの。取りに帰らなくちゃ」

「あの、わたしたちも手伝いましょうか？」花音が申し出る。

「大丈夫よ。それじゃあ、お先に」

少し眠って落ち着きを取り戻したのか、穏やかな笑みを浮かべて嶺衣奈は門を入っていった。

「無理しちゃって。監督が事故に遭って、心配だろうにねぇ」

嶺衣奈の後ろ姿を見ながら、渡辺がため息をつく。

「さてと、あなたたち、ご苦労様だったわね。蝶野監督は、お元気そうだった？」

花音たちの方に向き直り、渡辺が聞いた。

「そうですね、顔色は良かったです」

絢子が当たり障りのない答えを選ぶ。

「じゃあよかった。あたし、今日もお見舞いに行けないのよね。後援会の接待があるから。ところで、監督のお話って何だったの？」

渡辺が門を閉めながら尋ねる。

「それが、アルブレヒトの代役のことだったんです」

花音が答えた。

「代役？　あらまあ、じゃあひょっとして……？」

「そうなんです。俺が踊らせてもらえることになって」

蘭丸が照れ臭そうに頭を掻いた。

「すごいじゃない、蘭丸君！　おめでとう！」

「嬉しいですけど、よくよく考えたらプレッシャーですよ。世界に羽ばたくパピヨン、蝶野幹也の代役ですよ？　俺、客席から石を投げられるんじゃないかな」

「そうね、あまりにひどいアルブレヒトだったら、あたしも石を投げちゃおっかな」

「そんなあ。そこは応援するわって励ましてくださいよぉ」

蘭丸がいじけると、正面玄関へと向かいながらみんなで笑った。

「冗談、冗談。蘭丸君なら、みんな大喜びよ。特にあたしみたいなレディのハートは、鷲《わし》づかみにされちゃう」

渡辺がおどけると蘭丸が笑い、

「じゃあそんなレディのために、ドアをお開けいたしましょう」

と正面玄関のドアをうやうやしく開けた。

「蘭丸君、本当におめでとう！　じゃあみんな、レッスン頑張ってね」

渡辺ははしゃいだように手を振ると、事務局に戻っていった。

アルブレヒトとヒラリオンの代役の発表が簡単に行われてから、午後のレッスンが始まった。

明るいスタジオの中ピアノの生演奏にあわせ、大勢の団員たちと一緒に踊っているうちに、嶺衣奈は少しずつ自分を取り戻していった。もちろんそれは、精神安定剤の効果が大きいかもしれない。けれども落ち着いて踊ることができるという状況は、今の嶺衣奈にとっては大切だった。

――今は、バレエに集中しよう。

鏡の中の自分としっかり目を合わせながら、嶺衣奈は首の角度、手の位置などを何度も確認した。

池田先生による代理のレッスンも、なかなか厳しい。けれども団員全員が、明日戻ってくる蝶野に少しでも上達した姿を見せようと、必死に食らいついているのが伝わってくる。

ことにその中でも、蘭丸の踊りには目を見張るものがあった。急な代役への抜擢、そして嶺衣奈との初めてのレッスンであるにもかかわらず、アルブレヒトの振り付けを完璧に覚えている。

「すごいわね、蘭丸君」

第一幕を共に踊り終えた嶺衣奈は、驚嘆の声をあげた。

「そんなことないです。嶺衣奈さんのリードが良いからですよ」

蘭丸は謙遜するが、いくらプリマがリードしようと、男性役が振りを覚えていなければパ・ド・ドゥは成り立たない。ヒラリオンの練習をこなしながら、いつの間にアルブレヒトをマスターしていたのだろう――嶺衣奈は感心した。

「ではもう一度」

再度、蘭丸とパ・ド・ドゥを合わせる。息もぴったりで、踊りやすい。これなら本番も成功する、と嶺衣奈は手ごたえを感じた。

蘭丸が入団してきた日のことを、嶺衣奈は思い出す。アメリカ留学帰りとはいえまだあどけなく、技術力はあるものの繊細さに欠けていた。それが今ではどうだろう。技術はさらに磨かれ、そこに情感と色香が加わっている。蘭丸をここまでのダンサーに育てあげた蝶野を、嶺衣奈は心から誇りに思った。

久しぶりに、無心になって踊る。たっぷり汗を流した。

「ちょっと休憩に入りましょう」

池田先生が手を叩き、我に返った。

汗を拭きながらふと時計を見ると、もう十八時を回っている。

「いけない。荷物を届けないと」

病院の面会時間は二十時までだ。それまでに家に戻って荷物をまとめ、持って行ってやらなければならない。嶺衣奈は体をクールダウンさせると、「お先に」とスタジオを後にした。

嶺衣奈と蝶野の自宅は、本部から一駅のところにある。歩くと十五分くらいかかるが、嶺衣奈も蝶野も、ウォーキングをかねて電車に乗らず、歩くことが多い。しかし、今日は急ぐのでタクシーを使った。

自宅の鍵を開け、玄関のドアを引く――と、ふわりと良い香りがただよってきた。

――なにかしら？

一瞬、不思議に思ったものの、急いでいたのでさほど気に留めず、靴を脱いで家の中に入った。廊下のクローゼットからボストンバッグを取り出し、カーディガンを何枚か見つくろって、詰め込んでいく。

ふと、蝶野が読みかけの文庫本をリクエストしていたことを思い出した。寝室にあると言ってたっけ。

嶺衣奈はリビングルームを横切って、寝室へ向かった。芳香がさらに濃厚になり、嶺衣奈を包み込む。

――何の香りだったかしら。この香り、どこかで……。

寝室に足を踏み入れた途端、嶺衣奈は悲鳴を上げた。

ベッドが、数えきれないほどのローズマリーで埋め尽くされていた。まっ白なシーツの上に、青々とした針のような葉。まるで巨大な昆虫の背のように、不気味に蠢いて見えた。

そうよ。

この香り。

ローズマリー……。

嶺衣奈はあとずさった。

――ねえ嶺衣奈、思い出して……。

真由美が、耳元で囁いた気がした。

――わたしのことを。そして、わたしに何をしたかを――

「やめて……！」

嶺衣奈は叫び、玄関へ走りだした。

ここにはいられない。

真由美がやってきたのだ。

こうしている今も、この家のどこかに潜んでいるかもしれない。

廊下が、とてつもなく長く感じる。足がもつれ、まるで真空の宙をもがいているようだ。

玄関が近づいてきた。

ああ、やっと外に出られる――

そう思った瞬間。

突然ドアが開き、黒い影がぬうっと目の前に立ちはだかった。

気がつくと、嶺衣奈はソファに寝かされていた。

上体を起こそうとしたが、目が眩んでソファに引き戻される。視界がぼやけていた。

肩に、何か柔らかいものが触れた。

「きゃあああああああ！」

嶺衣奈は叫び、両手で頭を抱える。

「おい、嶺衣奈」

「いやあ！」

嶺衣奈はさらに固く身を縮めた。

「嶺衣奈、嶺衣奈！　わたしだ！」

体が強く揺さぶられた。嶺衣奈はおそるおそる顔を上げる。

「――お父様」

目の前には、紅林総裁が立っていた。

「……どうして？」

「渡辺くんが、どうしても君の様子を見に行けとうるさいんでな。会場から直接寄ったんだ。しかし――」

総裁は顔をしかめながら、水の注がれたグラスを差し出した。

「相当追い詰められているな。まったく、我がバレエ団を率いるプリマがそんなことでどうする」

まだぼんやりしたままグラスを受け取ると、嶺衣奈はひと口水を流し込んだ。やっと意識がはっきりしてくる。

「——お父様、わたし、怖いわ」

嶺衣奈が低く呟くと、総裁が「何がだ」と訊いた。

「真由美なんです。幹也さんを突き落としたの」

「くだらんね」総裁が切り捨てる。「病院で死亡を宣告された時、お前もそばにいただろう？　それに親のいない真由美の葬儀を出したのは、他でもない、このわたしだぞ」

「だけど——」

嶺衣奈は唇を噛んでうつむく。

「まったく、幹也くんは怪我をするし、お前は情緒不安定ときてる。東京グランド・バレエ団の記念すべき十五周年を祝う公演だというのに、たるんどるよ」

総裁が、やれやれと頭を振る。

「それにしても、幹也くんまでが亡霊騒ぎに加わるとはね。失望した」

「お父様、そんな言い方ひどいわ。幹也は本当に——」

「あくまでも真由美が現れたと言い張るんだな？　大変けっこう！　姫宮真由美が復

活したのなら、再びステージで踊って稼いでもらおうじゃないか！」

総裁は、くっくっく、と喉元で低く笑った。彼らしい、ブラックでドライなジョークだ。しかし嶺衣奈は、笑う気にはなれなかった。

「お父様、こちらにいらして」

嶺衣奈は立ち上がり、総裁を伴って寝室へと向かった。

「これを見て」

ドアを開け、ベッドの上を指し示す——白いシーツの上を、匍匐《ほふく》するかのように覆っているローズマリーを。

「ほう、ローズマリーか。どうした」

「帰宅したら、こうなっていたの。お父様、これでもわたしや幹也が幻覚を見たとおっしゃるの？」

泣き出しそうな嶺衣奈のそばで、総裁が一枝を手に取り、しげしげと眺める。

「わたし……ジゼルを踊るのが怖いわ」

「何を言っとるんだ」

「だって、この演目が決まってからおかしなことばかり。真由美はわたしがジゼルの役を踊るのが、許せないのよ。もういっそ、この役を——」

「これは、わたしが置いたんだよ。だから安心しなさい」

急に、総裁が優しい声になった。

「――お父様が？」

「そうだとも。小道具のローズマリーを、サンプルとしてお前に見てもらおうと思って」

「なんだ……そうだったの」

嶺衣奈はホッとして、ローズマリーの枝を手に取った。でも――

「置きに来たって……いつ？」

嶺衣奈は父を見上げる。

「……なに？」

「だって、今日はずっと会場にいらしたんでしょう？」

「まあ、そうだが」咳払いをする総裁の視線が、少し揺れる。「実は、渡辺くんに、ここに届けてくれるように頼んだんだ」

「――渡辺さんに？」

「ああ」

公演中には荷物を取りに来てもらったりするため、事務局に鍵を一本預けている。それを使って入ったということか。

「そうだったの」

「ああ。だから心配せず、ジゼルを踊りなさい」

総裁は嶺衣奈の肩を叩くと、「さて」と急に話を切り替えた。

「病院へ行くんだろう？　送っていこうか？」

「いいえ、大丈夫です。まだ支度があるので」

「じゃあわたしは帰るとしよう。いいかい嶺衣奈、君はプリマとしてくれぐれも分別のある行動をするように。これは父親としてではない。東京グランド・バレエ団の統率者として言っている――わかっておるね？」

最後にしっかりと釘を刺して、総裁は帰って行った。


荷物をまとめて病室へ駆けつける頃には、面会終了ぎりぎりの時刻になっていた。

「ごめんなさいね、遅くなっちゃって。――あら」

ベッドで寝息を立てている蝶野に気づき、嶺衣奈は慌てて口をつぐむ。物音を立てないよう、そうっと荷解きを始めた。

カーディガンを棚にしまいながらも、嶺衣奈はずっと気になっていた。

――あのローズマリー……本当に渡辺さんが持ってきたのかしら。

よくよく考えてみれば、釈然としない。どうしてわざわざ、自宅に？　それに、あんなにたくさん。今日スタジオで会ったけど、ひと言もそんな話はしていなかった……。

荷物の整理を終え、確かめてみることに決めた。電話をしようと廊下へ出る。が、急患が出たのか慌ただしく、看護師や医者でごったがえしていた。

仕方なく病室に戻り、ベッド脇のカーテンを閉め、音が蝶野に漏れないように配慮しながら、渡辺の携帯電話に電話をした。

「渡辺でございます」

てきぱきとした、しかし温かみのある声が聞こえてきた。

「渡辺さん？　わたしよ」

「ああ、嶺衣奈ちゃん？　総裁に、おうちに寄るように言っておいたんだけど、会えたかしら」

「ええ、会えたわ。色々とありがとう」

「そう。じゃあよかった」

「あの……ちょっと聞きたいことがあるの」

「なあに」

「今日、うちにローズマリーを届けてくれた？」

「え？」

渡辺の愛嬌のある丸い目が、ぱちくりしているのが目に浮かぶようだ。

「小道具で使うローズマリーよ。造花じゃなくて……」

「ああ、そろそろオーダーしないとね。なるほど、造花じゃなくて本物を使うってこと？　さすが蝶野監督、発想が斬新だわ。どれくらいの量を手配すればいいかしら」

渡辺の張りきった声が、受話器から聞こえてくる。

やはりあの時、総裁はとっさに取り繕ったのだ。渡辺はローズマリーなど、持ってきてはいない……。

「あ……また蝶野に確認しておくわ。ごめんなさいね、接待の途中なのに。じゃ」

震える指で、終話キーを押した。

――思い出して……。

やはりあれは、真由美からのメッセージだったのだ。恐怖が足元から這《は》いのぼってくるのを、嶺衣奈は自身をきつく抱きしめて、やっとこらえた。

――どうしたらいいの？　わたし、どうしたら……。

「……嶺衣奈？」

カーテンの向こうから、蝶野の声が聞こえた。

「ごめんなさい、起こしちゃった？」

慌てて笑顔を取り繕い、カーテンを開ける。

「いや……」

蝶野が体を起こしかけ、顔をしかめた。

「痛むの？」嶺衣奈は慌てて駆け寄り、蝶野を支える。「看護師さんを呼ぶ？」

「平気だよ。君こそ、何かあったのか？　今の電話、何かトラブルでも？」

幹也に、余計な心配をかけるわけにはいかない……。

「何でもないわ。渡辺さんに、ちょっと用事があっただけ」

「それならいいんだが。――良い香りだね」

「――え？」

「嶺衣奈が香水なんて珍しい。だけど君に合っている」

「……そう？　お茶でも淹《い》れるわね。待ってて」

嶺衣奈はベッドを離れ、カーテンを後ろ手に閉める。足が震えていた。急いでバッグから精神安定剤を取り出し、喉に流し込む。

――真由美は、近くにいるんだわ……。

今にもローズマリーを手にした真由美が現れそうな気がして、嶺衣奈はぎゅっと目をつぶった。

第五場「死」

大公とバチルド姫は、ジゼルの小屋でひと休みすることになりました。大公はウィルフリードに角笛を渡して「用があったらこれを吹くように」と言い、ジゼルや母親と連れ立って小屋へと入っていきます。残った者たちは狩りをしに森へと戻り、ウィルフリードも角笛をジゼルの小屋の戸口に吊るし、どこかへと消えました。

さあ、誰もいなくなりました。

ロイスの小屋の窓が開いて、忍び込んでいたヒラリオンが出てきます――その手に立派な剣やマントを握りしめて。ロイスが農民であれば、こんなものを持っているはずがありません。そうです、ヒラリオンはついにロイスが貴族であるという証拠を見つけたのです。こぶしを振り上げて復讐することを誓うと、ヒラリオンは身を隠してその時を待つことにしました。

そのうちに、収穫を終えた村人たちが帰ってきます。収穫祭で村人たちが踊っていると、楽しげな様子に誘われてジゼルが小屋から出てきました。ジゼルは軽やかに踊り始めます。そのうちにロイスも戻ってきて、一緒にステップを踏み始めました。

寄り添う二人の間に突然ヒラリオンが割り込み、引き離しました。そしてジゼルに「この男は君を騙している。農民じゃない、貴族なんだ」と暴露し、証拠である剣とマントを突きつけます。しかしジゼルは信じず、ロイスは認めません。

「ふん。じゃあこれでどうだ」

ヒラリオンはジゼルの小屋の戸口にかけられている角笛を手に取り、吹き鳴らしました。笛の音色が、高らかに響き渡ります。狩りの一行が戻ってきて、小屋からは大公とバチルド姫が出てきました。

ロイスの顔色が、サッと変わります。もう逃げられません。

「まあ、アルブレヒト！ 愛しいお方！」

バチルド姫はロイス——いいえ、彼女にとってはアルブレヒト——を見つけると、嬉しそうに駆け寄りました。

「嘘よね……？」

ジゼルは、ロイスに不安な視線を向けます。これはきっと、何かの間違いに決まっている——そう自分に言い聞かせました。

しかし無情にも、そんなジゼルの目の前で、ロイスはバチルド姫の手を取り、口づけるではありませんか。この時、ジゼルの心は粉々に砕け散ってしまったのです。

「やめて！」思わずジゼルは二人の間に割って入りました。ヒラリオンの言っていたことは真実でした。ジゼルは騙されていた、弄ばれていたのだとやっと気づいたのです。

ジゼルは母の胸で打ちひしがれます。しかしその時ジゼルの耳にだけ、かつてロイスと踊った音楽のメロディが聞こえてきました。

「そうよ、二人でこんな風に踊ったんだわ……幸せだった……」

ジゼルは虚ろな目をして、ステップを踏み始めます。本当は音楽などなく、隣にロイスもいないのに、ジゼルは過去の幻と踊っているのです。そんな痛々しいジゼルのことを、ロイスは見ていられません。

「それから、永遠の愛を誓ってくれた……」

思わずジゼルの口元から笑みがこぼれます。――と、それが凍り付きました。

「だけど……全部嘘だったんだわ」

ジゼルはカッと目を見開くと、地面に捨て置かれていたロイスの剣を手に取り、自分の胸に突き立てようとしました。

「ダメだ！」

ヒラリオンに剣を取り上げられると、ジゼルは再び母の腕に倒れ込みました。

しかし再び、幸せだった頃の幻が浮かんでくるのです。

「ああロイス……どこ？　どこなの？　踊りましょう」

弱々しい足取りで、ジゼルは踊ります。ロイスとの楽しかった日々を思い出しながら、髪を振り乱し一心不乱に踊る姿は、もう気が触れているようにしか見えません。踊りはどんどん激しくなります。

「わたしたちは永遠に一緒よ。愛しいロイス……」

突然、ジゼルが左胸を押さえて立ち止まりました。

「苦しい……心臓が。ロイス、ロイス助けて」

心配そうに取り巻く村人たちの輪の中に、ジゼルはロイスの姿を探します。

「ロイス、どこなの……ああ、ロイス！　見つけたわ！」

ついにジゼルは現実のロイスの姿を見つけ、腕の中に飛び込んだかと思うと、そのままがっくりと事切れてしまうのでした――。

＊

「それでは蘭丸のアルブレヒト大抜擢と、有紀子との仲直りを祝して、かんぱーい！」

絢子による音頭で、四つのグラスが合わさる。稽古が終わってすぐ、「ラ・シルフィード」にやってきたのだ。久しぶりにカルテット全員そろっての食事。花音は隣に座る有紀子と微笑み合いながら、ジュースに口をつけた。

「さ、食べよ食べよ！　まずはサラダ・リヨネーズ！」

涼しげなガラスのボウルに盛り付けられたサラダを、手際よく絢子が小皿に盛り付けて手渡していく。比較的お手頃なビストロとはいえ、フレンチはフレンチ。経済的にはまだまだ豊かとはいえない若きバレエ・ダンサーたちは、メニューの中でもいくらか割安の大皿料理をいつも注文する。

「いいよ、自分たちでやるから」

蘭丸が気遣う。

「いいのよ、蘭丸は主役なんだから。花音と有紀子だってそう。何もないのはあたしだけ。今日はお世話させていただきますって」

「そんなの悪いわ」

有紀子が、サラダ・トングを絢子の手から奪おうとする。が、絢子はひょいとそれをかわした。

「ノン、ノン、ノン！　日本人はダメね、変なところで遠慮して。わかんない？　あたし今日、めちゃくちゃ嬉しいの。一緒に頑張ってきた蘭丸が報われて、ピリピリしてた花音と有紀子の仲が元に戻って。はしゃいじゃってんのよ。手でも動かしてないと、ここで踊り出しちゃいそう」

サラダが行きわたると、絢子は今度はゴルゴンゾーラのパスタを取り分け始める。

「みんな、お言葉に甘えさせてもらお。絢子なら、本当に踊りかねないよ」絢子の気持ちを汲《く》んで、花音が言った。「しかもきっと『剣の舞』とか激しい演目を選ぶよ、この人」

花音の言葉に、みんなが笑う。

「じゃ、お言葉に甘えるわね。絢子、ありがとう」

「どういたしまして。その代わり、もしもあたしがいつかジゼルに抜擢されたら、盛大にお祝いしてよね」

絢子が悪戯っぽく言うと、蘭丸と有紀子が了解、と笑って答えた。しかし花音はふと、その言葉に不吉なものを覚える。蝶野監督の病室での、嶺衣奈の様子。絢子は何気なく言ったのだろうが、あの不安定な行動を目の当たりにした後では、ジゼルに代役が必要な可能性はあるかもしれないと思えてしまう。

「どうした?」

蘭丸が、ぼんやりしている花音の顔を覗き込んだ。

「あ、わかった。『なんであたしのだけ具が少ないのよ!』ってすねてるんでしょ」

有紀子がからかう。

「ち、違うわよ」せっかくのお祭りムードを壊さぬよう、花音は咄嗟に笑顔を取り繕った。「なんでフレンチなのに、パスタなのかなって考えてただけ」

「あら、そういえばそうねえ」

有紀子が首をかしげる。

「確かに。パスタってイタリアンのイメージだよなあ。ここでよくパスタ食べるけど、意識したことなかった」

蘭丸が腕組みする隣で、絢子は牛肉のポワレを分け始める。

「何言ってんの。フランス料理のルーツはイタリア料理なんだよ。元は同じ」

「そうなの？」三人が同時に驚きの声をあげる。

「イタリアのメディチ家の娘がフランスの王室に嫁いで、その時にイタリアの食文化がフランスにもたらされて発展したの。それまではフランス料理って全く洗練されてなかった……というか、それはまあ、お粗末だったんだって」

「初めて聞いたわ」

「そんなこと、よく知ってるね」

有紀子と花音が感心すると、絢子は得意げな顔をした。

「あたし前世はフランス人だもん。だからバレエも好きなの。さっきもフランス語喋ってたでしょ？」

「ノンしか言ってねーし！」

蘭丸のつっこみに、みんなで笑った。もう余計なことは考えないでおこう、と花音は自分に言い聞かせる。せっかくの、有紀子を交えての食事会だ。

最後にキッシュの皿が行きわたると、四人は「いただきまーす！」と勢いよく食べ始めた。

「お料理、頼みすぎちゃったかな」

有紀子がサラダを口に運びながら言う。

「大丈夫よ。体力つけとかなくちゃ、明日から監督も戻ってくるんだし。しごかれるんだから」

そう言いながら絢子は、なんとパスタを二口で食べ終えている。

「お見舞い、わたしも行きたかったわ」

「監督も会いたがってたよ。だから俺にしか用事ないのに、カルテットをひとまとめにして呼んだんだって」

「嶺衣奈さん……さぞお気を落とされてたんじゃない？」

有紀子のひと言に、花音と蘭丸と絢子はぎくりとして目を合わせる。

「うん、もちろん多少はね」蘭丸が当たり障りなく答える。

「今回のお怪我の上に、シルヴィア・ミハイロワの引退発表——お二人にとっては、ショックなことばかりでしょうね」

「え⁉」有紀子以外の三人が驚く。「シルヴィアが引退？」

「あら、知らなかった？　発表があったはずだけど」

「そんなぁ」花音は呆然とする。あの世界の舞姫がバレエ界を退くなんて。

「やだ！　信じたくない！」

絢子が駄々っ子のようにテーブルを叩く。

「でも引退前にファイナルツアーをするらしいわ」

「それはもう、絶対に見ておかないとね」

花音はキッシュを頬張りながら、鼻息荒く言う。ふと気がつくと、蘭丸が食事の手を止めて考え込んでいる。

「どうしたの？」

「いや……蝶野監督が言ってたことは本当だな、と思って」

「え？」

「天才ダンサーが現役でいてくれる時間は短い。俺たちが現役でいられる時間も。そしてそれが重なることは奇跡に等しいんだなって、今まさに痛感してる」

「蘭丸……」

「君らは女性だから意識したことないかもしれないけれど、やっぱり俺たち男性ダンサーにとって、いつかはシルヴィアのパートナーとしてステージに立つっていうのは究極の夢だったからね。もう決して叶うことはないんだと思うと……」

「そっか……そうよね」

「バリシニコフの亡命のこと、俺は正直、理解できないって思ってた。だって、ロシアの一流バレエ団で踊れていたんだぜ？　だったらそれで満足すればよかったじゃんって。でもさ、いざシルヴィアが引退するって聞いて、もう絶対に一緒に踊る機会はないっていう状況になると……胸を掻きむしりたいくらいの喪失感に打ちのめされてる。せっかく同じ時代にいたのに。あとほんの数年待っててくれたらチャンスはあったかもしれないのにって」

蘭丸は言葉を切り、そっと水を口に含んだ。

「百年に一度のバレリーナだぜ？　もし目の前に悪魔が現れて、シルヴィアのパートナーを務めさせてくれるって言われたら……俺も魂を売るよ、少しも迷わずにね」

きっぱりと蘭丸が言った。その顔には殺気立つほどの口惜しさが滲み出ていて、花音はぞくりとした。

「あ……ごめん、なんかマジになっちゃって」

女性陣にぽかんと見つめられていることに気づき、蘭丸が頭を掻く。

「ううん、蘭丸の気持ちはわかる。女性ダンサーにとっても、シルヴィアは特別な存在だもん」

花音が言うと、有紀子も同調した。

「そうよ。一緒に踊れないのはもちろんだけど、あの素晴らしいバレエを二度と生で見られないなんて寂しいわ」

「確かに、そうだね」絢子がため息をつく。「喪失感か……。なんか、バレエをやってると、色んな感情と闘っていかなくちゃいけないんだね。後悔、挫折感、嫉妬心――って、おっと」

　絢子が有紀子を見て、慌てて黙る。

「いいわよ気にしないで。花音に嫉妬してたのは事実なんだから。でも、そうよね、虚栄心、闘争心、焦燥感――醜い感情や悲しみを押し殺しながら、美しくて楽しいものを極限まで演じなくちゃならないんだもの、因果な職業といえるわねえ」

　やれやれというように、有紀子が首を振った。

「確かになあ。公演前になるとマイナスの感情ばかりが増幅されちゃうしね。自分のバレエの欠点ばかり目立って、他の奴がやたら完璧に見えてさ」

「やだ、蘭丸でもそうなの？　いつもひょうひょうとしてる感じなのに」

　絢子が目を丸くする。

「そう見せてるだけ。誰だって同じなんじゃないかな。アメリカ人って日本人に比べて大らかで楽観的な印象あるだろ？　でもバレエ留学してた時、公演の直前なんて、日本以上のピリピリムードだったよ。感情をストレートに表すから、ステージへの恐怖心もむき出しなの。壁に頭を打ち付けたり、ああそうだ、布を片っ端から引き裂いてるプリマもいたなあ。楽屋に長い布を持ち込んで、ずーっとびりびりやってた。その音を聞いてるみんなも、さらに不安定になってさ。もうカオスよ、カオス」

「やだ、想像するとこわーい」

絢子が両腕で自分を抱きしめる。

「確かに、日本人はそういうことはしないわよねえ。舞台袖で大人しく震えてるだけだもの」

有紀子は納得したように頷きながら、バゲットを齧《かじ》る。

「だろ？　言葉にも、その違いが表れてる気がするんだよな」

「言葉って？」花音にはピンとこない。

「舞台前に緊張したりあがったりすることを、英語ではステージ・フライトっていう。フライトはfright、つまり、ずばり恐怖ってこと。でも日本語だと舞台負けとか場おくれとか、マイルドな表現だろ？」

「ああ、なるほどねえ」絢子がポワレを急いで呑みこみ、続ける。「確かに、『舞台恐怖症』だと大っぴらに怖がってもいい感じがする。『舞台負け』とか『場おくれ』だと、一人で耐え忍ぶものだっていうニュアンスだよね」

「こんなところにもお国柄か、面白いわね。ねえ、あのシルヴィア・ミハイロワでも緊張するのかしら」

「するんだろうね。想像つかないけど」

有紀子と蘭丸のやり取りに、絢子が割り込む。

「あたし、もっとつかないのが蝶野監督」

「言えてる！　いつも凛《りん》として舞台袖でスタンバイしてるもんね」

花音が思わず身を乗り出すと、有紀子も苦笑しつつ同意した。

「こっちが緊張してるのに、涼しい顔してるから、腹が立つのよね」

「俺らなんかと違って、メンタルが強いんだろうなあ。でも嶺衣奈さんはいつもそわそわと歩き回ってる」

「そっちが普通よ。監督が異常なの。ね？」

花音が有紀子を見る。

「そうね、嶺衣奈さんはいつもわかりやすい。口数も少なくなるし、笑顔もなくなるもの」

「確かにねぇ。そう考えると、今日の行動も仕方ないかなって――」

言いかけて、絢子が慌てて口をつぐむ。有紀子だけが、きょとんと首をかしげた。

「今日って？　お見舞いの時のこと？」

「あ、いや……」

「何よぉ、気になるじゃない。本当だったらわたしだってその場にいたんだから。教えてよ」

どうしよう、と絢子が花音を見る。

「いいよ、わたしが話す」

確かに、もともと有紀子だって見舞いに来るはずだったのだ。教えても差し支えないだろう。かいつまんで話していくうちに、有紀子は蒼ざめていった。

「監督が突き落とされた、ですって――？」

「しっ。聞こえちゃうよ。このお店、バレエ団の関係者もファンも来るんだから」

蘭丸が唇に人差し指を当てる。

「白い影って……じゃあ監督は犯人をご覧になったの？」

「見たというか、見てないというか。――姫宮真由美だったたって言うの」

花音の言葉に、有紀子は目を見開く。

「まさか……！」

「それに、嶺衣奈さんもスタジオで目撃したって……」

「まあ……おかしな話ばかりね」

「ただ、気になるのは嶺衣奈さんが、あの子はずっと恨んでるとか、自分たちが死ぬまで許してくれないって言ってたことなのよね」

「それって……憎まれても当然のことをしたっていう口ぶりね」

「まあ、なりゆきとはいえ、嶺衣奈さんは姫宮真由美を、その……」蘭丸は言いにくそうにくちごもる。「刺殺したことになるわけだからさ」

「もしかしたら正当防衛じゃなかったとか？　もともと嶺衣奈さんは殺すつもりで——」

絢子の不謹慎な発言を、

「ちょっと、洒落にならないことを言わないでよ」

慌てて有紀子が止める。

「そうだよ。姫宮真由美は横領もしてたんだろ？　天才ともてはやされて有頂天になって、身を持ち崩していったんだ。あげくに舞台に穴をあけた。嶺衣奈さんが真由美をライバル視していたのは最初だけ、殺す動機がない」

「そっか……」

四人はしばし黙り込んだ。ちょうどデザートがやってくる。

「まあ、もう十五年前のことだ。俺たちがいくら考えても、答えなんて出ないよ。そりゃ気にはなるけど」

「その通りね。どんなにわたしたちが想像を巡らせたところで、無駄だわ」

気を取り直したように、有紀子がアイスクリームを口に運んだ。

「そうかな」しかし花音はぽつりと言う。「今回の一連のこと——過去が密接にかかわってるんじゃない？　真実を知らないと解決しないような気がする」

「だけど限界があるもの。それに、確かに気味は悪いけれど、実害はないでしょう。監督の事故のことは、わたしは正直、酔っていらしたんだと思うし」

「うーん、実際に目撃した俺としては信じてるけどね。ただまあ、人が死んだりしてないってことは事実だ」

「もしも亡霊がいて呪いが本物だとしても、監督が怪我をしたってことで終結するんじゃない？」

絢子が希望的観測を述べる。

「終結か……そうだといいんだけど——」

これからもっと怖ろしいことが起こってしまいそうな気がする、という言葉を、花音はアイスクリームと共に呑みこんだ。


次の朝、花音は早起きしてスタジオへ行った。

公演も近づいている。けれども自分の中では、なかなか頭で思い描くようには踊れていない。今日からは監督もレッスンに戻ってきてくれる。もっと完成に近づいたものを見てもらいたいのだ。

事務局は午前九時に開くが、スタジオは七時から使用しても良いことになっている。

正門脇に備え付けてあるテンキーパネルに暗証番号を打ち込み、中に入った。玄関を開けてロビーに足を踏み入れると、三階から音楽がかすかに聞こえる。先客がいたことに驚きながら階段を昇ると、窓からたっぷりと差し込む朝陽《あさひ》の中、達弘が練習していた。

「達弘さん……」

ちょうど音楽が途切れたので声をかけると、達弘が驚いた顔で振り向く。

「おう、花音か。おはよう」

「一番乗りだと思ったのに……」

まだ七時十五分。スタジオが開いたばかりなのに、すでに達弘は大量の汗をかいている。

「もしかして……七時前に来て、門の前で待機してました？」

「あはは、ばれた？」達弘はタオルで汗を拭きながら笑った。「七時になると同時に駆け込んだ。着替える時間も惜しいから、練習着も着てきた。プールに行く小学生みたいだろ」

ヒラリオンを踊れることになったのが嬉しくて仕方がないのか、顔が輝いている。代役が発表されたときは、涙ぐんでさえいた。

団員たちはみな、蝶野が諭したように、どんな役も大切であること、役に大小がないことは頭では理解している。けれどもやはり、できるだけ出番の多い役、目立つ役を踊りたいのが本音だろう。

達弘が繰り上がった分、男性のコール・ドからその村人役も引き抜かれることになった。アルブレヒト役が抜けただけなのに、団員たちにとっての移動や影響は小さくない。そしてそれに伴って、また新たな嫉妬が生まれ、団員の関係にひずみができているかもしれない。

「俺、昨日ヒラリオンの振り写しをしたばかりだからさ、まだ危なっかしいところがあるんだよなー。それに最初は蘭丸が踊ってたわけだから、監督の中でもハードルがあがってるだろ？　あいつとはまた一味違うヒラリオンで勝負しないとって張り切ってんだ」

喋りながらも、手足が軽く振り付けをなぞっているのがわかる。本当に真面目な人だな、と花音は感心した。

「というわけで、恥ずかしながら振りは完璧に入ってるとは言えないけど、心理面では完璧。ほら、監督が最初に解釈のミーティングをしてくれたじゃん。あの時にヒラリオンの心情は理解できてたからね。こうなってみると、つくづくあのミーティングは有意義だったなって思うよ」

確かにそうだ。自分以外の役柄を知ることは、急きょ代役を務めることになった時にも役に立つ。稽古をつけるだけで肉体的にも精神的にも消耗するのに、解釈にも時間を割き、しかも一方的に押し付けるのではなく各自の意見を尊重してひとつにまとめあげた蝶野監督に、花音は改めて感謝した。

「そうだ、ミルタが来たならちょうどいいや。二幕を一緒にあわせてくれよ」

「こちらこそ助かります！」

花音は張り切って返事した。急いでロッカーで着替え、スタジオへ戻る。

「じゃ、ヒラリオンがウィリに捕まって踊るところからね」

花音がポジションにつくと、達弘が音楽プレーヤーの再生ボタンを押す。オーケストラの音楽が流れ、達弘が踊り始めた。

大勢のウィリがヒラリオンを捕まえて踊らせる。ミルタは踊りの輪から少し外れたところに立っており、何度も命乞いに来るヒラリオンを冷たく突き放す――という場面だ。もちろん今は大勢のウィリなどいない。それでも達弘の怯えた視線と表情から、あちこちに死霊がいるのが見えるようだ。これまで達弘は肉体派のようなイメージがあったが、いつの間にか繊細な演技力を身に付けている。努力家なのだ。

達弘が――ヒラリオンが助けてくれと足元にひれ伏す。それを花音は冷たく片手で拒絶した。ヒラリオンが再び踊りの輪に呑みこまれていく。管弦楽器の高音が、まるで悲鳴のような、不穏な音を奏でる。

再びヒラリオンがやってきた。恐怖におののき、目には涙を浮かべながら命乞いをする。しかし再びミルタは追い払う。許さないわ。だってあなた、ジゼルを殺したんでしょう。さあ、死ぬまで踊るのよ――

ついにヒラリオンは踊りながら沼に落ちる。ミルタは眉ひとつ動かさずに死を見届けると、ついと遠く――劇場では客席のある方――に顔を向ける。その冷徹な表情に、わずかな満足感と、さらなる犠牲者への渇望を滲ませて、観客をぞっとさせたい――花音はそう願っているが、なかなか表現するのが難しい。

音楽が終わった。突然拍手が鳴ったので、達弘と花音は驚いて辺りを見回す。入口に、蘭丸が立っていた。

「すげー！　二人ともすごいよ。俺、鳥肌立った」

ほら、と蘭丸がシャツの袖を捲《まく》る。肌がぽつぽつと盛り上がり、腕の産毛が逆立っていた。

「ヒラリオンの出番の中で、この場面が一番難しいよね。手足が勝手に動いて、心臓が破れるまで踊らされる感じ、ぞわぞわきた。そんで、最後に拒絶された時の『ああ、今度こそ死ぬんだな』っていう絶望感。俺、あの表現がなかなかうまくいかなくて。監督にも、クライマックスに向かう前の、ダンサーとしての俺の不安が透けて見えるって怒られたもん。昨日の今日なのに、達弘さんすごいな」

「え、もしかして俺、あの太刀掛蘭丸に褒められてる？」

「めっちゃくちゃ褒めてます。顔も、いかにも森の番人って感じだし。猛獣も逃げ出しますよ」

「お前はいつもひと言多いんだよっ」

笑いながら、達弘が蘭丸の首を絞める振りをした。

「あれ、お前、なんか良い匂いがする」

達弘が蘭丸の首筋に顔を寄せる。

「やだぁ達弘さん、蘭丸にくっつきすぎですよ」

花音がからかうと、「もっとくっつこうか？」と達弘が悪ノリして蘭丸を両腕で抱きしめた。蘭丸が、ぎゃーっと体をのけぞらせている。

「冗談だって。ってか、マジでこれ何の匂い？」

「おかしいな、匂いなんかしますか？」

蘭丸が自分のシャツの匂いを嗅ぐ。花音も蘭丸に近づき、鼻をうごめかせた。

「ほんとだ、良い匂い。本当に何もつけてないの？」

「つけてないよぉ。この外見だから誤解されやすいけど、メンズ化粧水すら使わないから。あー、あれかも！　ローズマリー！」

「ローズマリー？」花音と達弘が、同時に聞く。

「さっき下で渡辺さんに会ったんだけど、両手に抱えきれないくらい持っててさ。半分引き受けて、事務局に運んであげたの」

「こんなに朝早く、どこで買ってきたのかしら」

「いや、なんか友達でガーデニングしてる人がいて、その人に分けてもらいに行ったんだって。切り出したばかりだから、売っているのとは香りが全然違うんだとさ」

「小道具には結局、本物を使うことにしたのか。知らなかったな」

「うん、なんか嶺衣奈さんが昨日わざわざ電話かけてきたらしいよ」

「なるほど。嶺衣奈さんのためなら、渡辺さんだってこだわるわよね」

話していると、渡辺がローズマリーをさしたブリキのバケツを両手に、スタジオに現れた。

「あー、重かった」

真っ赤な顔をしてふうふう息をしながら、バケツを床に置く。

「やだなあ、こういう時こそ呼んでくださいよぉ。手伝いに行ったのに」

蘭丸と達弘が、慌てて渡辺に駆け寄る。

「これくらい大丈夫よ。あんまりにも花が可愛かったから、すぐに水にさしてやろうと思って」

渡辺が、袖口で額の汗をぬぐう。

「それにしても、すごい量ですね」

花音はしゃがみこんで、バケツを覗き込んだ。びっしりとローズマリーが詰め込まれている。

「そうなのよ。嶺衣奈ちゃんから電話があった後に、紅林総裁からも連絡があってね。公演当日、観客全員にローズマリーを一本ずつ配ったらどうかっておっしゃるのよ。急にひらめいたらしいわ」

「お客様に……ですか？」達弘が首をかしげる。

「そう。ローズマリーって、思い出してとか忘れないでとか、そういう意味があるんでしょ？　帰宅した後も、バレエの余韻に浸ってほしいって」

「素敵。この香りで、おうちでも思い出してもらえますね」

花音は胸いっぱいに芳香を吸い込んだ。

「でしょ？　それにローズマリーって長持ちするじゃない。花が枯れても葉はハーブとしてお料理やポプリに使えるし。公演は数時間で終わってしまうけど、その後に何か月も楽しんでいただけるからって」

「総裁ってアイデアマンですねえ。俺、入団して何年にもなるけど、あの人には驚かされっぱなし」

達弘がつくづくといったふうに言う。

「ふふ、ほんとよね。もちろん、ローズマリーを見るたびに東京グランド・バレエ団の『ジゼル』を思い出してもらって、また足を運んでもらう……っていうのが一番の目的よ」渡辺が片目をつぶる。「今回の公演をキッカケに、代表作に育てたいらしいから。せっかく封印を解いたんだもん、当然よね」

「はー、さすが。ローズマリーといえば『ジゼル』……パブロフの犬状態を狙うわけか」

蘭丸が花を指で撫でる。

「でね、その予行演習ってわけじゃないけど、団員全員にも一本ずつプレゼントしたらどうかって、総裁が」

「嬉しい、これいただけるんですか？」花音が早速一本をバケツから抜き取る。

「そうよ。花音ちゃんは小道具としても使うから、その分は余分にキープしといてね」

「はあい。ああ、やっぱり本物はいいなあ。これがあれば、今日は良いミルタが踊れそう」

花音は魔法の杖のように、ローズマリーの枝をくるくると回した。

「総裁の気持ちはありがたいっすけど、こういうの、ヤローの俺がもらっても、どうしようもない気がするんですよね」

達弘が言う。

「あら達弘くん、知らないの？　ローズマリーは脳に良いハーブって言われてるのよ。おうちに飾っておけば、かしこくなれるかも」

渡辺のジョークに、花音と蘭丸は大爆笑した。

「なんか俺って、脳みそまで筋肉キャラになってませんか」

ぶすっとする達弘が可笑《おか》しくて、また三人で笑う。

「ま、でも真面目な話ね、これで嶺衣奈ちゃん、元気出してくれるといいなって」

ローズマリーの束を優しげに見下ろす渡辺の肩を、蘭丸が励ますように叩く。

「昨日の夜に電話して、朝イチでこんなに用意してくれたんですもん。感激してくれますよ」

「うふ、だといいけど」

「あ、噂をすれば」

達弘の声に、スタジオの外に目をやる。ガラス越しに、片手に杖をついた蝶野と連れ立って嶺衣奈が来るのが見えた。蝶野はもう片方の手に携帯電話を持ち、何やら話している。

――あれ、嶺衣奈さん、昨日よりやつれてる……？

花音がそう訝しんだ時、電話中の蝶野を残して嶺衣奈が入ってきた。何となく、足元もおぼつかない。けれども花音以外は、気がついてないようだ。

「嶺衣奈ちゃん!」

渡辺が呼び、誇らしげに足元のバケツを指し示す。

「ローズマリーよ! 見て、こんなにたくさん!」

嶺衣奈の目が、大きく見開かれた。唇が小刻みに震えている。

「いや……!」

両手で顔を覆うと、嶺衣奈は絶叫した。

嶺衣奈の思いがけない反応に、渡辺はもちろん、花音や蘭丸、達弘も驚くばかりだった。

「どうしたんですか、大丈夫ですか?」

顔を覆ったまま震えている嶺衣奈に、蘭丸が慌てて駆け寄る。

「来ないでよ!」差し伸べられた蘭丸の手を、嶺衣奈は乱暴に振り払った。「あなたからも……真由美の香りがする」

「――え?」

蘭丸が困惑したように眉を寄せる。

「ローズマリーがこんなに……。ここにも真由美が来たのね? そうなんでしょう⁉」

　蒼ざめた顔で、嶺衣奈はスタジオを見回した。

「嶺衣奈ちゃん、さっきから何を言ってるの？　ローズマリーならあなたが欲しいって――」

「わたしが⁉　そんなはずないじゃない！　そうやってごまかすのね。昨日のお父様と同じ！」

　渡辺の言葉を、嶺衣奈がヒステリックに遮る。

「嶺衣奈ちゃん……」渡辺の顔が引きつった。「ねえ、どうしちゃったの？」

「これみよがしに、真由美はスタジオにも自分の爪痕を残すつもりなんだわ……ああ、息が詰まりそう」嶺衣奈は苦しそうに喉に両手をやった。「やっぱりあの子、次はわたしを殺すつもりなのよ――」

　誰にともなく独り言《ご》ちる嶺衣奈を、花音は呆然と見つめた。嶺衣奈はいったいどうしてしまったというのだろう。なぜこんなにも、ローズマリーに怯えるのだろう。

「ほぼ全員の衣装が完成したって。奈央ちゃん、自宅に持ち帰って徹夜してくれたらしい」

　スタジオの扉が開き、嬉しそうに蝶野が入ってきた。蝶野は一瞬窓から差し込む朝陽に目を細め、久しぶりのスタジオ、そしてメンバーを満足げに眺めた。しかし、その場にいる者の強張った表情に目を留めると、「どうした?」と首をかしげた。

「ああ、幹也――」

嶺衣奈がふらふらと蝶野の方へと歩み寄り、取りすがった。杖では支えきれずにぐらついた蝶野の体を、慌てて蘭丸が背後から両手で押さえる。

「わたし、もう逃げられないんだわ……」

「逃げられない? なんの話だ?」

蝶野は空いた方の手で嶺衣奈の肩を抱きながら、さぐるように渡辺や花音たちを見た。しかし誰もが、首を横に振るだけだ。

「真由美が昨日、うちにも来たのよ。ベッド一面がローズマリーで覆われてた」

嶺衣奈の声は、取り乱したように震えている。

「あなたに心配をかけたくなくて、黙ってたの。だけど本当なのよ。そして今朝ここに来てみたら……ほら」

嶺衣奈がこわごわと、ブリキのバケツにぎっしりと詰め込まれたローズマリーを振り返る。その脇に立ち尽くしていた渡辺が、「あの、監督、これは昨日、嶺衣奈ちゃんが――」と慌てて口を開く。蝶野は渡辺に向かって、安心させるようそっと頷いた。

「嶺衣奈、レッスンの前にちょっと横になったらどうだろう。きっと僕の看病で疲れているんだ」

小さな子供に話しかけるような口調で蝶野が言って聞かせると、放心したようにローズマリーを見つめていた嶺衣奈はこくんと頷いた。

「休憩室に連れて行ってやってくれ。僕もあとで行くから」

蝶野が、小声で蘭丸に指示する。

「わかりました。嶺衣奈さん、ちょっと休みましょう」

蘭丸は嶺衣奈の腕を取り、スタジオを出て行った。扉が閉まると、蝶野は杖をついて、ゆっくりと花音たちの方へ近づいてきた。

「このローズマリーは、渡辺さんが用意してくれたものだよね」

「ええ、そう。今朝持ってきたの。嶺衣奈ちゃんは否定するのだけど、ゆうべローズマリーの件で電話があって――」

「大丈夫、知ってるよ。その場に僕もいた。嶺衣奈は混乱してるだけだと思う」

監督の言葉に安堵したのか、渡辺はやっと強張っていた頬をゆるめた。

「それにしても嶺衣奈ちゃん……どうしちゃったのかしら」

「追い詰められてるんだ。もう公演も近いのに、新しいパートナーと組み直さなくちゃならなくなったから」

ふうっと息をつく監督に、花音が尋ねる。

「あの……ご自宅のベッドにローズマリーって？」

「わからない。さっき初めて知った」蝶野が首を横に振った。「しかし、だからだったんだな。嶺衣奈は昨日、病室に泊まったんだ。家に帰りたくなかったんだろう」

「そうか、だからこんなにローズマリーを怖がったんですね。家でもスタジオでも心が休まらないんじゃ……そりゃあ不安定になっても仕方がないです」

達弘が同情する。

「まあ、みんなあんまり気にしないでくれ。自宅にローズマリーっていうのは、いくらなんでも現実的じゃない。きっと嶺衣奈が怖がり過ぎて、シーツだかタオルだかを見間違えたに決まって——」

蝶野の明るい調子に、花音と達弘は「ですよね」とホッとする。

「いいえ、見間違いじゃないわ」

しかし渡辺が、低い声で、きっぱりと否定した。

「昨日総裁から電話があって、ローズマリーを観客に配ったらどうかっていうアイデアを聞かされた時……嶺衣奈ちゃんのおうちにたくさんのローズマリーがあったから思いついたんだっておっしゃってた」

「——え？」

蝶野は驚いて、渡辺を見た。

「総裁も見たんだったら……本当にあったたってことですよね」

達弘は遠慮がちに言う。

「そんな……」

花音は愕然《がくぜん》として、その先の言葉を失った。

バレエ団の中だけでなく、姫宮真由美は嶺衣奈の実生活までをも浸食し始めている。

最初はスタジオを浮遊する白い影でしかなかったはずのものが、蝶野を突き落とし、ローズマリーを蝶野と嶺衣奈の暮らすマンションに置いて去った。

姫宮真由美が、どんどん実体化していく――

花音の背を、冷たいものが走る。

昨夜芽生えた、これからもっと恐ろしいことが起こるという予感は、今や花音の胸の中に深く根を張って増殖し、ざわざわと揺れていた。

胸騒ぎがする。

決定的なことが必ず起こる――

もはや予感ではなく、確信しながら、花音はローズマリーの花束を見下ろした。

レッスンが開始される九時になるまでに、全ての団員が揃い、ウォームアップを開始していた。あえて何事もなかったかのように、花音や蘭丸、達弘も、自主練習に励んでいる。あの後すぐにローズマリーは片づけられたので、朝にひと騒動あったことを他の団員は知る由もない。

「みんな、準備は整ったかい」

九時きっかりに、蝶野がスタジオに入ってきた。

「監督！」

「蝶野監督！」

「おかえりなさい！」

団員がウォームアップを止め、嬉しそうに蝶野の周りに集まる。杖をついていることに少し衝撃を受けたようだが、それよりも喜びの方が上回っているようだ。

「休んでしまって悪かったな。しっかりやってたか？」

「はい！」

誰もが自信を持って頷く。

「悪いが、座りながら指導させてもらうよ」

鏡張りの壁の前に置かれたパイプ椅子に腰掛けると、蝶野はみんなの顔を見回した。

「数日レッスンを見られなかったが、実はちょっと楽しみでもあるんだ」

「どうしてですか？」

美咲が尋ねる。

「毎日見ていると成長には気づきにくいものだろ？　日があいたことで、ぐんと違いがわかるじゃないか」

「うわ、それってさりげなくプレッシャーかけてません？」

「ばれたか」

スタジオに笑いが弾《はじ》けた。

再びドアが開いて、今度は総裁が入ってきた。

「やあ諸君、おはよう」

「おはようございます、総裁」

「蝶野くん、どうだね、何日かぶりのスタジオはいいもんだろう」

はっはっは、と笑う総裁の後ろからカメラやマイクを担いだ男性が数名ついてくる。

「いやだ、マスコミ？」

有紀子が花音と絢子に囁いた。

「ほんとだ。どうしてだろ」

絢子も訝しげだ。

そもそも蝶野幹也が負傷したことをマスコミに嗅ぎつけられてはならないと、渡辺から団員全員にきつく箝口令《かんこうれい》が敷かれている。創立十五周年記念公演に少しでも影を落としたくないという、総裁の命令だということだった。それなのに、当の総裁が、意気揚々と撮影隊を引き連れてくるとは。

「諸君、今日は取材に入ってもらうことにした。だが気にしないでレッスンに励んでくれたまえ」

「取材……ですか？」

蝶野も今初めて聞いたようだ。

「ああ、ネット配信の特集番組を作ってもらう。じつは、蝶野幹也が降板するという知らせをバレエ団のホームページに掲載したら、チケットの払い戻しを求める声が想像以上に多くてね」

総裁の言葉に、花音は慌ててスタジオの中に視線を走らせる。蘭丸本人が聞いていたら傷つくだろう。しかしついさっきまで一緒に練習していた蘭丸は、いつの間にかいなくなっていた。花音はホッとする。

「――改めまして、申し訳ございません」

立ち上がろうとする蝶野を、総裁が鷹揚に片手で遮る。

「いやいや、仕方がない。後援会だってバレエ団友の会のメンバーだって、みんなのお目当てはパピヨンなのだからね。まあとにかくそんなわけで、宣伝方法を工夫しようと思ったわけだ」

「工夫……？」

「ああ。もう幹也くんの負傷も伏せておく必要はない。姫宮真由美の亡霊騒動もね。

むしろ、大々的に利用するんだ。マスコミにどんどん広めてもらおうじゃないか」

「ちょっと待ってください、お義父……総裁。それは賢明とは――」

「逆転の発想だよ。とにかくこの公演に興味を持ってもらう。そして特別番組を一人でも多くの人に見ていただく。そうすればそれが、太刀掛蘭丸のプロモーションになるのだ。今日のレッスンでプリマとの息がぴったりであるところを、カメラにバッチリと収めてもらおうじゃないか」

「しかし、ペアを組んで間もないですし、まだ完成しているとは――」

「かまわん。未完成なところを、あえて太刀掛蘭丸のフレッシュな魅力だと強調して番組を作ればいい。話題になるなら、そして公演に足を運んでいただけるなら、それでいいだろう」

二人がこのような問答を交わしている間にも、撮影隊は黙々と三脚をセットしたり、カメラやマイクの確認をしている。

「取材が入ることを、嶺衣奈は知っているんでしょうか」

「いいや、まだ知らんよ」総裁はすでにカメラを意識しているのか、壁一面の鏡に向かい、手で髪を撫でつける。「だが問題なかろう。宣伝には、嶺衣奈はいつも協力的だからな」

「ですが……」蝶野は声を落とした。「嶺衣奈は今朝からまた不安定になっているようなんです。公開レッスンは負担が大きいのでは――」

「そうやって甘やかすからいけないんだ、幹也くん。嶺衣奈はプリマ・バレリーナだよ。公開レッスンに耐えられないようなら、そもそも本番を踊る資格なんてあるまい」

髪を整え、スーツの襟元を正しながら、総裁は言い放った。

「わかりました、総裁」

蝶野が折れた。

「ところで、嶺衣奈はまだなのかね？」

総裁がしびれを切らしたように、ぐるりとスタジオを見回す。

「嶺衣奈は休憩室で休んでいます。おい、誰か内線をかけてくれないか」

「あ、じゃあわたしが」

花音が壁の受話器を取り、休憩室の番号を押した。

「――はい」

男の声だった。てっきり嶺衣奈が応答すると思いこんでいたので、花音は少し驚いた。

「花音です。あの、嶺衣奈さんにレッスンが始まると伝えてください」

「ああ、なんだ花音か」

「……もしかして、蘭丸なの？」

「うん。レッスンが始まるって嶺衣奈さんに伝えに来てたんだ。すぐ向かうと監督に伝えといて」

電話は切れた。蘭丸の姿が見えないと思っていたら、いつの間にか休憩室に行っていたのか。しばらくすると、ドアが開いて蘭丸に付き添われた嶺衣奈が入ってきた。

「お待たせしてごめんなさい。すぐに始め――」嶺衣奈がカメラとマイクに気づき、立ち止まる。「これは――？」

「今日は取材に入ってもらうことにしたよ。かまわんね？」

総裁が問う。案の定、嶺衣奈は「取材ですって？」と気色ばんだ。

「そうだよ。記念すべき、太刀掛蘭丸との新しいパートナーシップ。それをとくとアピールするんだ。あとでインタビューの時間も取ってあるからな。ああ、そうそう。お前が見た亡霊の話もしてやりなさい。昨日、自宅で起こった不思議なことも話すといい」

嶺衣奈の顔が、さっと蒼ざめた。

「お父様……ひどいわ」

嶺衣奈が怒るのは無理もないだろう。総裁の強引さを、花音はさすがに気の毒に思った。まさか総裁が、姫宮真由美の亡霊騒ぎを宣伝に利用しようとするとは。総裁の頭には、バレエのこと、そして公演を成功させることしかないようだ。そこには娘の気持ちさえ考慮する隙間もない。しかしここまでの現実主義者でなければ、バレエ団を維持することなどできないのかもしれない。

「大丈夫だ、嶺衣奈」蝶野が立ち上がり、嶺衣奈の肩を抱く。「君は何も気にせず、ただ踊ればいい。総裁のことも、カメラのことも気にするな。いいかい？」

「でも……」

「ずっと僕がついてる。できるね？」

「――ええ、わかったわ」

嶺衣奈は頷くと、気持ちを落ち着けるように手に持っていたペットボトルから水を飲んだ。

「それでは今日は、通し稽古をしたいと思う」

蝶野が、団員に向かって声を張り上げる。通し稽古とは、最初から最後まで、中断せずに通して行うものだ。

「せっかくカメラが入っているんだ。お客さまに見られていると意識して踊ること。いいな？」

「はい！」

団員が、体育会系さながらの力強い返事で応えた。

「それでは全員、ポジションについて」

蝶野が手を叩くと、村人と村娘役のコール・ド、ヒラリオン役の達弘、アルブレヒト役の蘭丸、そしてジゼル役の嶺衣奈が各々の立ち位置についた。それを見届けると、蝶野はバレエ・ピアニストに向かって合図を送る。

ピアノの前奏が始まった。レッスンでは、オーケストラの演奏を全てピアノだけでまかなう。

アップテンポで、活気のあるイントロダクション。それがゆるやかで牧歌的なメロディに変わると、村人と村娘がフロアを楽しげに行き交い始めた。本番のステージでは、背景に紅葉で色づいた風景画が吊り下げられ、ステージに向かって右にロイスの小屋、左にジゼルの小屋が置かれるが、レッスンでは背景もなければ、小屋もない。あるのは木枠に支えられた扉部分だけである。

村人や村娘が退場すると、貴族アルブレヒトが、従者ウィルフリードと共に登場し、すぐに自分の小屋の扉をくぐる。アルブレヒトが粗末な服に着替えてロイスに扮している間に、ヒラリオンがやって来て、ジゼルの扉に花束を飾った。

その後は、いよいよジゼルの登場だ。ロイスとして小屋から出てきたアルブレヒトが、ジゼルの小屋の扉をノックする。もちろん扉があるのみだから、その後ろにスタンバイする嶺衣奈の姿は見えている。嶺衣奈はじっと立ったまま、目を閉じてピアノに耳を傾けていた。やはり顔色は悪く、苦しげな表情だ。

「嶺衣奈さん、大丈夫かな」

絢子が花音に囁いた。第一幕に出番のない花音と絢子と有紀子は、邪魔にならないよう、総裁と撮影隊の後ろで固まって見ているのだった。

「心配よね。突然の公開レッスンなんて、ちょっとひどいわ」

有紀子も小声で言った。

しかしはらはらしているのは、この三人だけであるようだ。ほとんどの者は第一幕に出番があるので、自分の演技のことで頭がいっぱいなのだ。蝶野も、一人一人の演者の動きを慎重に目で追っている。

音楽に合わせて、ノックが数回。嶺衣奈が大きく息を吸って、ゆっくりと目を開く。

そして扉に近づき、開けた。

扉をくぐり抜けた嶺衣奈を見て、花音はあっと声をあげそうになった。

そこに立っているのは、いったい誰だろう？

はつらつとした若さに満ちあふれ、恋をする喜びで内面から発光しているような、この可憐な乙女は？

ディレクターらしき男性が、魅了されたようなため息をそっとつくのを、花音は聞き逃さなかった。彼だけではない。カメラマンや音声係、ADも、仕事を忘れたかのように、うっとりと嶺衣奈を見つめている。

ピアノのテンポに合わせて、ジゼルはフロアを舞い踊る。確かにノックの音が聞こえたのに、そして叩いたのはロイスに違いないのに、悪戯好きの恋人は身を隠しているのだ。愛《いと》しいロイス、どこにいるの？ 早く一緒に踊りましょうよ。そんなジゼルの弾んだ声が聞こえてくるかのような、軽やかなダンス。

つい先ほどまでのやつれきった紅林嶺衣奈は、どこにもいない。あんなに危なっかしげだった足取りは正確なステップを踏み、軽やかにターンをしている。そこに蘭丸が現れ、最初のパ・ド・ドゥが始まった。

最初こそ緊張が見て取れたが、すぐに蘭丸はいつものキレを取り戻した。遊び人であるロイスを茶目っ気たっぷりに演じつつ、うまく嶺衣奈をリードしている。

「あれが太刀掛蘭丸です。どうです、なかなかのものでしょう。パピヨンの代役を務められるのは、今の日本では太刀掛しかおらんでしょうな。しっかり撮ってくださいよ」

総裁がディレクターに耳打ちするのが聞こえた。

いくら蘭丸が若手男性ダンサーの中では人気があるといっても、人気と知名度では世界のトップテンに入る蝶野幹也では相手が悪い。レッスンを撮影して配信する方法は、広く太刀掛蘭丸の名前と魅力をアピールするためには確かに大正解なのかもしれない。お客様にチケットをご購入いただき、劇場まで足を運んでいただいてこその公演である。

カメラを入れたことを強引だと最初は思ったが、総裁の判断は正しいと花音は認めざるを得なかった。この美しいパ・ド・ドゥの映像を見てもらえれば、きっと動員に結びつく。

「これ、絶対にいい画が撮れてるわね。お客さん増えるわよ、きっと」

花音が考えていたことと全く同じことを、有紀子が言った。

「うん。まったく大した人だね、総裁は」

あきれたとも感心したともつかない口調で、絢子も同意する。

ジゼルとロイスのパ・ド・ドゥを見かねたヒラリオンが、乱暴に割って入ってくる。ヒラリオンは、調子の良いロイスのことが信用できないのだ。けれどもジゼルに冷たくあしらわれ、ヒラリオンは退場する。

「あれは石森達弘と申しましてね、当バレエ団の注目株です。非常にパワフルな踊りをする男で、ヒラリオンはこれ以上ないはまり役だと思いますよ。この公演で一気にブレイクする可能性が大ですな」

総裁がディレクターに説明している。

「ほう。ではレッスン後、彼のインタビューのお時間もいただけますか」

ディレクターの好意的な反応に、総裁は「むろんです」と頷いている。太刀掛蘭丸をメインに紹介する番組ではあるが、他の団員をプッシュすることも忘れない総裁はさすがだ。

ヒラリオンという邪魔者がいなくなったあと、ジゼルとロイスは村娘たちと楽しく舞う。今度はそこへ、ジゼルの母が顔を出した。母親は、心臓の弱いジゼルが心配なのだ。村娘たちも帰り、ジゼルも母親に家へ連れ戻されると、ロイスはステージで一人きりになる。しかし角笛の音を聞いて貴族の狩りの一行が近づいてきたことを悟り、慌てて退場した。

貴族の一行が登場する。その間は蘭丸と達弘の休憩タイムだ。二人はスタジオの隅にある椅子に座って、水分を補給し始めた。しかしジゼルは貴族を接待する場面があるので、休んではいられない。嶺衣奈は扉の後ろで素早く水を飲み、さっと汗を拭うと、すぐに笑顔になって扉の外へ出て、大公やバチルド姫のもてなしを始めた。

こうして改めて通し稽古を見ていると、ジゼルにはほとんど休息できるところがない。それでも嶺衣奈は涼しい顔をして、演技を続けている。

バチルド姫がまさかロイスの本当の婚約者だとも知らず、無邪気におしゃべりを交わす場面。ここでのジゼルの表情が無垢であればあるほど、この後のクライマックス――狂乱の場――との対比がはっきりとし、盛り上がる。だからこの時の表情を大事にするようにと、蝶野が嶺衣奈に何度も指導していた。果たして嶺衣奈は純粋なジゼルとして、かいがいしくバチルド姫に尽くしている。

大公とバチルド姫を小屋に招き入れると、ステージでは村人と村娘の収穫のダンスが始まるので、やっと嶺衣奈には座る時間ができる。村人と村娘たちが収穫のダンスを踊っている間、嶺衣奈はスタジオの隅にあるベンチに腰を下ろした。大きく肩で息をしており、かなり疲れているのがわかる。次から次へと噴きだす大量の汗をタオルで拭いながら、ペットボトルの水を飲んでいた。時折、膝や足首をさすっている。

「どうしたのかしら。なんだか痛そうじゃない？」

有紀子が小声で言う。確かに嶺衣奈は、辛そうに眉をしかめている。

「うん……そうだね、ひねったのかな」

絢子も心配そうに、その様子を見つめていた。

収穫のダンスには、ジゼルは途中から参加しなくてはならない。だから嶺衣奈が座って休めたのも、ほんの数分。嶺衣奈は再登場のタイミングが近づいてくると、もう一度水を飲んで立ち上がった。さっきまで疲れた顔をしていたのに、再びセンターに舞い出た嶺衣奈は瑞々しい乙女に戻っていた。ここから第一幕が終わるまで、嶺衣奈は出ずっぱりだ。

収穫のダンスが終わると、いよいよロイスの正体がヒラリオンによってみんなの前で暴かれる。そしてロイスがバチルド姫と婚約していることが発覚し、クライマックスである狂乱の場へと一気になだれ込むのだ。

永遠の愛を誓ってくれたはずのロイスが、バチルド姫の手を取って口づける。ジゼルの心が砕け散るのが、嶺衣奈の表情から痛いほど伝わってきた。ピアノ伴奏の高音が、悲痛な心情をかきたてる。ジゼルはロイスとバチルド姫を引き離し、ロイスを責め、バチルド姫に襲い掛かろうとするが振り払われて、そのまま地面へと倒れ込んだ。

ゆっくりとジゼルが体を起こし、顔をあげた。その表情に、その場にいた者全員の魂が摑まれた。純真さをそのまま映し出す双眸からは、涙がはらはらとこぼれ落ちている。なんと美しい。しかしなんとはかない。

花音の目に、熱いものがこみ上げてくる。慌てて涙を拭いながら有紀子と絢子を盗み見ると、二人とも目尻を拭っていた。

ジゼルが立ち上がると、哀しげな伴奏は一転し、明るく和やかなメロディに変わる。ロイスとよく踊った、思い出の音楽だ。ジゼルの潤んだ瞳がロイスの幻を探し、そして幻と共に踊り始める。しかし我に返って裏切られたことを思い出すと、地面に落ちたロイスの剣を拾い、ずるずると地面を引きずりながら、右へ左へと歩く。金属とフロアのこすれる不気味な音は、そのままジゼルの崩壊した精神が立てる音のようだ。

それからおもむろに剣を持ち上げると、自身の胸に突き立てようとする。ヒラリオンが、急いで剣を取り上げた。

死ぬすべを失ったジゼルは、虚ろな目をして再び踊り始める。まとめ髪はすっかりほつれて乱れ、長い髪が頬を、背中を覆っている。この場面で髪をほどくというのも、蝶野の演出だった。そしてその選択は正しかった——髪を振り乱して一心不乱に踊る嶺衣奈の姿には、鬼気迫るものがある。

ジゼルは踊る。かつての幸せを頭に描きながら、激しく、高く舞い踊る。

——と、突然、ジゼルが左胸を押さえて立ち止まった。一瞬苦しそうに顔をしかめ、しかし再び力を振り絞って最後のステップを踏むと、晴れやかな笑顔で母親を抱きしめ、愛するロイスの腕の中に飛び込み——そしてがっくりと息絶えるのだった。

悲劇的なメロディが、フォルテッシモで奏でられる。ジゼルの母親、そして村人が泣き叫ぶ中、ロイスはジゼルの亡骸《なきがら》を地面に横たえると、うろたえつつ走って退場した。

ここで、幕。

激しい和音を最後に、ピアノの音が止んだ。

スタジオは、しんと静まり返っている。

誰も動けなかった。口をきけなかった。

たった今目の前で繰り広げられた、嶺衣奈の迫真の演技に圧倒されていた。

花音は、息をするのも忘れていたほどだった。

しばらくして、誰かが手を叩き始めた。拍手は次々と重なり、それは大きなうねりとなってスタジオに渦巻いた。

「ブラヴァ！」

蝶野が叫んだ。

「ブラヴァ！」

総裁も叫び、続いてあちこちからプリマをたたえる声があがった。

誰もが、まだジゼルのままフロアに横たわっている嶺衣奈に、惜しみのない拍手と賛辞を送った。

「嶺衣奈、素晴らしい『狂乱の場』だった。これまで観たどんなプリマのものよりも、真に迫っていたよ」

興奮気味の蝶野に、総裁も誇らしげに同調した。

「ついに姫宮真由美を超えたな。このわたしが保証する」

しかし嶺衣奈は目を閉じたまま、微動だにしない。さすがにおかしいと、誰もが思い始めた。

「嶺衣奈？」

杖を離せない蝶野の代わりに、総裁が嶺衣奈に近づき、傍らにしゃがみ込む。

「おい」

仰向けに横たわる愛娘の手を取った総裁は、しかしハッと顔を強張らせた。慌てて
「嶺衣奈、嶺衣奈、しっかりしろ」と揺さぶり始める。花音は総裁の元に駆けつけた。

「どうしたんですか？」

「息を――息をしとらん」

「――え？」

花音はぎくりとした。嶺衣奈の胸に耳を押しあてる。鼓動は、聞こえなかった。

「救急車を！　早く！　渡辺さんも呼んで！」

花音の切迫した呼びかけに、絢子が急いで携帯から救急に電話をし、有紀子がスタジオを飛び出して行った。団員たちは騒然となる。

「嶺衣奈!?」

蝶野は這うようにして嶺衣奈のそばにたどり着くと、何度も名前を呼びながら頬を叩いた。

「お願いだ、目を開けてくれ」

しかし嶺衣奈は、全く反応を示さない。

「嶺衣奈……嶺衣奈……！」

天をも裂くような蝶野の慟哭《どうこく》が、スタジオを貫いた。

第二幕

第一場「復讐の女王」

真夜中の、湿った暗い森。

池のほとりには葦《あし》や藺草《いぐさ》がうっそうと生い茂り、水中には水草が髪の毛のように絡まり合っています。あちらこちらから垂れ下がった柳の枝が、肌寒い風が吹くたびにざわざわと揺れ動きます。

おぼろ月が照らすのは、密生した草の中に埋もれかけている、打ち捨てられたようないくつもの十字架——

そう、ここは墓地なのです。

そしてイトスギの木の下に、新しい墓石がひとつ。

刻印されているのは、ジゼルの名前です。

真夜中を告げる教会の鐘が鳴り始め、ヒラリオンがやって来ました。

怖々と森を進み、そしてジゼルの墓を探し当てると、跪いてその死を悼んでいます。しかし、ふと何かの気配を感じたかのように立ち上がり、慌てて逃げ出して行きました。

再び無人となった墓地から、真っ白いドレスを着た乙女が甦《よみがえ》りました。

彼女こそがウィリの女王、ミルタなのです。

蒼白い月の光の下、ミルタは森を自在に飛び、舞い踊ります。そうすることで、森を清めているのです。

清めの儀式が終わると、ミルタはローズマリーを一束、手折《たお》りました。

その香《かぐわ》しい花のついた枝を、墓地に向かって一振り。

すると、花嫁のベールをかぶった乙女たちが、まるで土の中から生まれるかのように、静かに姿を現しました――。

＊

葬儀の日は、雨だった。

紅林嶺衣奈の遺影は白薔薇《ばら》で飾られ、祭壇は幻想的なほど美しかった。礼拝堂の高い天井に、牧師の祈禱《きとう》が響く。大きな教会であるが、長椅子は参列者で埋め尽くされていた。東京グランド・バレエ団の関係者だけでなく、他のバレエ団や協会の上層部の人間たちが、日本全国から駆け付けて来たのだ。

「それでは讃美歌《さんびか》を歌いましょう」

祈禱が終わると、司会者が言った。参列者全員が立ち上がり、あらかじめ配布された歌詞を見ながら、オルガンの演奏に合わせて歌い始める。

キリスト教の葬儀に出席するのは、花音にとっては初めてだった。そして、葬儀で斉唱するという行為に少々驚いていた。しかも式の最初、途中、後半に一曲ずつで、これが三曲目となる。最初は戸惑ったが、天国での再会を約束する歌詞を声にするうちに、このような希望に満ちた見送り方もあるのか、と感じ入った。

――それにしても……。

花音は、嶺衣奈の遺影を見つめる。

――ついに死者が出てしまうとは。

花音が最近感じていた不吉な予感――それがついに現実となってしまった。蝶野監督の負傷は、ほんの序章に過ぎなかったのだ。

どうしてこんなことが起こってしまったのだろう。

なぜ嶺衣奈は亡くなってしまったのだろう。

讃美歌を歌いながらも、花音の心はずっと謎の上をさまよっていた。そしてふと、そんな自分を戒める。今は、嶺衣奈を弔うべきだ。

花音の隣では、蘭丸や有紀子、絢子がハンカチで目頭を押さえながら歌っている。

親族席には総裁、蝶野監督、そして渡辺がいた。三人とも、かろうじて立っている、という様子である。

蝶野は喪主として気丈に振る舞い、挨拶も淡々とこなしていたが、体中から生気が抜けきっていた。渡辺も憔悴《しょうすい》している。嶺衣奈が子供の頃から見守ってきたのだ。何度も「先に逝くなんて」と嗚咽《おえつ》をもらしていた。

そして総裁。いつものエネルギッシュなバレエ団のオーナーは、どこにもいない。礼拝堂の前方に置かれた白い柩《ひつぎ》を、何度も確かめるように眺めては、真っ赤な目で天を仰ぐ。その姿は、皮肉なことに、今までで最も父親らしく見えた。

それでも三人は、何とか讃美歌を声にしようとしている。痛ましくて、花音は胸が塞がれる思いだった。

「それでは、告別の献花をいたしましょう」

温かみのある、オルガン演奏が始まった。

参列者が一人一人、白いカーネーションを柩に入れていく。花音の順番になり、そっと柩の前に進み出た。

純白の柩の中に、嶺衣奈は横たわっていた。

髪はシニヨンにまとめられ、薄化粧を施されている。いつも通りの美しきバレリーナ、紅林嶺衣奈だった。

まさかあの通し稽古が、紅林嶺衣奈の最後の舞いになるとは――。

花音はまだ信じられない気持ちで、柩の隙間を埋めるように、そっとカーネーションを差し入れた。ふと嶺衣奈の足元に目を留める。花の合間から、白いロングチュチュが覗いていた。

ジゼルの死に装束が現実に嶺衣奈の死出の衣となってしまうとは、なんて皮肉なことなのだろう。

――第二幕の衣装だ。

参列者の献花が終わると、蝶野が最後に、ピンクサテンのトウ・シューズを棺に納めた。会場から、ひときわ大きなすすり泣きが起こる。

白い花に埋め尽くされた嶺衣奈の柩が、静かに閉じられた。いよいよ退堂する時だ。

葬送曲にあわせて、柩が運び出される。礼拝堂のドアが開いた途端、待ち構えていた報道陣が、一斉にカメラのシャッターを切った。雨が降る中、あちこちでフラッシュが光る。それはまるで稲妻のように暴力的で、容赦がなかった。

花音、有紀子、絢子、そして蘭丸の四人でカメラからの盾になりながら、柩の後に続いて出て来た総裁と蝶野、渡辺の三人を傘に入れる。雨が、柩の上にも降り注いだ。

嶺衣奈ちゃんの涙みたいだわ、と渡辺が声を震わせた。

柩が、リムジン型の霊柩車《れいきゅうしゃ》にのせられる。その上に総裁がティアラを置いた。目も眩むほどのフラッシュがあちこちで焚《た》かれる中、そっとドアが閉められた。

総裁と蝶野、そして渡辺は参列者と報道陣に向かって頭を下げると、霊柩車の後ろに待機していた黒い外国車に乗り込む。もの悲しげなクラクションを鳴らし、雨の中、霊柩車と黒い車がゆっくりと走り出した。

これで本当に嶺衣奈との永遠の別れになるのが、花音には信じられなかった。またバレエ団に戻れば、いつものように嶺衣奈がレッスンしているような気がするのに。

花音は傘を差したまま、ぼんやりと黒い車を見送っていた。

「こんなことになるなんてね」絢子が洟《はな》をすする。

「総裁と監督の気持ちを考えると、俺、いたたまれないよ」

「ええ、見ていて辛いわね」

蘭丸と有紀子が、真っ赤な目をこすった。

車が去った途端、報道陣が参列者にマイクを向けてくる。もちろん、花音たちにもだ。

「急死とのことですが、死因は解明されたのですか？」

「病死と事件の両方で捜査中とのことですが」

「バレエ団の今後は？」

「精神的に不安定だったという噂もありますが、事実ですか？」

ぶしつけな質問を浴びせてくる記者を無視して、花音たちは駅へと急ぐ。何もしゃべるなと渡辺から強く言われていたし、花音たちとて話す気は起こらない。すでにインターネットやゴシップ系の週刊誌には、興味本位の記事が出ていた。

タイミングの悪いことに、嶺衣奈の死の瞬間には、取材が入っていた。映像は警察に渡っており一般に流出するわけではないが、それでも稽古中に起きた嶺衣奈の突然の死は、すぐに広く知れ渡るところとなってしまったのだ。しかもそれが、「ジゼル」の狂乱の場面を踊った後であり、しかも役の死と共にプリマが亡くなったとあれば、ミステリアスな出来事として騒がれても仕方がない。

また死ぬ直前の激ヤセした嶺衣奈の写真や、どこから漏れたのか、数々の奇行や発言もネットや週刊誌に出回っている。当然の如《ごと》く、姫宮真由美の亡霊騒動のことも流出し、

『十五年前のプリマの呪いか』

『プリマ急死の直前に、芸術監督が謎の転落負傷』

などと面白おかしく書きたてられた。

花音たちを、報道陣はしつこく追いかけて来る。どうしよう、と思ったときに、パッパーとクラクションが鳴った。

「乗って！」

衣装部の奈央だった。

奈央はミニバンを寄せて停《と》め、後部座席のスライドドアを電動で開けた。花音たち

が飛び乗ると、ミニバンは猛スピードで発進する。

「ひどいな、なんだよあれ。見ろよ、マスコミに混じってカメラ小僧もいるぞ。あいつら普段からバレエ団周辺をうろついてバレリーナの写真撮ってんだ。今日なんて堂々とカメラを向けられるから、チャンスと思ってんだろうな。この間とっちめてやったのに、まだ懲りてない」

どんどん小さくなっていくカメラの群れをリアウィンドウ越しに見ながら、蘭丸が憎らしげに舌打ちをした。

「奈央さん、ありがとう。助かった」

花音が運転席に声をかける。

「荷物があったから、たまたま車で来てたのよ。タイミングよかったわ」

奈央の言葉に、「荷物？」と有紀子が首をかしげた。

「あ……」奈央が口ごもった。「嶺衣奈ちゃんの、お衣装をね」

「あれは、奈央さんが？」

「そう。どうしても棺に入れてあげたくて。金具とか不燃の物を全部取って、持って行ったの」

「そっか……」

花音は、献花の合間から覗いていた白いロングチュチュを思い浮かべた。

「それにしても、まだ実感が湧かないよねえ」

奈央がハンドルをさばきながら、ため息をつく。

「死因はわかったんですか？」絢子が訊いた。

「急性心不全だって聞いたけど？」

「心不全って……」

後部座席の四人は顔を見合わせる。ジゼルと同じ死因だ、という言葉をそれぞれが呑みこんだ。

「記者が病死と事件の両方で捜査してるって言ってたけど、どういう意味？」

花音が奈央に聞く。

「大げさに言ってるだけじゃない？　形式的なものでしょ。健康で持病もなかった人が、突然亡くなったから」

「そういうことか」

「事件のわけがないよ」

蘭丸が、確信を込めて言う。

「事件ってことは、人間の手が介在してるってことだろう？　ありえない」

「ちょっと、また姫宮真由美のせいだなんて言わないでよね」奈央がたしなめる。

「マスコミに面白おかしく書かれて、もううんざり。それに、真由美ちゃんはいい子だった。百歩譲って亡霊がいたとしても、悪いことなんてするはずがないわ」

おや、と花音は思う。もしかしたら奈央さんは、やっぱり十五年前の事件の真相を知っている……？

「肉体的にも精神的にも、嶺衣奈ちゃんは限界だったと思うの。それがたまたま、狂乱の場面でピークに来てしまった……それだけのことよ。事件性なんてなし、亡霊もなし、呪いもなし。わかった？」

奈央にきつく言い含められ、蘭丸は素直に、はいと返事をした。このメンバーの中では、唯一蘭丸が亡霊の姿を目撃している。だから蘭丸は、姫宮真由美が関係していると信じて疑っていないようだ。

その気持ちはよくわかる。これだけ不可解なことが続けば、花音だって霊がかかわっているのではと思いたくなる。実際、団員のほとんどは、嶺衣奈の死は偶然などではなく、姫宮真由美によって導かれたものだと恐れていた。

「とにかくわたしたちに今できることは、嶺衣奈ちゃんが天国で幸せになってくれるように祈ることよ」

奈央が言った。

「そうよね。トウ・シューズと共に旅立ったんだもの」

有紀子が頷き、

「今頃、思いっ切り踊ってるよね」

と絢子が微笑んだ。

しかし、ふと車内に沈黙が落ちる。全員、恐らく同じことを考えていた。

死後の世界で、好きなだけ踊る。

それこそまるで、ジゼルではないかと——。


葬儀の翌日、総裁から緊急召集がかかり、団員はバレエ団に集まった。黒っぽい服装に身を包んだダンサーがスタジオを埋めているのは、とても奇妙な光景だった。

総裁が何の話をするつもりか、容易に想像はつく。

「やっぱ、公演中止の通達だろうな」

ソワソワしながら、蘭丸が言った。

「だよね」花音も頷く。

「そりゃあ葬儀の翌日にわざわざ集められるなんて、残念だけどそれしかないでしょ」

絢子も同調すると、

「でも総裁の性格を考えると、決行する気もするわ」

と有紀子が言った。

「それはさすがにないと思う。実の娘を稽古中に亡くしたんだぜ？　精神的に無理だよ。いくらチケットがソールドアウトだからって」

「ソールドアウトなの？」花音が驚く。

「ああ、見ろよ」

蘭丸がスマートフォンで、ネットの記事を見せる。皮肉なことに、この事件が評判となって、完売したと書いてあった。

ドアが開いて、総裁を先頭に、蝶野、そして渡辺が入ってくる。三人は、昨日よりもさらに憔悴して見えた。

「諸君、この度は色々と心配をかけたね」

スタジオの前方に立った総裁が口を開いた。声にいつもの張りはない。

「せっかくの十五周年記念公演直前に、こんなことになってしまって大変申し訳ない」

――総裁が謝ることじゃないのに。一番辛いのは、総裁に違いないのに。

頭を下げる総裁を、花音は不憫《ふびん》に思った。

身内を失う辛さは、花音にだってわかる。それでも総裁はあくまでも父親でなく、総裁としてこの場に立とうとしているのだ。

「今日ここに集まってもらったのは他でもない――その公演のことなんだがね」

やはり、とみんなが顔を見合わせる。中止はみんな覚悟していることだ。不満は出ないだろう。総裁はすっと息をひとつ吸い込むと、しかし、こう言い放った。

「予定通り、決行するつもりである」

団員全員が耳を疑う。だが、総裁の両脇に立った蝶野と渡辺の神妙な表情から、それが冗談ではないことは明らかだった。

「驚いておるな。無理はない」

総裁が、少しだけ笑う。

「一人娘を亡くしたのに不謹慎だと思うかもしれん。ソールドアウトだと聞いて、また紅林が商売の欲を出したと批判する者もいるかもしれんな。だが」

端から端まで団員の顔を見回し、総裁は続けた。

「昨日の葬儀では、歌を歌ったな。誰か、不謹慎だと思ったかね？」

手を挙げる者はいない。

「そうだろう？　讃美歌を歌ったことは、わたしには大いに魂の慰めになったよ。そして嶺衣奈にとっても、安らぎになっただろう。

そして、歌よりも何よりも、わたしが嶺衣奈に捧げてやりたいのは、バレエだ。バレエは嶺衣奈の人生そのものだった。嶺衣奈の死によって、公演を中止にしてしまうことは、あの子にとっても本意ではないはずだ。わたしは、最高の『ジゼル』の舞台を創り上げることが、あの子への一番の弔いになると信じておる。だから父親として、総裁として、公演の決行を決断したのだ」

スタジオが、しんと静まり返っている。みんなが総裁の言葉に胸を打たれたことが、空気で伝わってきた。

これまで花音は、総裁をどこか冷たい人だと思っていた。偉大なダンサーとして、またバレエ団の責任者として尊敬はしていたが、徹底的なバレエ至上主義が人間味を失わせているような気がしていたのだ。けれども、今回のことでつくづく理解した。総裁が冷たく見えるのは、プロフェッショナルとしての意識の高さゆえなのだと。そしてその高みには、誰も近づけない。だからこそ非凡で、孤高な人なのだ。

「みんな、わたしについてきてくれるな？」

返事の代わりに、大きな拍手が起こった。総裁は少し潤んだ目でスタジオを見渡すと、「ありがとう」と笑みを浮かべた。それから蝶野を見て、続けるよう目配せで促す。蝶野が一歩進み出て、言った。

「それでは、嶺衣奈の代役を発表させてもらう」

ハッとした顔で、絢子と有紀子が顔を見合わせる。

そうだった。続行するということは、主演を新たに起用するということなのだ。スタジオの中に、緊張が生まれる。

「総裁とも相談した結果、ジゼルは花音に演じてもらいたいという結論に達した。花音のバレエはまだ粗削りなところもあるが、役をものにする底力がある。ミルタを演じる中でも目を見張る成長があった。今回ジゼルに抜擢するのは、さらなる飛躍を見込んでのことだ。そしてミルタを有紀子に代わってもらいたい」

有紀子の目が輝き、一瞬で頬が薔薇色になった。反対に絢子の顔は強張り、色を失う。

「そしてドゥ・ウィリの有紀子の代わりは、真理《まり》にお願いする」

蝶野が指名したのは、入団して一年目の新人だった。真理は張り切って「はい！」と手を挙げている。その後ろでは、先輩である美咲と雅代が唇を嚙みしめていた。

「この三人にはよろしく頼むよ。大変だとは思うが――」

「ちょっと待ってください！」

絢子が立ち上がった。

「どうして……どうして有紀子がミルタなんですか？　あたしだって……あたしだって……」

「有紀子は前のバレエ団でミルタを踊っていた。すでに振りも体に入っている。引継ぎがスムーズに――」

「だけど有紀子のミルタと違うものを創り上げたいって、監督は言ったじゃないですか！」

「確かにそうだ。しかし公演まで時間がない」

「あたしにだって振りは入っています！」

食い下がる絢子を、全員が呆然として見つめている。

「指の動きひとつ、目線ひとつ、監督が花音にしていた指導を、漏らさずに見てました。それに――正直、花音がジゼルということにも納得できません」

絢子が、冷たい視線を花音に落とした。

「嶺衣奈さんがジゼルだった時には、納得しました。だけど、どうして花音が？　どうしてあたしではいけないんですか？　あたし、ジゼルだってミルタだって踊ることができるんです。お願いです、決定する前に、一度見ていただけませんか」

「絢子、どうした。君らしくない」

蝶野が杖をつきながら歩み寄り、落ち着かせようと肩に手を置いた。しかし絢子は、それを振り払う。

「あたしらしい？　あたしらしいってなんですか？　いつもサバサバしてるからですか？　それは演技です。そう見せていただけ。本当は、花音がミルタに選ばれた時だって、悔しくて仕方なかった。憎らしかったです。でも何でもないふりをしました。だってカッコ悪いじゃないですか」

蝶野を見据える絢子の目に、涙が滲む。

「本当は有紀子みたいに、怒りを表せるのが羨ましかった。あたしだって花音と口をききたくなかった。一緒にいたくなかった。花音のレッスンを見るのが辛かった。だってこの子、あたしよりバレエの経験は短いのに、舞台に立つ度どんどん磨かれていくんです。この公演が終わったらますます差をつけられるんだと思うと怖くて怖くて、どうしようもなくて――」

絢子の言葉に、花音は衝撃を受けていた。絢子が、こんなことを思っていたなんて。

「君の気持ちはよくわかる。しかし――」

「わかってません!」鋭く、絢子が遮る。「わかりっこないんです。監督みたいな最初から恵まれた人には、絶対に」

「おい絢子」見かねた蘭丸が、立ち上がった。「その辺でやめとけよ。な?」

「蘭丸にだって、絶対にわかんない。監督は、役柄には大小がないと言うけど、あたしは正直、こだわりを捨てきれません。人一倍、血の滲むような練習を重ねてきて、それで村娘程度の役しかもらえなかったら――」

蘭丸の手が絢子の頬を張った。蝶野監督、そしてその場の全員が、驚いて蘭丸を見る。

「自分が何を言ってるかわかってんのか?」いつも明るい蘭丸が、珍しく厳しい表情をしている。「絢子はたった今、ここにいるコール・ドのみんなを侮辱したんだ。そして、俺やお前がこれまでに踊ってきたコール・ドの役柄も全部な」

絢子は片手で頬を押さえ、呆然と蘭丸を見返している。その両目から、ぽろぽろと涙がこぼれ始めた。蘭丸が慌てて絢子の肩を抱く。

「監督、俺、ちょっと連れて出ます」

「わかった。落ち着くまで一緒にいてやってくれ」

蘭丸は泣きじゃくる絢子を連れて、廊下へと出て行った。ドアが閉まると、それまでスタジオを覆っていた緊迫した空気がほぐれ、ほうっとため息のような声が漏れる。

「総裁、申し訳ございませんでした。わたしの伝え方が足りなくて――」

蝶野が杖をつきながら、総裁の隣に戻った。

「幹也くんのせいじゃあるまい。色々なことが目まぐるしく一気に起こりすぎて、感情的になっておるんだろう。さて」

総裁は花音と有紀子、そして真理を順番に見た。

「きみたちには異議はあるまいな？」

「あ、あの、総裁」慌てて花音は立ち上がる。「嶺衣奈さんの代役なんて、大変光栄なことだと思っています。けれど、あの――わたしはミルタを演じたいんです」

会場がざわついた。総裁が、片眉を上げる。

「自信がないということかね？」

「いいえ、自信の有無ではなくて、ミルタしか考えられないんです。せっかく役の意味もつかめてきました。今のわたしには、ミルタが分身のようにすら思えます。どうか、このままミルタを踊らせてください」

花音は深々と頭を下げた。

「ふむ……」総裁が腕組みをし、しばし考え込む。

「よかろう。では花音くんは、そのままミルタを頑張りたまえ」

「有難うございます」花音はホッとして、もう一度頭を下げた。

「ということは有紀子、君にジゼルを踊ってもらうことになるが……それでいいかい？」

蝶野の言葉に、有紀子は目を見開いた。

「もちろんです！　わたしがジゼルだなんて、夢みたいだわ」

「早速だけど、この後すぐに振り写しに――」

「必要ありません」きっぱりと有紀子が言った。「完璧にマスターしてますから。すぐにでも、蘭丸くんとパ・ド・ドゥを合わせられます」

「そうか、わかった」少し驚きながら蝶野が頷き、手をパンと叩いた。「ではみんな、着替えたらウォームアップを始めて。すぐにレッスン開始だ。花音と有紀子と真理は、ちょっと僕のところに来てくれ」

「では諸君、くれぐれも頼んだよ」

満足げにスタジオを見回した後、総裁が渡辺と共に出て行った。私服姿の団員たちも、きびきびとした動作でロッカーへと急ぐ。花音と有紀子と真理が、蝶野の元に集まった。

「監督、本当に有難うございます」

有紀子と真理が声を揃えた。

特に真理は、突然の大抜擢に興奮を隠せないのか、喪中には不謹慎なほど満面の笑みを浮かべている。

「有紀子と真理は、レッスンの量がかなり増えてしまうが、大丈夫か？　花音にも、何かとフォローしてもらわなくてはならなくなる」

「もちろん大丈夫です」有紀子は答えた。「ジゼルに選んでいただき、感謝してます」

「あたしも、ドゥ・ウィリが踊れるなんて感激です！」

真理が声を弾ませる。しかしすぐに、

「あ……すみません、こんなにはしゃいじゃって」

と慌てて目を伏せた。

「いいんだ。湿っぽいより明るい方が、嶺衣奈も喜ぶよ」

蝶野が笑う。

「ではレッスンで会おう。僕も着替えなくちゃな」

「ファーストレッスン、楽しみです」

「失礼します」

有紀子と真理が、足取りも軽やかにスタジオから出て行った。ぐずぐずと去ろうとしない花音の顔を、監督が覗き込む。

「どうしたんだ、花音」

「あの……」花音はどう切り出すべきかわからず、うつむいた。

「わかった。絢子のことだね」

「あ……そうです」花音はちょっと驚いて、蝶野を見上げた。「どうして?」

「花音が気にしないはずはないからね。大丈夫、ちゃんと様子を見に行って、フォローしておく。絶対に叱ったりしないから」

蝶野が、安心させるように片目をつぶる。

「花音こそ、あんなことを言われて大丈夫なのか?」

「絢子がわたしに嫉妬してたなんて、正直ショックでした。だけどある意味、ここで吐露してもらってよかったかもしれません。仲間内でも、嫉妬や焦りがあって当然だし、そういうことも含めた全てのことが自分のバレエを成熟させるのだと思ってますから」

「ずいぶん成長したな」

蝶野が目を細める。

「泣き事なんて言ってられません。嶺衣奈さんに怒られちゃいますもん」

「そうか……そうだな」

蝶野が寂しげに微笑し、ふと遠い目をした。

「もう嶺衣奈に会えないなんて……あのバレエを二度と観られないなんて、未《いま》だに信じられないよ」

「わたしも、いいえ、世界中のファンも同じ気持ちです。特にシルヴィア・ミハイロワが引退するから、嶺衣奈さんがプリマの新たな星に――」

蝶野の視線が、突然鋭くなった。

「――今、何と言った？」

「世界中のファンも嶺衣奈さんの死を――」

「そうじゃない。シルヴィアが何だって？」

「引退するって……」

「どうしてそれを？」

「どうしてって……だって、記者会見で発表したんでしょう？」

「していない」蝶野が言った。「する予定だったが、延期した。現在行っている日本ツアーへの影響を考えて、シルヴィアは故郷に戻ってから引退発表をすることにしたんだ」

「え？　じゃあ……」

「引退を知っているのは、バレエ界の上層部のほんの数名だけ——ああ、そうか」

蝶野は、やれやれとため息をついた。

「葬儀の時に、誰かが漏らしたんだな？　総裁から厳重注意してもらわなくては。誰から聞いたか、教えてくれるかい？」

「——有紀子です」

ごまかすのは賢明ではないだろうと、花音は正直に告げることにした。

「有紀子だって？」蝶野が、少々拍子抜けしたような表情をした。「だったら、有紀子は誰から……」

「発表があったはずだって言ってたから、てっきり記者会見を見たんだと思ってましたけど」

「いや、さっき言ったように会見はしていない。妙だな。会見の予定を知っていた人物となると、僕くらいしか——」

言いながら蝶野の顔がみるみる強張り、そのまま言葉を失った。

「あの、監督？」

花音が恐る恐る声をかけると、蝶野はハッとしたように花音に視線を戻した。

「――何でもない。悪かったね、引き留めて。さあ、花音も着替えておいで」

蝶野は、貼りつけたようなぎこちない笑顔を作った。

「……はい。では失礼します」

気になりながらも、花音は頭を下げてスタジオを出た。

ちらりと背後を振り返る。

蒼ざめた顔をしたまま、蝶野は呆然とその場に立ち尽くしていた。

――どうしたんだろう、監督。

さきほどの監督の様子が気になりながらも、花音はロッカーで着替えてスタジオに向かう。

スタジオに入ると、花音は一瞬どきりとして足を止めた。嶺衣奈の指定席だった中央のバーで、誰かがウォームアップしていたからだ。

――ああ、なんだ有紀子……。

口元にかすかに微笑を浮かべながら、有紀子は汗を流していた。今や主役となった有紀子は、確かにセンターにいるのが相応しいのかもしれない。ただ、その嬉々《きき》とした表情は嶺衣奈の不在を喜んでいるようにも見え、花音は少し違和感を覚えた。

ふと見回すと、端の方に絢子がいる。しかも真理にドゥ・ウィリの振り写しをしていた。

――良かった。

花音はホッとして、ウォームアップをしている蘭丸の隣に駆け寄った。

「蘭丸、さっきはありがとう。あれから絢子を説得してくれたんだね」

「いや、説得できたのか……ちょっと微妙だな」

蘭丸がプリエをしながら答える。

「どうして？　二人とも、なかなか良い感じ――」

花音の言葉は、絢子のヒステリックな声で遮られた。

「そうじゃないって何度言ったらわかるの！　アラベスク・ア・テールで止まるんだってば」

すみません、と真理のか細い声が聞こえる。驚く花音に、蘭丸が「な？」と囁いた。

「ペアなんだから、真理ができないとあたしまで踊れないじゃない。もっと真剣に覚えてよね」

また真理の謝罪の声が聞こえた。ミルタにもジゼルにも選ばれなかったことへの不満を、真理に不当にぶつけているように見える。しかも、美咲や雅代をはじめとするコール・ドの女子たちは、自分たちを出し抜いた真理が辛い仕打ちを受けるのは当然とばかり、かばうどころか冷たい視線を投げるだけだ。

そんな下々のやり取りには全く気づかないというかのように、有紀子は悠然とウォームアップを続けている。有紀子と他の女子団員との間には、見えない大きな溝が歴然と存在していた。

「ちょっと……」

萎縮する真理を見ていられなくなり、花音は二人の元に行こうとした。が、蘭丸に肩を摑まれて引き戻される。

「今はそっとしておいてやれよ。一過性のものだ。それに絢子の言い分も間違ってはいないし、振り写しも丁寧にやってる」

「だからって、あんな当たり散らすみたいな――」

「いいから放っとけって」

何もかもを見抜いたような蘭丸の物言いに、花音はハッとした。

蘭丸もきっと、同じことを経験したに違いない。先輩たちを差しおいてヒラリオンに抜擢された時、そして蝶野監督の代役としてアルブレヒトに選ばれた時――蘭丸もきっと、悔しさをぶつけられてきた。しかし何も言わずに耐え、実力で納得させて、堂々と振る舞ってきたのだろう。

「ちょっとは絢子にも吐き出させてやった方がいい。それに、こういう負の感情も含めてバレエなんだって、花音だって言ってたじゃないか。な？」

「やだ、さっきの蝶野監督との話、聞いてたの？」

「絢子を謝らせようと一旦連れ戻した時にね。でもまたすぐ振り切られて追いかけたからその会話しか聞こえなかったけど、すごく印象に残った。ますます惚れちゃったかも……なーんてね」

蘭丸がおどけた。しかし花音は、そんな蘭丸を尊敬の眼差しで見つめる。辛いことがあっても、きっとこうやって全てを明るい笑顔の奥に閉じ込めてきたのだ。バレエ・ダンサーには肉体だけでなく、精神の強靭さも必要不可欠である。そして蘭丸にはそれが備わっているのだと、花音はつくづく思った。

蝶野がスタジオに入ってきた。正面に置かれた椅子に座ると、全員がウォームアップを止めて集まる。

「では始めよう。時期的には第二幕の通し稽古をしておきたかったが、配役も変更になったばかりだし、まずは各パートに分かれて――」

「その必要はありません。すぐに通し稽古をしていただいて結構です」

蝶野の言葉を、凜とした声が遮った。団員がざわめく中、有紀子が蝶野の前に進み出る。

「わたしはすぐにでもジゼルを踊れますから」

「しかし、いきなりは――」蝶野が戸惑う。

「大丈夫です」

有紀子が蝶野の目を見て、きっぱりと言う。

「真理はどうだ？」

「あの、皆さんが通し稽古をなさりたいのであれば、わたしも頑張ります。先ほど、絢子さんから振り写しをしていただいたので」

真理の答えに、蝶野は腕組みをして「ふむ」と頷いた。

「そういうことなら、第二幕を通してみるか。ただし、真理、わからないところは無理をするな。いいね？」

「はい」

「では、始めてみよう」

蝶野がピアニストに合図をすると、第二幕の静かなメロディが始まった。本番の舞台では、幕が開いた途端、観客は蒼い月に照らされた不気味な墓地を目にすることになる。

スタジオの端から、達弘がふらふらとやって来た。ジゼルの死に責任を感じているヒラリオンは、何かを探すように森の中に視線をさまよわせる。そしてジゼルの名が刻まれた墓石を見つけると、跪き、がっくりとうなだれる。しかしすぐに、不穏な気配を感じたのか、慌てて立ち上がり、走り去っていった。

いよいよ花音の出番だ。初めての第二幕の通し稽古に緊張しながら、墓場から出てきた花音は羽を伸ばすかのようにゆっくりと両腕を広げ、センターへと進んだ。音楽にうまく乗ることと、体重を感じさせない浮遊感のあるステップを心掛ける。

花音は、フロアのあちらこちらで舞い踊った。これは、これから死んだ乙女たちを甦らせるために森を清める大切な儀式なのだ。それから花音はローズマリーの枝を手に取って振り上げ、コール・ドのウィリたちを甦らせた。

コール・ドのウィリがポーズを取って静止したら、いよいよドゥ・ウィリの出番となる。先に絢子が出てきて踊り、ウィリたちの先頭で立ち止まった。続いて真理が出てくる。おどおどと視線はさまよっているし、テンポも合っていない。しかし何とか絢子の隣までやってくると、そこでポーズを取った。

その後の真理のソロも、乱れていた。ジャンプは低く、ターンも回り切れていない。それでも蝶野は中断しない。初日のレッスンなのだから、このくらいのミスは織り込み済みなのだろう。しかし絢子と共に踊るところでは、悲惨なほどバラバラだった。

「そこで止めて」

さすがに蝶野が手を叩いて中断させる。自分のせいだとわかっているのだろう、真理は泣きだしそうな顔で辺りを見回した。

「真理。最初から完璧にこなそうと思わなくてもいい。ただ、絢子の動きはちゃんと意識しておかないと」

「――申し訳ありません。皆さんにも、ご迷惑をかけました」

頭を下げる真理を、美咲と雅代が能面のような顔で背後からじっと見つめていた。誰も表立って真理を責める者はいない。けれども、スタジオ内にぎすぎすした冷たい空気が漂っている。

「ではもう一度、今のところから」

再びピアノのメロディが流れてくる。

ウィリたちの一糸乱れぬダンスの後は、ついにジゼルの登場だ。花音はウィリたちに、「今日は新しい仲間がいる」とマイムで告げると、再びローズマリーを手に取り、ジゼルの墓に向かって振り上げた。

墓の場所から、有紀子がゆっくりと立ち上がった。固く目を閉じ、両手を胸の前で交差させて、自分を抱きしめるようにしている。そして花音の持つローズマリーの枝に導かれるかのように、目を閉じたまま墓から一歩ずつ中央へと進んだ。

有紀子と向かい合った花音は、ごくりと唾を飲む。ここは非常に重要なシーンである。この時点ではまだウィリではないジゼルを、いよいよ魔法の杖によって目覚めさせ、同胞として迎え入れるのだ。

高く掲げたローズマリーを、花音はゆるやかに有紀子の頭上に振り下ろした。それを合図に有紀子の両目が開き、軽やかに踊り始める。

踊れると言っていただけあり、有紀子のソロは非の打ちどころがなかった。ミスがないことはもちろん、堂々としており、かなり踊りこんできたことがうかがえる。ソロの後には、かなり難易度の高い蘭丸とのパ・ド・ドゥも、完璧にこなしていた。

いや、完璧なだけではない。互いに向き合って踊る第一幕とは違い、第二幕の序盤では、死霊となってしまったジゼルをアルブレヒトが追うようなダンスが多い。つまり、ジゼルはアルブレヒトに背を向けていることになる。その際に背で語るべく、首筋から背の筋肉を意識して、妖しさと切なさを存分に表現せよと、何度も蝶野は嶺衣奈に注意していた。それを有紀子は、初日の段階から絶妙にこなしている。

蝶野も驚いているのだろう、さきほどまで熱心にメモを取っていた手は止まり、ただ有紀子の舞いに見入っていた。

嶺衣奈への指導を、ずっと聞いていたとしか思えない。向上心のある有紀子のことだ、ドゥ・ウィリのレッスンに打ち込みながらも、嶺衣奈への指導を頭に入れていたことは不自然ではない。けれども状況が状況だけに、その入念な準備が、花音は少し怖ろしいものに思えた。

そう、まるで——

まるで、嶺衣奈がジゼルを踊れなくなることを知っていたようではないか——


第二幕の通し稽古が終わる。

有紀子は満足げに、スタジオに佇んでいた。

「蝶野監督、いかがでしたか？」

「いや」蝶野が手を叩いた。「すごいな、有紀子は。すでに仕上がっている」

「恐れ入ります」

有紀子が優雅にレヴェランスをした。

「花音のミルタも素晴らしかったよ。あとは真理だな。ちょっと休憩してから、もう一度通しで——」

蝶野の言葉が止まった。何事かと視線の先を追うと、バレエ・スタジオには場違いなスーツ姿の中年男性が二人、廊下に立って覗き込んでいる。ガラス窓越しに蝶野と目が合うと、軽く頭を下げた。

「ちょっと失礼」

椅子から立ち上がり、蝶野は杖をついて廊下へと出て行った。男性二人と言葉を交わしているのがガラス越しに見える。

「誰、あれ」「団員のご父兄じゃない？」

そんな声が、待機中のメンバーから上がる。しかしみんなはすぐに興味を失い、今の通し稽古で納得のいかなかったステップをおさらいし始めた。花音も自主練習を始めたが、彼らの鋭い目つきでふと思い出したことがあった。

嶺衣奈が亡くなった日、スタジオには警察がやって来て検分し、花音たち団員も聴取を受けた。何事かと構える団員たちに、「ああ、心配しないでください。病院以外の場所で亡くなると、警察は必ず調べなければならんのです。状況確認をしているだけでして」と言っていた。

一人一人別室に呼ばれて、入団して何年くらいなのかなど一般的な質問をいくつかされた後、嶺衣奈と団員との関係、嶺衣奈と蝶野の夫婦関係などについて聞かれた。簡単な質問ばかりで対応も穏やかだったが、その時の警察官の鋭い目つきが、花音にはとても印象的だったのだ。そして、今廊下にいる男たちは、同じ目をしている。

――刑事？　まさかね。

少しすると、戸惑い気味の表情で蝶野が戻ってきた。蝶野は有紀子に近づくと、何やら小声で話し、廊下へ一緒に出て行った。

「ちょっと」

花音は、慌てて蘭丸に声をかける。

「ん、なに？」

ピケターンの練習をしていた蘭丸が止まり、廊下に目を向けた時には、うなだれた有紀子が蝶野、そして二人の男と共に階段を下りていくところだった。

「どこへ行くんだろ。あいつら、有紀子の知り合い？」

他の団員たちは誰も注意を払っておらず、各自の練習に集中している。そのなかで花音と蘭丸だけが、不安げに有紀子の背中を見送っていた。

しばらくすると、蝶野が一人でスタジオに戻ってきた。

「悪いが、二回目の通し稽古の予定は変更だ。有紀子が早退することになった。パートごとの指導に切り替える」

蝶野の言葉に、団員が了解の返事をする。

「じゃあ各パートに分かれてくれ。池田先生にも補助で来てもらうから――」

「あの、監督」絢子が蝶野に歩み寄った。「あたしがジゼル役を踊るんで、もう一度通し稽古をしませんか？　さっきも言ったけど、あたしだってジゼルの振り付けはマスターしてるつもりです」

少しでも蝶野に踊りを見てもらうチャンスを逃すまいと、絢子の表情は必死だった。

しかし蝶野は少し考えた後、首を横に振った。

「申し出はありがたいけど、やめておこう。君が抜けたら、ドゥ・ウィリはますます混乱するからね。じゃあ絢子、真理とペアを組んで。君たちの指導から始めるよ」

「――わかりました」

絢子は悔しそうに唇を嚙んだ。

ほとんど休憩を挟むことなく、稽古はそのまま夜まで続いた。

「もうこんな時間か。悪かった。つい熱が入って」

七時を回った壁時計に目をやり、蝶野が頭を掻く。

「今日はここまでにしよう。色々あったし、みんな疲れているだろう。ゆっくり休んでくれ」

団員を解散させると、蝶野は急いでスタジオを出て行った。いつもなら、追加の質問を受けるためにしばらくは残っているのに。

「有紀子のこと、聞きそびれちゃった」

花音が残念そうに言うと、クールダウンしながら蘭丸が笑った。

「監督に聞かなくたって、本人に電話すればいいじゃん」

「そうだけど……」

あの男たちが誰なのか、どうして有紀子が大切なレッスンを早退してまでついていったのか――先に蝶野に聞いておきたかったのだ。

「大丈夫だって。何か深刻なことなら、監督が俺たちに言わないはずないだろ」

「そっか……そうだよね。あとで電話してみる」

「おーい、絢子」

一足先にクールダウンを終えてスタジオを出ようとする絢子に、蘭丸が呼びかける。

「三人でメシ食って帰ろうぜ。花音にあんなこと言いっぱなしのまま今日を終えるの、いやだろ？」

しかし絢子は冷たい視線を向けただけで、立ち止まりもせずに出て行ってしまった。

目の前で拒絶されたことが、花音はショックだった。

「仕方ねえな。二人で何か食うか。デートみたいで、俺はこっちの方が嬉しかったりして」

花音の気持ちをほぐそうとしているのか、明るく蘭丸が言う。その気遣いを無駄にしないよう、花音も無理に笑顔を作った。

「デートね。じゃ、シャワーを浴びて着替えたら、ロビーのとこで待ってて」

「――って、なんでデートがここなわけ」

蘭丸は不服そうにラーメンをすする。花音が選んだのは、駅前にある小さな中華そば屋だった。味は悪くないが、店内は決してきれいだとはいえない。

「ラ・シルフィードに行こうって言ったのにさ」

蘭丸はチャーシューを齧る。こんなところを太刀掛蘭丸のファンが見たら、「似合わない」とブーイングを起こされそうだ。

「だって早く食べて自主練習に戻りたいんだもん」

「え、まだ練習するつもり？」

「うん。今日の通し稽古で、完成には程遠いって思い知ったから」

「真面目だね」呆《あき》れたように蘭丸は言った。「しゃーない。俺も付き合うわ」

「ほんと？　ありがとう」

「でもあんまり無理し過ぎるなよ。それでなくとも、色んなことが起こった一日だったんだから。嶺衣奈さんの葬儀で精神的にこたえてるところに、代役の発表があって、みんなピリピリするし、有紀子は早退するし――あ、有紀子に連絡した？」

「電話もメールもしてみたんだけど、連絡がつかなくて」

「そっか。身内の不幸とかなら、蝶野監督も俺たちには言うはずだから。きっと明日には、元気にスタジオに来るよ」

「だよね」花音は頷き、はたと思い出した。「そうだ、有紀子のことでもうひとつ気になることがあったの」

「なに？」

「シルヴィア・ミハイロワが引退するって、有紀子が教えてくれたじゃない？」

「ああ」

「蝶野監督に言ったら、その情報は公には出していないはずだって」

「公も何も、有紀子は発表があったって言ってたじゃないか」

「記者会見は中止したんだって。今、ツアーで日本を回ってるでしょう？　引退発表をしたら対応に追われるから、ツアーに集中できなくなる。ツアー仲間にも申し訳ないからという配慮で、やめたらしいの」

「つまり……引退のことは誰も知らなかったってこと？」

「うん、バレエ界のトップ以外は」

「だったら有紀子は誰から聞いたんだ？」

「わからない。しかも記者会見を開くことを知っていたのは、蝶野監督くらいだったんだって」

「うーん、ますますわからないな」

「有紀子に情報が漏れてることが、蝶野監督はよっぽどショックだったみたい。真っ青になってたわ」

「そりゃあ、世界のバレエ界に激震が走ること間違いなしだもん。情報の流出には慎重になるだろうな」

食べ終えて、蘭丸は割り箸をきちんと袋に戻した。

「てことは、俺たちもうかつにしゃべっちゃいけないってことか。気をつけないとな」

会計を済ませて、中華そば屋を出る。バレエ団の方へ歩き始めた時、蘭丸が顔をしかめて立ち止まった。

「どうしたの？」

「膝がちょっと痛む。酷使しすぎたかな」

「大変。今日は帰ってすぐ休んで」

「ごめんな、練習付き合えなくて。花音も、あんまり遅くなるなよ。じゃあ明日な」

蘭丸が大きく手を振って、駅の方へと消えていった。

一人になった花音は、バレエ団の本部へと夜道を急いだ。

今日はもっともっと踊りこみたかった。絢子から嫉妬をむき出しにされたことに衝撃を受けるとともに、絢子を納得させるだけのバレエが踊れていないことを痛感したのだ。

——もっともっと、頑張らなくちゃ。

ふと空を見上げる。暗い空に、不気味なほど白く光る月が輝いていた。

自宅のジャクジーバスに身を沈め、ガラス張りの窓から、紅林は月を見上げていた。闇の中に浮かぶ、蒼ざめた月。まるで夜という魔物が、まがまがしい隻眼で下界を見下ろしているようだ。

風がざわざわと庭の木々を揺らす。死者が土の中から甦りそうなほど、陰鬱な風景だった。

——まさに、ジゼルの第二幕の世界だな。

紅林はグラスからワインを口に含むと、大きくため息をついた。幼少の頃からバレエに懸命に打ち込んでいた一人娘の姿を思い出すと、涙が溢れる。

——嶺衣奈……。

自分なりに、愛情を注いできたつもりだった。世界に誇れるプリマ・バレリーナに育ててやることが、娘にとっての幸せだと信じていた。

しかしこうして失った今、後悔ばかりが残る。自分が嶺衣奈を追い詰めてしまったのではないか。あそこまで完璧を求めなくても良かったのではないか……。

紅林は涙を拭い、ワインをあおった。目を閉じれば、豪華な衣装に身を包み、スポットライトを浴びて華麗に舞う嶺衣奈の姿が浮かぶ。

——お父様、見て。

記憶の中の嶺衣奈が語りかけてくる。

――このアンシェヌマン、きれいにできるようになったでしょう！

バレエを踊っている嶺衣奈は、いつだって嬉しそうだった。しかし最近は、暗い顔をすることが多くなっていた。

――お父様、わたし、怖いわ……。

嶺衣奈の蒼ざめた顔が浮かんできて、ハッとして紅林は目を開けた。いつの間にか、うとうととしていたらしい。

紅林はグラスに口をつけ、また外を見る。

姫宮真由美の亡霊を恐れていた嶺衣奈に、もっと真剣に耳を傾けてやるべきだった。恐らくあの頃から、嶺衣奈の精神も肉体も破たんしていたのだ。

ジゼルを踊るのが怖いと、嶺衣奈は懇願した。東京グランド・バレエ団の代表作として「ジゼル」を育てたい一心で、そしてプリマとして限界を感じている娘を鼓舞したい一心で強引に推し進めたが、きっとそれが繊細な娘の心臓を砕いてしまったのだ。あそこで自分が勇気を持って降板させていれば、娘は今もまだ生きていてくれたかもしれない――

紅林は、グラスを飲み干した。ジャクジーバスの縁に置いてあるワインボトルに手を伸ばす。が、ほんのささやかな量が流れ出ただけである。入浴前に開けたばかりなのに、もう空になってしまった。

まだ飲み足りない。紅林はバスから出て、ローブを羽織る。タイルの床を、湯と酒に酔った足取りで歩いた。

隣の部屋へと続くガラスドアを開ける。その瞬間、暗闇に佇んでいた人影を目にして、紅林の両目が見開かれた。

「君は――！」


第二幕のソロを何度も踊ったあと、花音は汗だくの体を拭き、ペットボトルから水を飲んだ。体力的には、もう限界だった。

しかしこれだけ踊っても、心はすっきりしない。絢子のことが、やはり気になっていた。代役が発表されてから、絢子と花音は直接口をきいていない。絢子からはみんなの前で、間接的に嫉妬をぶつけられたのだ。

今日のような、ぎくしゃくした雰囲気が続くのは嫌だ。それを打ち破るには、一度、互いに直接感情をぶつけあった方が良い気がした。

――絢子に電話してみようか。

もしかしたら、切られるかもしれない。けれどもレッスンバッグから携帯電話を取り出し、思い切って発信ボタンを押した。

ワンコール、ツーコール、スリーコール……。

お願い。電話に出て――

祈るような気持ちで、花音は受話器を耳に押し付ける。けれども呼び出し音は、ただ延々と続いていくだけだった。

ガラスの窓から差し込む月明かりが、大理石のタイルの上に砕け散ったワイングラス、そして血のようにぬめるワインのしずくを照らしている。

ジャクジーバスの中にはあぶくがうまれては消え、そしてその中に、目を見開き、血の気を失った紅林の全身がゆらゆらと浮かんでいた。

バスのモーター音が、浴室、そして寝室に規則的に響いている。そしてそれに呼応するかのように、もうひとつの低い振動音が重なっていた。

もうひとつの振動音は、寝室に続く居間のソファの下に落ちた携帯電話から発せられていた。電気の消えた部屋の、ひときわ暗い場所に、着信画面の無機的な明かりがぼんやりと滲んでいる。しかし「着信　花音」という文字は誰にも見られることのないまま、ふっつりと途切れた。

第二場「復讐の乙女たち」

復讐の女王、ミルタに呼び覚まされた乙女たちは、真っ白な花びらのように、あちこちでふわりと舞い踊ります。

あたりにはローズマリーの芳香がたちこめ、それによって乙女たちは男たちへの憎しみを思い出していくのです。そんな彼女たちの心はひとつ。だから、彼女たちの踊りは一糸も乱れることがありません。

ミルタが、乙女たちに高らかに告げました。

「今宵、新しい仲間を迎えましょう」

ふたたびローズマリーの束でできた杖を手にしたミルタは、ジゼルの墓に近づき、杖を地面に下ろします。杖をゆっくり持ち上げると、ジゼルが冷たい墓のなかから姿を現しました。

しかし、まだその両目は固く閉じられています。ミルタは杖でジゼルを導き、ウィリたちの前に連れてくると、杖で軽く触れました。その途端、ジゼルの目は開かれ、生前と同じように軽やかなダンスを披露し始めるのです。

ウィリたちは、新しい仲間であるジゼルを歓迎しました。と、そこでミルタがウィリたちに命じます。

「この場を離れなさい。誰かが来ます」

ウィリたちが姿を消すと、百合の花束を抱えたアルブレヒトがやって来ました。

アルブレヒトはジゼルの墓を見つけると、跪き、涙を流します。

泣きぬれているアルブレヒトの前に、白い影が現れました。それは、なんとジゼルだったのです。

まさかそんな——。

信じられない思いで、アルブレヒトは手を伸ばします。しかし彼の両手は、虚しく空をかくだけ。ジゼルは捕まりません。

ああ、愛しいジゼル……。

再びアルブレヒトはジゼルを捕らえようとしますが、やはり霞《かすみ》のようにすり抜けてしまうだけ。本当はジゼルだって、アルブレヒトに近づきたいのです。けれどもジゼルは、自分がもうウィリという精霊になってしまったことを知っています。もう二度とかつてのようには愛し合えないことを、わかっているのです。

近づきたくても近づけない——。

二人は愛のこもった、しかし切なげな視線を交わします。ジゼルは墓前にある百合の花をアルブレヒトに投げると、そのまま姿を消しました。

アルブレヒトは、ジゼルの墓前で悲しみに打ちひしがれます。そんなアルブレヒトの目の前に、大勢のウィリたちと、そして彼女たちに踊らされているヒラリオンがやってきました。

ヒラリオンは汗だくで、息は荒く、見るからに苦しそうです。もう踊るのは限界だ、許してほしい——ミルタに懇願します。しかしミルタに冷たくはねつけられ、ヒラリオンは自分の意思とは関係なく、ステップを踏み続けなくてはならないのです。

ウィリたちはヒラリオンを弄び、意のままに何度も跳躍させ、輪になって逃げ道を塞ぎます。ヒラリオンの心臓は破裂しそうです。もう踊れません。

再び慈悲を乞うヒラリオンに、冷酷な女王は死を宣告しました。ウィリたちの、細く白い手がヒラリオンを捕まえます。そしてついにヒラリオンは、暗くて深い沼の底へと突き落とされてしまうのでした——。

＊

次の朝は、雨だった。

窓ガラスにぱらぱらと当たる雨音で目を覚ました花音は、どんよりと暗い空に視線を向ける。

昨夜は、よく眠れなかった。絢子から連絡があるのではと気にしていたので、夜中に何度も目が覚めてしまったのだ。枕元に置いてあった携帯を手に取り、メールも来ていないことを確認すると、花音はため息をついた。

台所でインスタントコーヒーを淹れ、テレビをつける。今日のレッスンは午後からなので、ゆっくりできる。のんびりと柔軟体操をしながら見るともなく見ていたが、突然飛び込んできたニュースに、花音は耳を疑った。

「たった今入ってきたニュースです。今朝、東京都港区の住宅で、男性が死亡しているのを通いの家政婦が見つけました。男性は東京グランド・バレエ団の主宰者、紅林ひさしさんであることがわかり――」

花音は慌ててテレビのボリュームを上げる。しかし、「ただ今、記者が現場に向かっています。中継が繋がり次第、続報をお届けします」と男性アナウンサーが告げ、次のニュースに移ってしまった。

花音の心臓が、痛いほど速く打っている。

総裁が亡くなった？

いったい、どうして……？

花音の携帯が鳴った。青い鳥のテーマ。蘭丸だった。

「花音、大変なんだ、今テレビで──」

「知ってる。わたしも見てた」

お互いに、声が震える。

「俺、渡辺さんに電話してみたんだけど、繋がらないんだ」

「みんなが一斉にかけてるのかも。ねえ、わたしたち、どうしたらいいんだろう。今からスタジオに行ってもいいのかな」

「わからない。だけどこのまま状況がわからないのも嫌だし……。とりあえず行ってみるか」

結局スタジオで落ち合うことにして電話を切り、急いで着替えを済ませ、アパートを出た。駅に向かいながら、絢子と有紀子にも電話をしてみる。しかし二人とも、繋がらなかった。

バレエ団の前には、人だかりができていた。大きなビデオカメラを担いだ男性やマイクを持った女性で、騒然としている。ここでさえこの騒ぎなのだから、現場である総裁の自宅にはさらに大勢のマスコミが押しかけているに違いない。

「あ」

レッスンバッグを持った花音の姿を見つけると、その中の一人が声を上げた。

「バレエ団の方ですよね？　先日急逝された紅林嶺衣奈さんのお父上、紅林ひさしさんがお亡くなりになったということですが、今のお気持ちを聞かせてください」

マイクを花音に向けながら、迫って来る。他の記者たちも、一斉に花音を取り囲んだ。

「バレエ団周辺では、不審な事故や事件が続いているようですね。姫宮真由美さんの怨念だと噂されているようですが、それに関して何かご意見はありますか」

立ち止まるつもりなどなかったが、あっという間に行く手を阻まれて、満員電車のように大勢の人に揉まれることになった。動けずに困っていたところに、カメラやマイクを掻き分けて蘭丸がやってくる。

「花音、大丈夫か？」

「蘭丸……」花音は安堵の息をついた。

蘭丸は花音を護《まも》るように肩を抱くと、「あけてください。俺たち、何も話すことないんで」と強引に進んでいく。花音は蘭丸に抱きつくようにして、やっと人波を抜けた。背後からはしつこく質問が飛んでいたが、蘭丸は無視してバレエ団の門をくぐる。

「あーもう、失礼だな、あいつら」

マスコミから解放されても、蘭丸はそのまま花音の肩を抱いてエントランスまで進んでいく。バレエを踊る時以外に、こんなに密着したことはない。花音の胸が、とくんと鳴った。

蘭丸がテンキーパネルに暗証番号を打ち込み、玄関を開けた。自然に体が離れ、花音と蘭丸は並んで入る。シャンデリアは点いておらず、廊下の電気が灯っているだけだ。ホールはしんとしている。まだ誰も来ていないのだろうか――。花音が見渡すと、ラウンジのソファに、絢子が一人で座っているのが見えた。

「絢子、来てたのか」

花音と蘭丸が近寄ると、絢子はどことなく焦点の合っていない目を向けた。

「もう、昨日の夜も今朝も、何度も絢子に電話してたのよ」

花音が言うと、絢子が抑揚のない声で答えた。

「電話……見当たらないの。スタジオに忘れたのかと思って捜しに来たんだけど……」

「なんだ、無視されてたわけじゃないのね。で、見つかったの？」

絢子は力なく首を横に振った。

「そっか、そりゃ不便だな」蘭丸は慰めるように、絢子の頭をぽんぽんと叩く。「あとで一緒に捜してやるから。とりあえずは渡辺さんを待って、総裁の事件の詳細を聞いて――」

絢子の顔が強張った。「総裁の事件……」と呟いたきり、黙りこくる。

「わかる。ショックだよね」絢子の隣に座り、花音は体を寄せた。「わたしも信じられない。何かの間違いじゃないかって、何度も心の中で――」

「ねえ」思い詰めたような絢子の声が、花音の言葉を遮った。「あたし……実は……」

薄暗いから気がつかなかったが、絢子の顔は蒼白だった。両目には涙が浮かび、体が震えている。

「どうした、絢子？」

蘭丸が、心配そうに眉を寄せた。

「あたし、大変なことを――」

その時、玄関のドアが勢いよく開いて、渡辺が転がるように入ってきた。

「まったく、何なの！　よってたかって、人の不幸を面白そうに」

門から走ってきたのだろう、肩で大きく息をしている。

「あら、あなたたち。もう駆けつけてくれたの？　心強いわ」

渡辺は花音たちの姿を見つけると、ホッとしたように頬をゆるめた。

「多分みんなも来ますよ。いてもたってもいられないし、渡辺さんには連絡つかないし――」

蘭丸の言葉に、渡辺はバッグから携帯電話を取り出し、泣き腫らした真っ赤な目で着信を確認した。

「たくさん電話をもらってたみたいね。蝶野監督と一緒に警察署に呼ばれてたのよ」

「ああ、だからか。そりゃ真っ先に二人から話を聞きますよね」

蘭丸が納得する隣で、絢子がぴくりと体を強張らせる。

「朝一番で家政婦さんと警察から電話がかかってきてね。家政婦さんは泣いてるし、警察も事故か事件か判断がつかないっていうし、わたしはわたしで総裁が亡くなったなんて信じられないし。もう頭がごちゃごちゃ。幸か不幸か、悲しむ暇もないわ」

そう苦笑いしながらも、渡辺は洟をすすりあげ、滲んだ涙を拭った。

「あの……総裁はどうして――」

蘭丸が聞きにくそうに言葉を押し出す。

「それが……溺死なのよ」

「――溺死？」

思わず蘭丸と花音は顔を見合わせる。絢子はじっと、体を固くしてうつむいたままだ。

「そうなの。お風呂場で、昨日の夜中に……」

渡辺が目頭を押さえる。

「だったら事故ですよね。自宅以外なら何かの事件に巻き込まれた可能性も出てくるけど」

蘭丸が的確な意見を述べる。

「そうなんだけど、ただ、争った形跡があるんですって。引っ掻かれた傷や割れたグラスが」

「じゃあ強盗とか？」花音が聞く。

「でも盗まれたものは何もないって家政婦さんが証言してるの。だから事件だった場合は怨恨の可能性が強いってことで、警察の人に心当たりを聞かれたのよ。総裁は個性の強い人で、確かに敵も多かったかもしれない。でも、殺そうとまでする人はいないって言ってやったわ」

そんな会話をしていると、遠慮がちに玄関のドアが開いて、何人かの女子団員が顔を覗かせた。

「渡辺さん……」

みんなが渡辺に駆け寄り、すがるように抱きつく。その胸に顔をうずめて、しゃくりあげる者もいる。渡辺は大きく手を広げ、全員を一度に抱きしめた。

「総裁が亡くなったって本当ですか？」

「何があったんですか？」

不安げな団員たちに、渡辺は大丈夫だと言い聞かせていく。十数年にもわたって、東京グランド・バレエ団を総裁と二人三脚で支えてきた渡辺は、今もっとも喪失感に打ちのめされているだろう。しかし気丈に、慰め役を務めている。

そのうちに続々と団員が集まり、三十分もすると、有紀子を含む全員が揃った。

「みんなスタジオに移動してくれる？　話があるの。そろそろ蝶野監督もいらっしゃると思うから」

渡辺の指示に、全員がぞろぞろと階段を昇り始めた。先に階段を昇り始めていた有紀子を、花音は追いかける。「昨日早退したから心配してたのよ。大丈夫？」

「ええ、大丈夫よ。ありがとう」

そう言いながらも、有紀子の顔色は冴えない。

「昨日の男の人って、ご家族？」

「悪いけど、話したくないの」

そう言うと、花音を避けるように有紀子は先に行ってしまった。取り残された花音の耳に、ひそひそと囁く団員たちの会話が入ってくる。

――同じだよな。

――ええ、気味が悪いわ。

――溺死だなんてね。

――ああ、まるでヒラリオンの死に方じゃないか……。

団員がスタジオに腰を落ち着けたタイミングで、ちょうど蝶野が入ってきた。憔悴しきっている。

「まず最初に、当バレエ団の創設者であり、日本のバレエ界を牽引《けんいん》してきた偉大な紅林ひさし氏に敬意を表して、しばし黙とうを捧げましょう」

渡辺がそう言い、目を閉じた。全員がそれに倣う。

黙とうが終わると、蝶野が口を開いた。

「みんなもまだ混乱していると思う。しかし、大切なことだから聞いてほしい。今朝、理事会とスポンサーから緊急招集があった。プリマに続いて、総裁までいなくなった今、公演をどうすべきかと」

蝶野はそこで言葉を切って、みんなを見回した。

「色々な意見が交わされたが、結論としては、公演は予定通り行えることになった。そして嶺衣奈と総裁の追悼公演と銘打つことが決定した。つまり、この公演は十五周年記念以上の意味を持つことになる。辛い時期だが、それに向かって全員で乗り越えていきたい。いいね？」

無言で頷く者、涙ぐむ者、さまざまだったが、全員が「ジゼル」の舞台を二人に捧げることに対して、納得した表情をしていた。

蝶野が続ける。

「公演はもう来月だ。辛い時期だからこそ、みんなで力をあわせて――」

コンコン、とノックの音が響いた。ドアの方を見ると、昨日とは別の男性二人、そして女性一人が立っている。

蝶野がドアから出て、廊下で何やら話し始めた。昨日と全く同じだ。神妙な顔で蝶野が頷き、そして困惑した顔で再びスタジオに入ってきた。

そう、昨日はこのまま有紀子のところへ行って――

「花音、絢子」

しかし、この日蝶野が呼んだのは、花音と絢子の名だった。

「悪いが、ちょっと来てくれないか」

なぜ、わたしと絢子が――？

絢子を見ると、思い詰めたような顔をして立ち上がり、素直に廊下へと向かっている。みんなの探るような視線にさらされながら、花音も絢子に続いた。

廊下で男性二人の顔を見て、花音はあっと小さく声をあげた。嶺衣奈が亡くなった時に、事情聴取を担当していた刑事たちだった。確か若手の方が三宅《みやけ》、年配の方が山《やま》城《しろ》という名だ。一方、絢子は女性と何やら話している。女性も刑事なのだろうか。

「なんでしょうか」

花音が身構えると、蝶野が言った。

「今回の事件について、またバレエ団関係者から話を聞きたいとのことだ。応接室が空いてるはずだから、そこにお通しして。みんなにも、僕から説明しておくから」

「わかりました」

なんだ、案内係だったのかと安心しながら、刑事二人を先導する。しかし絢子はそのまま、女性に連れられて、階段を降りて行ってしまった。

「あの、今の女の人と絢子は――」

「いや、彼女たちのことはお気になさらず。ちょっと別件でね」

山城が、にこやかに言う。が、目が笑っていない。

応接室は、衣装部屋の隣にある。花音は二人にソファを勧め、ミニキッチンでお茶を淹れた。

「嶺衣奈さんの時みたいに、順番に団員を呼んでくればよろしいんですね?」

花音が出て行こうとすると、「ええ。ただその前にちょっとお話を」と山城が引き留めた。

「先に如月さんに確認したいことがありましてね」

山城が合図すると、三宅が口を開いた。

「如月さんは、昨日の夜、何度か斉藤絢子さんに電話をおかけになっていますね」

「ええ、かけましたけど」

「なぜ遅い時間に、何度も?」

「どうしてって……ちょっとケンカみたいなことをして、仲直りしたかったからです」

「なるほど……ということは、彼女がその時間、何をしていたか、どこにいたかを知らずにかけたということですね？」

「はい」

「その前後に、彼女の方から連絡は？　何かを相談されたりしませんでしたか？」

「いいえ。あの、それが何か？」

当惑するばかりの花音に、山城が説明する。

「紅林氏のご自宅に、斉藤さんの携帯電話が落ちてましてね」

「絢子の……携帯が？」

言葉の語尾が震える。

「紅林氏と斉藤さんの関係について、ご存じのことはありませんか」

「関係なんてありません」

否定しながらも、絢子が総裁の家に行ったというのは事実なのだろうと花音は感じていた。今朝、携帯を失くしたと蒼ざめていた。そして何かを告白しかけた。絢子が総裁の死に関与していたのだろうか。だけど研修生の頃から一緒に踊ってきた仲間だ。無関係だと信じたい……。

「斉藤さんは、よく紅林氏のご自宅に出入りなさってたんですかね」

山城が続けて質問する。

「総裁は、団員にとって雲の上の人です。個人的に訪問したりなんてしません」

「しかし、携帯が落ちていたんですよ」

「総裁が間違って持って帰ったんじゃないでしょうか」

「ふむ……確かに、そういう可能性もあるかもしれません。ただ、その携帯電話からは、紅林氏の指紋は検出されていない。それに、間違って持って帰るとなると、紅林氏と斉藤さんは物理的に近くにいたことになる。如月さんの先ほどのお言葉と矛盾するわけです」

何も言い返せなくなった花音に、三宅が聞いた。

「如月さんは、昨晩の午後十時から十二時頃、どちらにいらっしゃいましたか」

「スタジオで練習していました」

「証明できる人は？」

「一人でしたから。でも、最後に玄関を施錠するんですが、その時に団員個別の識別番号を使います。その記録が残っているかもしれません」

「わかりました」

何やら手帳に書きつけている三宅の隣で、山城が口を開く。

「ところで、やはりジゼルの役というのは、みなさん踊りたいものなんでしょうかねえ」

どうしていきなり話が飛ぶのだ。花音は訝りながらも答える。

「それはもちろん、女性ダンサーであればだれでも憧れると思いますが」

「如月さんもですか？」

「いつかは踊ってみたい役ではあります。ただ今回はミルタという大役を頂いたので、そちらに必死でした」

「なるほど。嶺衣奈さんが亡くなった時にも皆様にお話をうかがいましたが、興味深いことをお聞きしましてねえ。ここ最近、配役のことでバレエ団はぎくしゃくしていたとか」

「確かに、そうだったかもしれませんが……」

「改めてお聞きしますが、嶺衣奈さんの周囲で何か変わったことや、トラブルの話などはありませんでしたか」

「あの、どうして嶺衣奈さんの件を蒸し返すんですか？」

「それが、もしかしたら事件だった可能性も出てきましてね」

「――え？」花音は目を見開く。

「今回、紅林氏がお亡くなりになったことで、嶺衣奈さんの件も調べ直すことになったんですよ」

「あの、それはいったい――」

「解剖と血液検査の結果、嶺衣奈さんの死因は急性心不全だということになりました。しかし今回の事件を受けて、保管しておいた血液と臓器で詳細な検査をし直したところ、気になるものが見つかりましてね。もちろん、それでも殺人とは限りません。的確に判断するために、更なる捜査が必要なのですよ」

嶺衣奈は、ただの心不全ではなかった――？

「前回、何名かの方から、嶺衣奈さんのご自宅の寝室に、ローズマリーという植物が大量に置かれていたという話をうかがいました」

三宅がパラパラとメモを見返しながら言う。

「亡霊騒動との関連で、ひどく怖がっておられたとか」

「ええ」

「誰がそんなことをしたか、心当たりはありませんか？」

「心当たりって……人間がやったんですか？」

花音が言うと、刑事たちが苦笑した。

「当然そうでしょうな」

よく考えてみれば、そちらの方が自然な考えだ。亡霊がローズマリーを摘んで、嶺衣奈のマンションに運び入れるはずがない。姫宮真由美の亡霊騒ぎに、花音たちは心をとらわれすぎていた。

けれども——

だとしたら、いったい誰が？

それに、何のために？

嶺衣奈と蝶野が暮らすマンションの鍵は、事務局のキーボックスで保管されていた。ただ、それほど厳重に管理されていたとはいえない。メインで使っていたのは渡辺だが、荷物の運搬などのために、誰でもキーボックスから鍵を取って使用できるようになっていた。つまり、関係者全員にチャンスはあったことになる。

「でも、ローズマリーを置くことは、罪にはなりませんよね？」

「もちろんなりません」山城は笑った。「けれども嶺衣奈さんが怖がることを知ったうえでの、悪質な嫌がらせだったかもしれない。となると、その人物が嶺衣奈さんと紅林氏の命を狙ったとも考えられる」

「ちょっと待ってください。それじゃあ——」

「ええ」山城は頷いた。「嶺衣奈さん、そして紅林氏も他殺だった場合、連続殺人事件の可能性が出てくるということです」

「連続……殺人？」

花音は、自分が蒼ざめていくのがわかった。

「もしかすると、蝶野氏もその計画に入っていたのかもしれない。蝶野氏の件に関しては我々の管轄ではないので下手なことは言えません。しかし――」

山城は、花音をまっすぐ見据えて言った。

「事故ではなく、殺人未遂事件だった可能性がある。つまりこれら一連のことは、蝶野氏を含めての連続殺人計画だったかもしれないのです」

その日は一日中、刑事二人が応接室におり、レッスンの合間に順番に事情聴取が行われた。キャストが欠けるために通し稽古はできず、個人又はパートごとの練習となった。

バレエ団の中に刑事がいる、仲間が事情聴取を受けている、そして連続殺人事件が起きたかもしれないという非日常的な状況に、スタジオは不穏な空気に覆われていた。

携帯電話が現場に落ちていたという理由で、任意ではあるが絢子は警察署に同行を求められている。その事実も、スタジオの空気が張りつめている理由のひとつだろう。

花音は蘭丸と達弘とで、第二幕の踊りを合わせていた。しかし花音の心には、山城刑事の言葉がずっとひっかかっていた。

事故ではなく、殺人未遂事件だった可能性がある――

連続殺人計画だったかもしれない――

すでに蘭丸も達弘も聴取を受けた後だった。平静を装って稽古しながらも、二人とも、やはりどこかぎこちない。

「ちょっと休憩しない？」

花音の提案に二人はホッとした顔をし、三人で壁際まで行った。バーにもたれて水を飲みながら、花音はぼんやりとスタジオを眺める。

中央では、有紀子がジゼルのソロを踊っていた。あれほど完璧だったはずなのに、どのパも冴えがない。上体のしなやかさに欠け、ジャンプも回転もぎこちなかった。有紀子の軸足がぐらつき、転倒しそうになった。が、再び体勢を立て直して踊り始める。それからもミスは連続し、明らかに昨日の朝、堂々たるジゼルを見せつけた有紀子とは違っていた。花音には、昨日やって来た二人の男が無関係とは思えなかった。いったい、有紀子に何があったのか――。

ミスによって萎縮し、ますます踊りが乱れていく有紀子を見ていられず、花音は目を逸らした。

窓際の方では、数名の若い女子団員が、真理と一緒にウィリの群舞を練習していた。騒動から一線を引いたような、彼女たちのひたむきな横顔に、花音は何だか胸をつかれた。

そうだ。さまざまな出来事の中で、真摯に自分のバレエに向き合おうとする後輩たちがいる。まだ他殺だと決まったわけじゃない。心を掻き乱されてはならない。あの子たちのように、ただ純粋に、バレエという自分の聖域を守らなければ——。

感動すら覚えながら、彼女たちの踊りを見つめた。が、しばらくして、花音は自分の間違いに気づく。

——違う。群舞の練習じゃない。

花音の背筋に、すうっと冷たいものが走った。

——あの子たちが踊っているのは、ドゥ・ウィリのパートだ……。

彼女たちは、絢子が犯人であること、そして、ドゥ・ウィリのポジションが空くことを期待している——。

一心不乱に踊る姿、そして彼女たちをつき動かす暗い原動力に、花音の全身が粟立った。

ダン！　と勢いよくドアが開いて、絢子が戻って来た。ガラス越しに見えていたのだろう、つかつかと早足で歩み寄ると、ドゥ・ウィリのパートを練習していた女子たちを蹴散らした。

「あんたたち最低ね。まるでハイエナ。言っておくけど、あたし捕まったりしないから。証拠なんて、何もないんだからね」

絢子が吐き捨てると、女子たちは気まずそうに顔を見合わせた。

「絢子、やめろよ」

達弘が止めに入る。

「せっかく理事会もスポンサーも、公演の決行を認めてくれたんだ。こんな雰囲気じゃ、良い舞台なんて作れない。中止に追い込まれちまうぞ。そんなのいやだろ？」

絢子が達弘を振り返り、片頰で笑った。

「中止……そうね、もういっそのこと中止してしまえばいいんじゃない？　みんなの心はバラバラ。ひとつになんてなりっこない。それに……」

絢子は、ちらりと有紀子を見る。

「ジゼルがこんなコンディションじゃあ、お客様にも失礼だもん」

くくく、と絢子が笑うと、有紀子の顔が真っ赤になった。

「ひどいこと言うのね。仲間だと思っていたあなたに嫌疑がかかって、心配してあげてたんじゃない。それなのに、そんな言い方――」

「心配？」絢子が眉を上げる。

「そうよ。だけどあなたを見てると、確かに怪しく思えてくるわ。自分がジゼルにもミルタにも選ばれなかったからって、むきになって、みんなに当たり散らして。だからもし、あなたが総裁を殺したとしても驚かない。選んでくれなかったことを、逆恨みしたんでしょうね」

有紀子のヒステリックな応酬に、全員が言葉を失った。

「ふうん、よく言うわね」

絢子は余裕の表情で、有紀子の正面に立つ。

「さっき刑事さんから、面白い話を聞いちゃった。有紀子、神戸に行ってたんだってね。蝶野監督が怪我をした日。あなただって最初、ジゼルにもミルタにも選ばれなくて、蝶野監督を恨んでたもんねえ」

有紀子の瞳に、焦りの色が浮かぶ。

「昨日来てた二人、わざわざ関西から来た刑事さんらしいわね。ホテルのロビーにある防犯カメラに、出入りする姿が映ってたんだって？　でもそれだけじゃ証拠にならないから、とりあえずは帰してもらえたのよね。今日のあたしみたいに」

有紀子の体が、わなわなと震えている。その様子が、絢子の発言を肯定していた。

「どうしてもミルタの役が欲しくて、熱意をアピールしようとわざわざ神戸までお願いしに行ったんでしょ？　だけど偶然シルヴィア・ミハイロワの姿を見ることができて感動して、与えられた役を頑張ろうと思えるようになったからそのまま帰った……なんとも都合のいい話ね」

花音は、やっと理解した。シルヴィアの引退話を有紀子が知っていた事実に、なぜ蝶野が動揺したのか。あの時蝶野は、有紀子が神戸に――自分のすぐ近くに――いたことに気がついたのだ。

「それに、嶺衣奈さんが亡くなって一番得をしたのは誰？　有紀子こそ、ジゼル役を手に入れるために嶺衣奈さんを殺したとすれば辻褄は合うよね」

絢子の指摘に、有紀子へ疑惑の目が集まる。

「な、なによ……」

集中する冷たい視線に一瞬怯んだが、有紀子はすぐに震える声を張り上げた。

「得をしたのはわたしだけじゃないわ。蝶野監督が負傷したことで、蘭丸はアルブレヒトに、達弘さんはヒラリオンに繰り上がった。嶺衣奈さんがいなくなって、真理はドゥ・ウィリになれた。この人たちだって、充分怪しいじゃない。ううん、それ以外でも、嶺衣奈さんや監督がいなくなれば自分に大きな役が回って来るって期待してた人、たくさんいたんじゃない？」

「有紀子！　お前、なんてこと言うんだよ！」

蘭丸が激昂《げきこう》するそばで、達弘と真理は表情を失い、ただ呆然と立ち尽くしている。その場にいる全員が、疑心暗鬼に満ちた表情で互いを見やった。

しかし、確かにそれは事実なのだった。

蝶野の負傷、嶺衣奈の死、そして総裁の死。

それらによって、得をした人間が何人もいる。得をしたかもしれない人間も――。

重苦しい沈黙の中、誰もが動けずに、内輪に潜む犯人の存在を意識し始めた。

「絢子、よかった、帰ってきたのか」

張りつめた空気を、ドアを開けた蝶野がゆるめた。全員が虚を突かれたように、杖をつきながら入ってくる蝶野を見る。

「捜査の方たちはお帰りになったよ。みんな、協力を有難う。戸惑ったと思うが心配せず、公演に向けて――どうした？」

みんなの強張った表情と、スタジオに流れる不穏な空気を察したのか、蝶野が言葉を止めて周囲を見回す。

「いえ、何でもありません」

達弘がきっぱりと言う。

「本当か？」

「はい」

達弘に促されるように、みんなが口々に「大丈夫です」と言い始めた。内部分裂してしまったら、今度こそ本当に公演は中止されてしまう。

「だったらいいが……。どうだろう、もう夕方だが、全員揃ったことだし、せっかくだから帰る前に一度だけ通し稽古をしないか？」

「是非そうしましょう。いいよな、みんな？」

達弘が、念を押すように一人一人の顔を見た。蝶野監督に少しでも心配をかけるんじゃないぞ——その思いが伝わってくる。

「もちろんです」

周囲の声に混じってそう言いながらも、花音はそんな達弘に少々驚いていた。バレエ団のムードメーカー。ダンスール・ノーブルの繊細さからは程遠く、どちらかというと無骨な印象の達弘。いつも大きな声で笑い、ジョークを連発している明るいキャラクター。そんな彼が、シリアスな表情で団員をまとめている。見直す反面、もしかしたら、と疑ってしまう自分がいる。有紀子がちらりと言ったように、達弘にも仕組むことができたのではないか、と。そしてそんな自分に気づき、慌てて首を振る。

一連の出来事が原因で、団員のいつもと違う面が垣間見《かいまみ》える。いつも穏やかだった有紀子も、明るくサバサバしていた絢子も、優しい言葉をかけてくれた雅代や美咲も——みんなが奥底に秘めている別の面を、事件が掘り起こし、表面化させたのだ。

最初はささいだったはずの、姫宮真由美の亡霊騒動。

それが、ここまで大きな波紋を広げるとは——

突然、ピアノが鳴り始める。第一幕のイントロダクションだった。いつの間にか有紀子や蘭丸、達弘がポジションについている。花音は慌てて邪魔にならないよう壁際へ行った。

表面上は、演者たちは落ち着いて見えた。さきほどまでミスばかりしていた有紀子も、蝶野の前ということもあるのだろう、スムーズに演技を続けている。

しかし——

それでも、どこかぎこちないのだ。

互いを見やるその視線に、手をつなぐその指先に、探るような、疑うような色が滲んでいる。ジゼルを踊っている有紀子の笑顔を見ても、実はあの夜、神戸に行っていたという事実が頭にチラついてしまう。

こうしてそばから眺めている花音でさえ気になるのだから、一緒に踊っている蘭丸など尚更だろう。パートナーを組んで踊る時は、完全な信頼関係が必要である。大丈夫だろうか——。そうハラハラしながら見ていた時、蘭丸が有紀子のジャンプを受け止め損ねた。

「危ない！」

もどかしげに杖をついて立ち上がった蝶野に代わって、達弘が駆け寄る。有紀子がフロアに転がる直前のところで、達弘が抱きとめた。

「蘭丸、しっかりしろよ！　大切なプリマが怪我をしたら、終わりだぞ！」

激昂する達弘の前で、蘭丸は「本当にすみません」と頭を下げる。どんな時でも冷静でミスをしない蘭丸だが、さすがに様々なショックを受けていたのだろう。

「主役のお前までそんなことで、どーすんだよ！」

なおも続けようとする達弘の肩に手を置き、蝶野が首を横に振った。

「僕の判断ミスだ。今日は通し稽古をすべきじゃなかった。やはり今日はここまでにしよう。怪我のもとになる」

「監督――」

「みんな、疲れていたところ悪かったね。今日のところは帰って、ゆっくり休んでくれ」

それだけ言うと、蝶野はスタジオから出て行った。

いつも稽古の後は連れ立っておしゃべりしながらロッカーに向かうのに、誰もが無言で、互いを避けるようにスタジオから出て行った。有紀子や絢子はもちろん、達弘、美咲、雅代、真理も、誰とも目を合わさず、うつむいて足早に歩き去る。

こんなことでいいのだろうか。

みんなを哀しい気持ちで眺めながら、花音はスタジオに突っ立っていた。

公演は来月に迫っている。

それなのに、気持ちはバラバラで……。

ふと、やはりスタジオに立ち尽くしている蘭丸と目が合った。蘭丸は一瞬迷うような表情を見せたが、すぐにいつもの笑顔になり、

「お疲れ」

と話しかけてくれた。

「うん、お疲れ」

たったそれだけの挨拶が、今の花音には嬉しい。

「あー、有紀子に悪いことしちゃったよ」

蘭丸がため息をつく。

「達弘さんがいなかったら、危なかったわね」

「謝りたかったけど、すごい怖い顔してさっさと出て行っちゃった」

「仕方ないよ。今はお互いが疑心暗鬼になってるから」

「そうなんだよなあ」

蘭丸は首からかけたタオルで、顔を拭った。

「有紀子のことも気になるけど……絢子のこと、どういうことなんだろう」

「だよな……おっと」

蘭丸が、何かに気づいたように廊下に視線を向けた。

「気になるなら、本人に聞いてみてもいいんじゃないか？」

「え？」

蘭丸が、顎で廊下を示す。ガラス窓の向こうに、着替え終わった絢子が、こちらを向いてじっと立っていた。

「あたし、本当に総裁を殺してなんかいない」

絢子の声が、スタジオの高い天井に響いた。なだめるように、蘭丸が絢子の背中をさする。

「総裁の家に携帯があったっていうのは、本当なの？」

花音の問いに、絢子が気まずそうに頷く。

「総裁の家に押しかけて、配役の直談判をしたの。あたしだってジゼルを踊りたい、有紀子が選ばれるなんて納得がいかないって」

「それで？」

「総裁は、有紀子の方が技術的にも情緒的にもジゼルに相応しいからって、取りつく島もなかった。だけど、とにかくあたしのジゼルを見てほしいって土下座したら、自宅内のスタジオに入れてくださったの。このまま帰しても納得しないだろうから、気の済むまで踊りなさいって。あたし嬉しくて、張り切って踊り始めて……そしたら総裁が、途中からアルブレヒトのパートを踊ってくださったの」

「ええ⁉ それはすごいよ。多分みんな、録画でしか総裁のバレエを見たことないのに」

蘭丸は状況も忘れて目を輝かせた。

「うん、あたしも感激した。だけど、総裁とペアを組むなんて異常に緊張しちゃって、たくさんミスしちゃったの。手が総裁の首にあたって、引っ掻いちゃったし。でも笑って『大丈夫だ』って許してくださって……」

「それからどうなったんだ？」

蘭丸が続きを促す。

「うん……ふと『娘ともこうして踊ってやるべきだった』って沈んだ顔をなさってね。リビングに移って二人で嶺衣奈さんの思い出を語り合ったの。それで、一人で偲《しの》びたいからもう帰りなさいって言われて、おいとまして……それだけ」

「じゃあ、絢子が帰った時には、総裁は生きてたってことよね？」

「当たり前じゃない。刑事さんにも今の話をしたけど、信じてもらえなかった。一緒に踊ったことも作り話じゃないか、本当はけんもほろろにあしらわれて、役をもらえないってわかったから、逆上して掴みかかったんじゃないかって」

「そんな……」

「だから言ってやったの。総裁はお風呂で亡くなったっていうことだけど、そもそもあたしがいる時にお風呂なんて入るわけない。つまりそれこそ、あたしが帰ってから起こった事件だっていう証明になるんじゃないのって」

「そしたら？」

「あたしと総裁に男女の関係があった可能性もあるって。そうすれば、入浴していた辻褄も合うって……ひどいよね」

「絢子が犯人っていう前提で話を組み立ててるじゃないか」

蘭丸が腹立たしげに吐き捨てる。

「ねえ、わかってくれたでしょ、あたしは無関係だって。朝ニュースを見て、本当にびっくりしたんだから。それにさ」

重大なことを発表するように、絢子はゆっくりと言った。

「あたしなんかより、有紀子が怪しいと思わない？　有紀子は、神戸に行ったんでしょう？」

花音と蘭丸は、複雑な表情で顔を見合わせる。二人にとっては、絢子と同じくらい有紀子のことも大事な友達だ。そんな二人に構わず、絢子は続けた。

「良い役をもらえなかったことで、有紀子は監督を逆恨みしてたのよ。だから神戸まで行って、監督を突き落とした。つまりそこまでジゼルの役に執着していたってこと。

そんな有紀子なら、嶺衣奈さんに薬を盛ることも不自然じゃないでしょ？」

「薬って？」

花音が驚く。

「刑事さんが言ってなかった？　保管されていた嶺衣奈さんの血液と臓器を調べてみたら、キニーネっていう薬物が検出されたって」

「キニーネ……？」

花音が眉をひそめる。聞いたこともない薬品だ。

「ほら、これ」蘭丸がスマートフォンの画像を花音に見せる。サプリメントなどが入っているような小ぶりなプラスチックボトルに、英字の赤いラベルが貼ってある。

「このボトル、見たことないかな。時々、嶺衣奈さんが取り出して飲んでただろ？」

「ああ、そういえば。何ですかって聞いたら、関節の痛みを和らげる薬だって言ってたけど」

「そう、関節痛に特化した薬ではないけど、痛みや炎症を緩和する作用がある。日本では一般的ではないけど、痛み止めとして市販している国もあるそうだ。嶺衣奈さんに勧められて俺も飲み始めたんだけど、確かに効くような気がするんだよね。だけど過剰に摂取して激しく体を動かすと低血糖になって、昏睡《こんすい》状態になるらしい。そして不整脈が起こって心停止する」

蘭丸の言葉に、花音の背筋が粟立った。

「じゃあ……過剰摂取だけでは死なないところを、バレエを踊ったから亡くなったということ？」

「そういうことになるね。もちろん嶺衣奈さん自身が誤って過剰に摂取してしまったことも考えられる。特にキニーネは苦味があるから、何かに混入されたら気がつくはずだ。ただ、バレエ・ダンサーは水をよく飲むだろう？　レッスン前とレッスン中に飲む分をトータルするとかなりの量だから、キニーネをたくさん溶かしても苦味は気にならない程度になるんじゃないか、つまりこれから激しく踊ることを知っていた誰かが、殺害目的で混入した可能性があるんじゃないか……と疑っているらしい」

「そうだったのね。だけどどうして刑事さんはわたしに言わなかったのかしら」

「もしかしたら、花音には、嶺衣奈さんの飲み物にキニーネを入れられるチャンスがなかったからかも」

絢子が言う。

「嶺衣奈さんが亡くなった日、撮影隊が入っていたでしょ？　嶺衣奈さんがスタジオに入って来てからの様子は、全部ビデオに収められてたらしいの。あたしはビデオの中で嶺衣奈さんの飲み物の近くにいたってことで、色々聞かれた」

「俺も。俺は特に嶺衣奈さんと休憩室でも一緒だったから、すっごい探られた。ただ、俺が嶺衣奈さんを狙う動機なんてないってことで、話は終わったけど」

「そんなことがあったなんて……全然知らなかった」

花音はため息をついた。

「でね、あの日は有紀子も嶺衣奈さんの私物の近くにいたのよ。だから薬物を入れるチャンスは大いにあった。しかも有紀子には大きな動機がある。ね？　監督のこといい、嶺衣奈さんのことといい、辻褄が合うでしょ？」

「確かにそうかもしれないけど……」

言いかけて、花音ははたと気づく。

「有紀子に嶺衣奈さんと監督を狙う動機があったとしても、総裁の死には関係ないじゃない。もうジゼルの役を手に入れてたんだもの」

「あ……そうか」

絢子は頭を抱えた。

いったい、なにがどうなっているのか——

だだっ広いスタジオの中、ただただ不可解な事件を前に、三人は無言でうつむくしかなかった。

次の朝、花音は早くにスタジオにやって来た。昨日の晩は頭が混乱したまま帰宅し、まったく眠れなかったのだ。駐車場に奈央のミニバンが停まっているのを見て、衣装部屋に顔を出す。奈央は相変わらず色とりどりの布に埋もれながら、衣装にスパンコールをちくちくと縫い付けていた。

「おはよう花音ちゃん。えらく早いね」

ドアのところに立つ花音に気づいて、奈央が笑いかける。

「ありゃー、寝てない顔だね」

「やだ、わかります？」

花音は奈央の隣の椅子に腰かける。

「わかるよ。無理もないか。総裁まで亡くなるなんてね」

「奈央さんも、事情聴取された？」

「もちろんよ。蝶野監督や総裁に恋愛感情があったんじゃないかとか、色々聞かれたなあ」

奈央が苦笑する。

「あと金銭トラブルね。でも話しているうちに、衣装部屋のおばちゃんには動機なんてないことがわかったんじゃない？　むしろ、彼らに何かあったら、衣装の予算が減らされたり、解雇されたりとデメリットばかりだしね。後半は刑事さんの態度も柔らかくなったけど」

「そっかあ。なんだか、色々とわけのわからないことばかりだよね」

「そうだけど、何も花音ちゃんが頭を悩ませることないじゃない」

色とりどりのスパンコールを選びながら、奈央が言う。

「解決するために刑事さんがいるわけでしょう？　花音ちゃんは、バレエに集中していればいいのよ。公演も目前なんだから」

「でも気になるよ。だって仲間が疑われているんだもん」

花音は奈央の顔を覗き込む。

「わからないんだよね。蝶野監督がいなくなって得をする人は確かにいる。だけどその人は、嶺衣奈さんがいなくなろうが得はしない。その逆もアリで、嶺衣奈さんを狙った人は、蝶野監督がいなくなってもメリットはない。総裁が死んで得をする人まで考えたら、もっと分からない。ということは、犯人は何人もいるってこと？　このバレエ団内部に二人も三人も人を殺そうとする人がいるなんて、考えられないよ」

「うーん」

奈央は、針を動かしながら首をかしげる。

「まあ、一人でその三人全員を恨んでいる人なら、心当たりあるけどね」

「え」

花音は驚いて奈央を見た。奈央の表情が、しまった、というように歪《ゆが》む。

「奈央さんったら……そんなすごいこと、どうしてもっと早く言ってくれないのよ」

「ごめん、今の忘れて」

「忘れてって……ていうか、それ、刑事さんに言った？」

「言ってない」

「どうして⁉　いっぺんに事件が解決するかもしれないじゃない！」

「しないしない」奈央は首を振る。「だから言わなかったのよ」

奈央はパチン、と握りばさみで糸を切る。

「するわよ、絶対。だから教えて」

一瞬のためらいのあと、奈央は口を開いた。

「姫宮真由美ちゃんよ。真由美ちゃんなら、あの三人を憎んでいてもおかしくない」

十五年前に亡くなったプリマ・バレリーナ――

「ね？　だから解決しないって言ったでしょ」

がっかりさせてごめん、と奈央は片手を顔の前に立てて謝った。

「なるほど……そうか、この三人は過去の事件の関係者でもあるものね」

花音はしばらく考え込んだ。

「ねえ奈央さん」

花音は奈央に向き直った。

「十五年前の事件の真相を教えて」

「でも……」奈央は戸惑ったように目を伏せる。

「箝口令が敷かれているのはわかってる。でももう、それを命じた総裁もいなくなってしまったんだよ？　そろそろ明かしてもいいんじゃない」

花音がまっすぐに奈央を見つめると、奈央はふっとため息をついた。

「わたしの判断だけじゃできないわ。待ってて」

奈央は布やレースを掻き分け、デスクの上の内線電話を取った。

「ナベさん？　ちょっと来てくれませんか。真由美ちゃんのことで、お話が。……お願いします」

受話器が置かれる。

「すぐ来てくれるって」

少しすると、大理石の廊下にパンプスの音が響き、ドアが開いた。

「急にどうしたのよ。真由美ちゃんの話って一体……あれ、花音ちゃん」

意外そうに目を見開く渡辺に、奈央が椅子を勧める。

「花音ちゃんが、十五年前の事件の真相を知りたいって言うんです」

「だから、あれはもう解決して――」

「渡辺さん、お願いします。一連の事件のヒントになるかもしれない」

長い沈黙がおりる。

「そうね……嶺衣奈ちゃんも総裁も、もういなくなってしまった。話してもいい頃かもしれないわね」

ゆっくりと渡辺が口を開いた。

「真由美ちゃんがお金を持ち出したとか、公演をすっぽかして逃避行しようとしたとか、全て悪いように言われているけど……本当は違うの」

ややためらうように目を伏せた後、渡辺は思い切ったように顔を上げた。

「もともと逃げようとしたのは、当時二十歳だった蝶野君だったの。蝶野君は、留学したがっていた。けれども総裁が絶対に許さない。だから自力で海外へ渡って、オーディションを直接受けるつもりだったの。真由美ちゃんは、それを手助けしようとしただけ」

いつもは監督、と呼ぶ渡辺だが、自分でも気づかぬうちに昔の呼び方に変わっているのだろう。

「海外へ……？」

「そう。当時、まだ東京グランド・バレエ団は起ち上がったばかり。そして蝶野君こそがスター・ダンサーだった。スポンサーも、蝶野君に出資したようなものよ。だから総裁は、決して彼を手放さなかった。海外志向にならないよう、海外からの客演オファーも絶対に受けなかった。まさに……」

渡辺はそこで言葉を切って、遠い目をした。

「虫籠に閉じ込められた蝶だったわ」

奈央は、じっと目を伏せて聞いている。

「でもね、総裁の気持ちもわかるの。やっと一流に育てたと思ったら、海外のバレエ団にスターを取られてしまう。日本のバレエ団には、そういうケースが多かったのね。そもそも、スターなんて何人も育つものじゃない。特にダンスール・ノーブルは貴重だし。大規模なバレエ団にとっても引き抜かれるのは大打撃なのに、ましてや、起ち上げたばかりの、少数精鋭のバレエ団だもの」

幼い頃からバレエに携わってきた花音には、確かに理解できる。男性のバレエ・ダンサーというものは世界でも圧倒的に少なく、それを取り合うようなものだ。裏を返せば、超一流のダンスール・ノーブルを抱えているバレエ団は、たとえ小規模であっても、それだけで注目を浴び、成功は約束されたようなものである。特に、蝶野幹也のような逸材であれば尚更であろう。

「だから総裁は、バレエ団の生命線である蝶野君を囲い込むことに必死だった。一度、蝶野君がわたしに笑って言ったことがあったわ。亡命したバリシニコフの気持ちがわかるって。あの完璧主義者の総裁だもの、息が詰まったでしょうね。

だけどバレエをやっていると、どうしても海外に目が向いてしまうものよね。総裁に内緒で、蝶野君はオペラ座のオーディションを受けに渡仏することにしたの。強行突破してしまえばこちらのものだと思ったんでしょうね。

十五年前、ジゼルの公演が終わった後、カーテンコールに出ずにそのまま逃げるつもりだった。旧ソ連のバレエ・ダンサーが亡命する時によく使っていた手だわね。だけど蝶野君にとっては、同じくらい決死の覚悟だったと思う。総裁に背くんだもん、怖かったでしょうね。

そんな蝶野君を必死で支えたのが、真由美ちゃんだった。真由美ちゃんは、蝶野君のことが好きだったの。知っているかもしれないけど、真由美ちゃんには身寄りがなくて、総裁に引き取られて暮らしていた。だから総裁の自宅やオフィスからお金を持ち出して、蝶野君の渡仏費用を工面しようとしてたの」

そうか。それが横領の真相だったのか――。

「本当は真由美ちゃんは、その公演でジゼルを踊る予定だった。けれども監視されている蝶野君の代わりに渡航準備をした後、会場に向かう途中でひどい渋滞に巻き込まれて間に合わなかったの。それで嶺衣奈ちゃんが代役を務めることになって――」

やっとの思いで会場に駆けつけると、すでに公演は始まっていた。せめて第二幕から出演できればと、急いで白装束をつけてメイクをする。それとともに、蝶野の荷物を楽屋に運びこみ、彼が第二幕終了後、すぐに出られるように万全の態勢を整えた。

第一幕が終わり、演者たちが休憩に戻って来る。楽屋を開けた蝶野は、真由美が待っていたので驚くとともに、安心した。公演に来なかったので、何かトラブルに巻き込まれたのではないかと心配していたのだ。

真由美は総裁に遅刻したことを詫び、第二幕から出演させてくれるよう頼む。が、やっとジゼル役を手に入れた嶺衣奈が、それを許さなかった。蝶野が日本を離れてしまう前に、最後にもう一度踊ることを願っていた真由美だったが、仕方がない。第二幕の出演を嶺衣奈に譲った。

第二幕が開演するのを楽屋で聞きながら、真由美は待機した。私服に着替えようと思ったが、今夜は嶺衣奈が初めてジゼルを踊る舞台である。万が一、代役が必要になることを考え、終了まで衣装をつけておくことにした。

大好きな蝶野と一緒に過ごせるのも、今日が最後。養護施設へ慰問に来た総裁が、真由美の体のしなやかさに目を留め、指導してくれるようになってから二年。辛いレッスンも、蝶野がいてくれたからこそ頑張ってこられた――

思い出を反芻《はんすう》するうちに、遠くで拍手が鳴り響く。第二幕が終わったのだ。いったん、幕が下りる。そしてカーテンコールになる前に、蝶野は姿を消す――

すぐに蝶野がやって来て、楽屋のドアが開いた。汗だくで、息せき切っている。

「早く、これを」

真由美は蝶野の肩にコートをかけると、荷物を持たせた。

「裏口にタクシーを待たせてあるの。成田まで混んでるかも。急ぎましょう」

真由美にせかされながら楽屋を出ようとすると、急に誰かが立ちはだかった。

衣装を着たままの、嶺衣奈だった。

「どこに行くの？」

問いかけながら、嶺衣奈の視線がスーツケースを捉える。嶺衣奈の顔色が変わった。

「もしかして……」

「嶺衣奈さん――」

「だめよ幹也、どこにも行かないで」

「お願い嶺衣奈さん。蝶野さんをパリに行かせてあげて」

「真由美は黙っててよ！」

嶺衣奈が叫んだ。

「手を貸すなんて信じられない。あんたもお父様に気に入られてるからって、いい気になっているのね」

「そんなこと……」

「ねえ幹也、お願い。ずっとこのバレエ団にいて、わたしと踊って」

「総裁と嶺衣奈さんには感謝してる。だけど僕はどうしても、海外で自分の力を試したいんだ。わかってくれるだろ、嶺衣奈さん」

「だめよ、幹也」

遠くで、割れんばかりの拍手が続いている。主役二人が不在のまま、戸惑いながらもカーテンコールが行われているのだろう。スタッフが捜しに来るかもしれない。それに、すぐに成田へ向かわなければ飛行機に間に合わない――

「頼むよ嶺衣奈さん。そこを通してくれ」

強引にドアを突破しようとする蝶野を、嶺衣奈が押し戻す。

「行かないでったら」

「お願いだ、総裁に見つかる前に早く――」

「ダメよ！」

蝶野と嶺衣奈が揉み合っているところに、真由美が割り込んできた。

「蝶野さんから離れて！」

その姿を見た蝶野と嶺衣奈が、一瞬息を呑む。真由美の手には、鈍く光るナイフが握られていた。ダンス・シューズを加工するために、蝶野が楽屋に常備しているナイフである。

「真由美ちゃん……」

蝶野が慌てて真由美の手からナイフを奪おうとした。

「誰も傷つけたりなんかしません。蝶野さん、今のうちに出発してください！」

そう叫ぶ真由美は、生まれて初めて人に刃物を向けている恐怖心からか、がくがく震えていた。

自分のせいで、真由美にこんなことまでさせてしまうとは――。

蝶野は、心から申し訳なく思った。この状況で自分だけ海外へ行くなんて卑怯だ。残された真由美だけが責められることになる――

「真由美ちゃん、ナイフを下ろして」

「いいから、蝶野さんは早く行ってください」

「いや……やめておこう」

蝶野が言うと、真由美は目を見開いた。

「僕の我儘《わがまま》に、君を巻き込んでしまった。総裁と嶺衣奈さんにちゃんと説明して、謝罪する。そしてこのまま、ここでバレエを続けさせてもらおう」

「蝶野さん……何を言ってるんですか？」

「いいからナイフを僕に渡して。ね？」

なだめるように声をかけながら、蝶野は真由美に近づいていく。

「ダメです！　蝶野さんは夢を叶えてください！」

真由美がナイフを持って振り回しかけた手首を、蝶野が摑んだ。そのまま揉み合うように、楽屋のソファに倒れ込む。蝶野の手は、真由美からナイフを奪い返していた。

良かった——。

ホッとして体を起こす。真由美は拗《す》ねているのか、顔を下にして寝たまま動かない。

「ごめんな真由美ちゃん、大丈夫か？」

その時、嶺衣奈が悲鳴をあげた。ふと蝶野がナイフを持った手を見ると、べっとりと血でぬれている。

——え？

慌てて真由美の体を抱き起こす。ジゼルの純白の衣装が、血にまみれていた。自分が刺してしまったのだと知ると、蝶野の頭は真っ白になった。

ちょうのさん……どこ……？

かすかに真由美の口が動いている。

「どうかしたの？」

悲鳴を聞きつけて真っ先にやって来たのは、奈央だった。団員たちが戻ってきたら、一斉に衣装を集めて整理しなくてはならない。そのためのハンガーラックを、廊下に用意していたところだったのだ。

ソファの上の惨状を目にして、奈央もあっと息を吞んだ。

「救急車！　早く救急車を呼ばないと！」

奈央の声でやっと我に返った蝶野は、慌てて真由美の蘇生《そせい》を試みようとした。しかし真由美の体は徐々に体温を失っていく。そのうちにカーテンコールを終えた団員たちも戻ってきて、大騒ぎとなった。

嶺衣奈とともにタクシーで搬送先の病院へ駆けつけると、救急車から運び出される真由美に総裁が「真由美や、真由美。起きておくれ」と涙ながらにすがっていた。しかしすでに手の施しようはなく、病院で死亡が確認された。

警察が事情を聞きに来るので待つように言われ、待合室で待機していた。三人とも呆然と、ただ涙を流していた。

「百年に一度の天才プリマが、逝ってしまった……」

総裁の呟きが、無機質な待合室に響いた。それは、蝶野の胸に応《こた》えた。自分が、海外へ行こうと望みさえしなければ。真由美を巻き込まなければ……。

「総裁。嶺衣奈さん。お詫びのしようもありません」蝶野は歯を食いしばって、頭を下げた。「全て、僕の責任です」

「……そうだな」

総裁が大きなため息をつく。

「東京グランド・バレエ団にご迷惑をおかけするわけにはいきません。今日付けで退団にしていただき——」

「まあ、待ちなさい」

総裁が遮った。まだ目は赤いものの、いつもの怜悧《れいり》な運営者の表情に戻っていた。

「嶺衣奈から状況は聞いた。どうだろう、真由美を刺してしまったのは、うちの嶺衣奈ということにしては」

「……え？」

「嶺衣奈は成人していないからね、名前も出まい。それに、いくらナイフを持っていたのが真由美だと主張したところで、男性が女性を殺めたとなれば、過剰防衛だと判断されてしまうだろう。世間から非難もされ、大スキャンダルになる」

「ですが」

「真由美は、うちから金を持ち出していたね。おまけに公演もすっぽかした。なのに第二幕を踊らせてくれと嶺衣奈に食い下がったのも、大勢の知るところだ」

「……総裁？」

「つまり、非常に精神状態が不安定な娘だったということだ」

蝶野は、やっと総裁が何を言わんとしているかわかった。

「真由美のせいにすると……おっしゃるんですか」

「人聞きが悪いね。全て事実じゃないか」

「しかし真由美ちゃんがそうしたのは、全て僕のためなんです。僕が海外に行けるようにと――」

総裁が人差し指を顔の前に立て、蝶野を黙らせる。

「海外に行けるように……なるほどね。しかし過剰防衛となれば、留学どころではなくなるだろうなあ。そもそも、そんな男が海外で踊らせてもらえるのかねえ」

蝶野は何も言えなくなった。確かに、これでバレエ人生が終わってしまうかもしれない。

「その点、嶺衣奈であれば好都合だ。まず、第二幕を踊らせてもらえなかったためジゼルを務めた嶺衣奈に逆上したという設定が成り立つ。それに、か弱い娘による正当防衛ということで、誰も疑問に思わない。世間からは同情が集まりこそすれ、非難されはしない。どうだね、良いことばかりじゃないか」

総裁は、不敵な笑みを浮かべた。

「総裁は……真由美ちゃんが可哀想《かわいそう》じゃないんですか？　あんなに泣いていらしたじゃないですか。何の罪もないのに、汚名を着せるなんて」

「真由美のことはもちろん可哀想だし残念だ。不世出のプリマだからね。我がバレエ団の宝だった。だが――」

総裁は声を落とす。

「死んだ以上、もう金は生まん。それならせめて、スキャンダルの鎮火に協力してもらう」

「総裁。あなたって人は……」

「おやおや、真由美が亡くなる原因を作った本人に、そんなことを言われる筋合いはないね」

蝶野は、もう何も言えなくなった。総裁は正しい。悪いのは全て自分なのだ――

「ねえ幹也、わたしたちの言う通りにして。そうしたら、このままずっとバレエを踊っていけるのよ」

嶺衣奈が懇願するように身を乗り出した。必死の眼差しだった。蝶野の罪をかぶろうとする強い想《おも》いが、全身から溢れ出ている。

嶺衣奈に好かれていることには、うすうす気づいていた。自分はその気持ちに応えてやることができない。だから気づかないふりをしてきた。しかしこうなった以上、嶺衣奈を受け入れることになるだろう。そして海外に行く夢も、この先叶うことはない。だがその代わり、踊り続けることができる――

「わかりました」

蝶野は覚悟を決め、頭を下げた。

「総裁のおっしゃる通りにいたします。これからも……どうかよろしくお願いします」

この時、蝶野幹也はバレエを続ける代償として、悪魔に魂を売ったのだった。

渡辺が話し終えると、衣装部屋はしんと静まった。

「そういうことだったんですね……」

ずっとずっと知りたかった真相。想像以上の出来事であったことに花音はただ愕然とし、うち震えていた。

病院の三人での話し合いの後、渡辺と奈央には総裁の口から真実が告げられた。奈央は第一発見者なので、情報を擦り合わせておく必要があると思ったのだろう。

居合わせた団員たちには箝口令が敷かれた。うすうす真相に気付いている団員もいたはずだが、誰も何も言わなかった。弱冠十九歳のプリマ、嶺衣奈が、健気にも名乗り出たのだ。それで充分に思えた。総裁の目論見《もくろみ》は、対外的にだけでなく、バレエ団内部にも功を奏したといえる。

「色々な意見があると思う。だけど正直、わたしは総裁の決断を一方的に批判できない」

奈央が言った。

「あの時、あの状況で事件を収めるにはその方法しかなかった。総裁の決断は冷酷に思えるかもしれないけど、全ては蝶野君をかばうためだもの。それに正当防衛にするとはいえ、自分の娘を犠牲にしたのよ？　そこまで徹底して、総裁はバレエ団と蝶野君を守ろうとした。なかなかできることじゃないよ」

奈央の言葉に、渡辺も静かに頷く。

「そうだね、仕方がなかった。だけど真由美ちゃんのことは、やっぱり可哀想だなあって思う。真実を知ったら悔しいだろうなって。いくら蝶野君に惚れていたといってもね。……ううん、惚れていたからこそ、裏切りは悲しいでしょうね」

渡辺がため息交じりに言葉を続ける。

「だから十五周年記念公演でジゼルをやると決まった時、正直わたしは複雑だった。眠っていた真由美ちゃんの魂が、揺り起こされてしまう気がして。その矢先に蘭丸君が真由美ちゃんを見たって言い出すんだもの、怖ろしくなった。そしてこんなことが立て続けに起こって……やっぱり、という気持ちがないこともないのよ」

遠い目をして、渡辺はジゼルの白装束を着けたトルソーを眺めた。

第三場　「復讐と赦し」

ヒラリオンが、ウィリたちの手によって沼に突き落とされたのを目の当たりにして、アルブレヒトは震えます。

　ここにいてはいけない。

　ここは死んだ処女たちの国なのだ。

　ウィリたちに見つかったら、自分も殺される――

　急いで墓地から立ち去ろうとしましたが、ウィリたちの冷たい目はアルブレヒトの姿を見逃しませんでした。

　ウィリたちはアルブレヒトを捕らえ、嬉々として女王ミルタの前に連れていきます。

　アルブレヒトは跪き、助けてくれるよう懇願しました。しかし冷酷なミルタは「その心臓が止まるまで踊るがいい」と冷たくはねつけるのです。

　そこへジゼルがアルブレヒトの前に身を投げ出し、慈悲を乞いますが、これもミルタは拒絶します。

　ジゼルはアルブレヒトに言います。

　――わたしの墓石には十字架が立っています。そこなら安全です。早く逃げて。

　アルブレヒトはジゼルと共に、聖なる領域へと避難します。追いかけて来たミルタが、ローズマリーの杖でアルブレヒトに触れようとしますが、なんと杖が手の中で弾け、折れてしまいました。

激怒した女王は、今度はジゼルに踊るように命じました。ジゼルは催眠術でもかけられたかのように、ふらふらと女王の前に進み出て、優雅に踊り始めます。

するとどうでしょう。

その踊りに誘われて、アルブレヒトが十字架のそばを離れ、ジゼルと一緒にステップを踏み始めるではありませんか。そうです、これこそが、ミルタがジゼルを踊らせた理由だったのです。

夢中になって、二人は一緒に踊ります。羽が生えたかのように、地面を蹴り、高く舞い続けるのです。

しかしアルブレヒトは、しょせん肉体を持つ人間。息が切れ、手足が痛み、心臓がこれ以上ないというほど速く打っています。しかしどうしても動きを止めることができません。

アルブレヒトは、ミルタの前に何度も跪き、命を乞いました。しかし女王の魔力によって立ち上がり、踊り続けざるをえないのです。

アルブレヒトの心臓に、限界が訪れます。ついに地面に倒れ込み、動けなくなってしまいました。

ああ、命が尽きる――

ジゼルが絶望し、ミルタの瞳が期待に輝いたその時、鐘の音が響き渡りました。

夜明けを告げる鐘です。朝陽が昇れば、ウィリたちは消えてしまう運命。ミルタはウィリたちを引き連れて、急いで墓地へと姿を隠しました。

アルブレヒトは助かったのです！　ジゼルがその身を挺《てい》して、護り抜いたのです。

愛しいジゼルよ。ありがとう――

アルブレヒトは、今こそジゼルを抱きしめようとします。しかし、すでにその姿は朝陽の中に溶け込むかのように、はかなくなっていました。

ウィリたちの手から逃れるということは、同時にジゼルとの別れをも意味しているのです。ジゼルの輪郭が周囲の景色にどんどん滲みだしていき――そしてついに、朝靄《あさもや》の中に消えてしまいました。

アルブレヒトは、ふらふらと墓地をさまよいます。しかしもはやそこには、裏切っていた自分を赦し、死してもなお護ってくれた愛しい女性の姿はどこにもありません。

眩しい朝陽が、ジゼルからの深い愛情のようにアルブレヒトを包んでいます。誰もいなくなった墓地で、アルブレヒトはただ一人、ジゼルの十字架のそばでくずおれるのでした。

＊

いよいよ公演の前日。

今日はゲネプロが行われる日だ。

ゲネプロとはドイツ語のゲネラールプローベを略したもので、音楽、照明、舞台美術、衣装など、本番と全く同じ状況にして行う、最終的な総合リハーサルのことである。

会場にはすでに背景スクリーンが吊るされ、その前を照明や音声のスタッフが忙しく行ったり来たりしている。オーケストラピットには演奏者が入り、弦楽器や管楽器を調整する音が高い天井に響いていた。

花音は、女性グループで使う楽屋にいた。いつもであれば、楽屋では衣装やタイツ、化粧道具などが飛び交い、甲高いおしゃべりで満たされる。しかし今日は喧騒《けんそう》などなく、それぞれ、ただ黙々と準備を進めていた。疑心暗鬼に満ちた眼差しを交わし合ったあの日のことを、まだみんな引きずっているのだ。

その中で花音は静かにメイクと着替えを済ませ、トウ・シューズのリボンを足首に巻きつけながら考えていた。

やっと渡辺と奈央から聞き出すことができた、姫宮真由美の事件の真相。それは、今回の一連の騒動と関連しているのだろうか。そうだとしたら、一体どのように——？

「スタンバイお願いしまーす」

呼びに来たスタッフの声に、花音はハッと我に返る。

コール・ドたちが立ち上がり、ぞろぞろと出て行く。花音、そして絢子と真理もその後に続いた。

廊下を進んでいると、プリマ用の楽屋のドアが開いて、第一幕のジゼルの衣装に身を包んだ有紀子が出て来た。花音や絢子と目が合うと、気まずそうに目を逸らす。有紀子も、自分が疑われていることを重々承知しているのだ。

一度、全員でステージにあがる。実際のステージの大きさは、観客に見せる部分の二倍以上はある。背景スクリーンの後ろはとても広く、バレエ用のバースタンドもあり、出演直前までウォームアップをすることができるようになっているのだ。

客席には、すでにカメラを用意した記者たちが待ち構えている。ゲネプロの様子を撮ってもらい、ニュース番組や雑誌などで宣伝素材として使ってもらうためだ。

出演者が全員並び終わると、蝶野が中央に立って一礼した。

「プレスのみなさま、今日はお集まりいただきまして有難うございます」

朗々とした声が、マイクも通していないのに会場によく響く。

「本日はあくまでもリハーサルです。終了後はインタビューもお受けいたします。ただし、どうかバレエに関係のないご質問は、控えてくださいますようお願い申し上げます」

毎回取材に訪れるバレエ専門雑誌やダンス雑誌や新聞社とは別に、見慣れない週刊誌やスポーツ新聞の腕章が見受けられる。恐らく嶺衣奈や総裁のことを取材したくて集まったメディアも少なくなかったのだろう、会場からは残念そうなため息が漏れた。

「ただこれだけは、お伝えしておきます。みなさまがご心配されるようなことは、何ひとつ起こってはおりません。呪いだ事件だと世間様は面白おかしく騒ぎ立てますが、単に不幸な事故が続いただけでございます。この点を、くれぐれもご留意ください」

毅然《きぜん》とメディア関係者に向かってそう言い放つと、いったん幕が下りる。それを見届けて、蝶野が出演者の方を振り向いた。

「いつも通り踊ればいい。ミスをしても止まるな。とにかく続けること。自信を持って。いいね？」

「はい！」

全員で返事をし、いったんステージを空ける。舞台袖は、村人や村娘、狩りをする貴族たちで溢れかえった。

静かにオーケストラの音楽が始まる。幕がゆっくりと開き、村人たちがステージを快活に、楽しげに行き交い始めるのを、花音は舞台袖から見ていた。

達弘、蘭丸、有紀子が登場し、第一幕が順調に進んでいく。客席からは、間断なくシャッターを切る音がする。少しの休憩を挟んで第二幕。花音はステージに踊り出た。いくらスタジオで練習していても、ステージで踊るのとは全く違う。スタジオとは違う凝った照明で目は眩みそうになるし、生オーケストラの音の厚みに圧倒されてリズムが取りにくいし、ステージの広さにジャンプの感覚が狂いそうになる。だからこそ、ゲネプロで慣れておくことは大切なのだ。

第二幕も、スムーズに進行する。いよいよ夜明けを告げる鐘が鳴り、花音は動きを止め、耳に手を当てる。ああ、これでもう、ステージを去るだけだ。

少し余裕のできた心で、赤を基調とした客席を眺める。前方のプレス席では、記者たちがうっとりと見入っていることがわかる。花音は、確かな手ごたえを感じた。

と、客席の後方にぽつりと黒いものを認めた。舞台袖に引いてから、花音は目をこらす——暗い色のスーツを着た男が二人、立っているのだった。

——刑事だ。

花音はどきりとする。

いつの間にやって来たんだろう。

十字架の元へと、蘭丸がよろめいて倒れ込む。幕が下りると同時に、プレス席から拍手が起こった。

本番と違ってカーテンコールはない。すぐに幕が開くと、蝶野が早速、照明やオーケストラに細かい指示を出し始めた。その隙に花音は舞台袖からいったん廊下に出て、客席の後方ドアから入って刑事の元へ行く。

「あのう」

舞台の方ばかりを見ていた刑事二人は、突然背後から現れた花音に驚いていた。

「どうも、お邪魔しております。ええと、あなたは――」

若手の刑事、三宅が聞いた。

「如月花音です」

「ああ、そうでしたか。いやはや、衣装とメイクで、誰が誰やらわからなくてね」

年配の山城が頭を掻く。

「何の御用でしょうか？　今日はご覧の通り、大切な日で――」

「存じております。最終的なリハーサルだそうですね。渡辺さんからうかがいました。そんなこととは知らず、事務局へ伺いましてね。守衛さんにこちらだと聞いて、慌てかけつけたわけでして」

「何か新しい情報でも入ったんですか？」

「紅林氏の自宅から出て行く人物を見た、という証言が新たに得られましてね。それが十一時半頃だということで、その時間、どこで何をなさっていたか、あらためて皆さんにおうかがいさせていただこうと。ああ、如月さんはいいんですよ。スタジオで練習なさっていたということはわかっていますから」

「その夜のことなら前にも聞かれましたよね？」

「ええ。ですから再確認です。それが仕事でして」

「男性ですか、女性ですか？」

「真夜中だったので断言はできないということでした。斉藤さんかと思ったのですがね、どうやら違うんですな。斉藤さんは辞去した後、その時間にはコンビニに寄ったとおっしゃってましてね、防犯カメラからその裏付けは取れているんです」

山城の言葉を、三宅が引き取った。

「つまり、あの夜、紅林氏を訪ねた人物が、もう一人いるということになるんですよ」

「もう一人……？」

花音の顔が、ぱあっと明るくなる。

「じゃあ、やっぱり絢子は無関係ってことですね？」

喜ぶ花音に、三宅が申し訳なさそうな顔になった。

「残念ながら、そういうことではありません。死亡推定時刻に幅のあることを考慮すると、斉藤さんも容疑から外れるわけではありません。ただ、家に行ったという事実だけでは、我々も何もできませんがね」

「そうですか……」

絢子でなく、他の誰かが関わっている可能性。もちろん団員であるとは限らない。しかし刑事がこの場にいるということは、やはりこの中の人間を疑っているのだろう。

「斉藤さんには、お付き合いされている方はいらっしゃいますか？」

唐突な質問に、花音は戸惑う。

「どうしてですか？」

「斉藤さんの恋人が、斉藤さんへの処遇を不満に思っていた、という可能性もあるからです」

「ちょっと待ってください」

一瞬で、花音の頭に血が上った。

「総裁と男女の仲にあると言ったり、恋人の仕業ではと勘繰ったり――ひどいです。もしもバレエ団の中に絢子の恋人がいたとしても、そんなことをするはずがないじゃないですか」

「そうとも言えませんよ。ボリショイ・バレエの芸術監督襲撃事件……バレエ界では有名な話のようですな。我々は、今回勉強したばかりですが」

ボリショイ・バレエ団の芸術監督セルゲイ・フィーリンが襲撃された事件だ。犯人の男はバレエ団の準主役級のダンサーで、自分の恋人であるバレリーナが良い役をもらえなかったことを恨んで襲撃したとされ、実刑を受けている。蝶野も自分が負傷した際、「芸術監督なんて恨まれたり憎まれたりしてばかりだからね」と自嘲ぎみに笑っていたが、刑事の目には、絢子のために復讐をする男性ダンサーがいたのでは、と思い至るヒントとなったのだろう。

「絢子には恋人はいません。いたとしても、そんな怖ろしいことをするような男性を選びません。失礼します」

花音は憤然として、その場を後にした。

ゲネプロが終了し、プレスも帰った後で、楽屋の一室を使って刑事が一人一人から話を聞いていた。一足先に客席で話し終わっていた花音は、シャワーを浴びてメイクを落とし、廊下のベンチで膝を抱えて座っていた。

「花音、お待たせ」

まだ衣装を着けたままの蘭丸が、刑事のいる楽屋から出て来た。

「はー、参ったよ。アリバイなんていちいち意識して生活してないっての」

困り果てたように、蘭丸がため息をついた。

「自宅にいたことを証明してくれる人がいるかって言われても、一人暮らしなんだからいるわけないし。蝶野監督が怪我をした日のアリバイまで聞かれたよ。あの日も休んで家にいただけだから、証明しようがない。ほんと参った」

「アリバイ以外では何を聞かれたの？」

「ええと、絢子と恋人同士なんじゃないかって」

「呆れた！　やっぱり絢子との関わりありきなのね」

吐き捨てる花音を、蘭丸がなだめる。

「ある程度は仕方ないよ。向こうだって、それが仕事なんだしさ」

「仲間を犯人扱いされて、蘭丸は腹が立たないの？」

「そりゃ良い気持ちはしないさ。よりによってゲネプロの日に引っ掻き回すなよ、とも思うし」

「でしょう？　ひどいよね。だからわたし、刑事さんとは別の視点で、これまでの事件がどういうことだったのかをずっと考えてるのよ」

「へえ、何かわかったの？」

「あともう少しで、何かが掴めそうな気がするんだけど――」

なぜ、嶺衣奈と蝶野と総裁が狙われなくてはならなかったのか。

一番得をしたのは有紀子といえるが、総裁を狙うメリットはない。男性で一番の得をしたのは蘭丸である。蝶野を襲う動機は充分だが、嶺衣奈と総裁を殺す理由はない。

ヒラリオン役に抜擢された達弘にも同じことが言える。最初の配役が不満で蝶野に恨みがあったとしても、嶺衣奈と総裁を殺す理由はない。

真理は役をドゥ・ウィリに繰り上げられたが、それはたまたま選ばれただけ。四十人の群舞の中から、たった一人。四十分の一の確率のためだけに、この三人を手にかけようとするだろうか？

そう考えれば考えるほど、自分の思いとは逆に、絢子なら犯人像と一致するという事実を思い知らされるのだ。蝶野の配役に不満を抱き、プリマである嶺衣奈を邪魔に思い、そして総裁に交渉するが拒絶されて逆上した——全てのピースがピッタリとはまるのは、絢子だけである。

——いや、違う。

そこまで考えて、花音は頭を横に振った。

蝶野の事件に関しては、犯人は絢子ではないのだ。絢子と共に疑われている有紀子でもない。なぜなら蝶野自身が、その目で犯人を目撃しているから——姫宮真由美の亡霊を。

そして、それこそがこの事件を複雑怪奇にしている最大の要因である。

姫宮真由美の霊などいるはずがない。しかし蝶野は彼女を見て、そして突き落とされたと証言している。

事件の全容が見えそうになるたびに、蝶野の目撃証言が必ず壁となってぶつかってしまう。何かが、花音の心にひっかかる。逆に言えば、ここに鍵が隠されているとは考えられないか。

この壁をクリアできれば、謎は解けそうなのに――

「はい、シンキングタイムは終了！」

黙って考え込んでいた花音の頭を、蘭丸がくしゃくしゃと撫でた。

「花音は思いつめる性質だからなあ。良くないぜ」

「でも……」

「腹減らない？」

「そういえば。食べて帰ろうか」

「それもいいけどさ」蘭丸が、少し照れ臭そうに目を伏せた。「その……よかったら、うちへ来ない？　うまいもの作ってやるから」

「――蘭丸の？」

花音は目を見開く。蘭丸の住まいに誘われるなんて、初めてだった。研修生時代に出会ってから二年半。グループで仲良くやってきたが、互いの家に個人的に行き来したことはない。

「支えになりたいんだ。花音は、いつも一人で抱えてるから」

いつになく真剣な口調の蘭丸に、急に異性を感じる。花音は、自分の頬が熱くなるのを感じた。

「やっぱ、いやかな」

花音が反応しないのを拒否だと受け取ったのか、蘭丸の眉が悲しげに下がる。

「ううん、いやじゃない」花音は慌てて首を横に振った。「全然いやじゃない。嬉しいよ、蘭丸」

「よかった」

蘭丸は微笑んだ。

「言っとくけど、料理は誘う口実じゃないぜ？　俺さ、マジで得意なんだから」

蘭丸は自分の楽屋のドアを開けると、「じゃ、すぐ着替えるから待ってて」と軽い足取りで入って行った。花音はほてった頬に両手を添えて、ほうっと息をつく。

これまで、何度か蘭丸から好意を感じたことはあった。けれども花音自身はバレエや自分のことに手いっぱいで、蘭丸に惹かれそうになるたびに無意識に自制してきた気がする。

だけど——もうそんな必要はないのかもしれない。

一連の事件の中で有紀子や絢子が離れていった時も、蘭丸だけがいつも味方になり、そばにいてくれた。ジゼルの公演も、いよいよ明日に本番を迎える。もう自分の気持ちに素直になっても許されるのではないか。花音だって、普通の十代の女の子だ。バレエに明け暮れ、身の回りに起きている不審な事件に翻弄されているが、恋だってしたい——

花音は速くなった鼓動を、そっと胸の上から押さえた。

バレエ団から電車で三十分の最寄駅から、さらに歩いて十五分のマンションに蘭丸は住んでいた。新しいが、さほど広いとは言えない1DK。若手の花形ダンスール・ノーブルもなかなか優雅な生活とはいかないのが、日本の現状だ。

「あーあ、花音が来るんだったら、ちゃんと片づけとけばよかった。洗い物もそのまま。あ、靴を脱ぐスペースある？　その辺で適当に——」

ドアを開けた途端、照れもあるのか蘭丸がまくしたてる。

「お邪魔します」

花音も、もっと可愛い服を着てくれればよかった、履き古しでなく新しい靴を履いてくればよかった、などとつい考える。

部屋に入ってみると、蘭丸が慌てるほどには散らかっていなかった。男性の一人暮らしにしては整然としており、清潔感が漂っている。ベッドと本棚とPC机しかないシンプルな部屋。飾り気のない、蘭丸らしい部屋だった。

「音楽でも聞いててよ。チャイコでいい？　くるみ割り、カラヤンの指揮のがあるよ」

アイポッドをスピーカーに差し込むと、十畳の部屋とダイニングキッチンが音楽で満たされた。

「グラタンなんてどう？　今日寒いしさ。俺、ホワイトソースから作る人だからね」

蘭丸は手を洗うと、慣れた手つきで野菜を切り始めた。その後ろ姿を見つめながら、花音はラグの上に腰を下ろす。

蘭丸には、全てを話してしまいたかった。姫宮真由美の事件の真相を知って以来、花音には今回の事件がこれまでとは違ったように見え始めた。そのことを伝えつつ、彼の意見も聞いてみたい。けれども渡辺とは、決して広めないことを約束している。

「あー、牛乳がない！」

蘭丸がキッチンで叫んでいる。

「悪い、すぐ買ってくるわ」

蘭丸はジャケットを羽織ると、慌ただしく外に飛び出して行った。いつも冷静な蘭丸なのに、きっと花音を部屋に迎えて緊張しているのだろう。そんな彼のことを愛しく思いながら、花音はふふっと笑った。

チャイコフスキーの音楽に鼻歌を合わせながら、ぐるりと部屋を見回す。ベッドの枕元に、赤いラベルのプラスチックボトルがあった。嶺衣奈が飲んでいた関節痛の薬と同じものだ。そういえば蘭丸も飲み始めたと言っていたっけ。

本棚に視線を移す。バレエ関連の書籍やＤＶＤが、研究熱心な彼らしく、ぎっしりと並んでいた。

「へえ、ゲルシー・カークランドの自伝だ」

バリシニコフの愛したアメリカのバレリーナ。背伸びをして本を取り出すと、一緒に写真がバサバサッと落ちてきた。

「あーもう」

しゃがんで拾いかけた花音の手は、そこで凍りつく。夥《おびただ》しい数の、嶺衣奈の写真だった。スタジオ付近で撮られた、私服姿の嶺衣奈。胸元にズームアップした写真や、ミニスカートがギリギリ覗けそうなものもある。つまり——全て隠し撮りされたものだ。花音は震える指で、散らばった写真を拾い上げた。

写真を見ながら頭が素早く回転し、犯人につながる情報のピースがはまっていく。

蘭丸が嶺衣奈に一方的かつ不毛な恋愛感情を抱いていたという前提があれば、事件の辻褄は合う。蝶野監督のことを邪魔に思い、殺そうとしたが失敗。勘付いた嶺衣奈にそのことを責められたため、逆上して殺害。総裁にも知られそうになり、慌てて殺したのだとすれば――

蘭丸には、動機が成立する。

花音は愕然とした。

では、アリバイはどうなのだ？

蝶野が襲撃された日にも、総裁が死んだとされる時間帯にも、アリバイがないとぼやいていた。そして一番重要なこと――嶺衣奈が亡くなる直前、二人きりで休憩室にいた蘭丸には、嶺衣奈のドリンクに薬を混ぜるチャンスがあったのだ。

――蘭丸には、犯行が可能だ……。

花音は震えた。

その時、玄関のドアががちゃりと開いた。花音は跳び上がる。

「遅くなってごめん、買って来たよ」

花音は写真の束から数枚を掴んでバッグに忍ばせ、残りを急いで本棚に戻した。

「わたし、帰る」

バッグを持って立ち上がった花音を、蘭丸はぽかんと見る。

「――え？」

唖然とする蘭丸の脇をすり抜けて、花音は外へ出た。

「ちょっと？　お、おい花音！」

花音はそのまま廊下を走り、階段を駆け下りた。

「花音……」

部屋の前に一人取り残され、蘭丸は呆然と立ち尽くす。しばらくして、花音に戻ってくる気がないことを理解すると、やれやれと頭を振った。

「なんなんだよ、全く」

大きくため息をつき、部屋に戻った。

切った野菜を横目に見ながら冷蔵庫に牛乳を仕舞い、アイポッドの音楽を消す。

急に静かになった部屋で、蘭丸の視線はふと、本棚に吸い寄せられる。しまっておいたはずの写真が、本の隙間から何枚かはみ出していた。


花音は、タクシーに乗って夜道を走った。

ああ、早く、早く。

信号で停車するたびに、もどかしい思いで足踏みをした。

この写真が、きっと事件を解決するきっかけになる。この写真で、犯人を追い詰めることができる――

「ここで停めてください」

花音はマンションの前でタクシーを降り、ロビーから蝶野の部屋を呼び出した。

「はい」

共用インターフォンから、くぐもった声が聞こえる。

「監督？　開けてください。花音です」

「花音？」

驚いた声の後で、すぐにロックが解除される音がした。

エレベーターに乗りこみ、目的の階で降りると、蝶野が玄関のドアを開けて待っていた。

「どうした、花音」

公演の前後は、衣装や荷物、小道具の運搬などで嶺衣奈と蝶野のマンションに団員が訪れることはある。しかしこんな夜に、しかも突然ということはない。花音の来訪に、杖をついた蝶野は明らかに戸惑っていた。

「蝶野監督」

部屋に招き入れられると、靴を脱ぐのももどかしく、花音は口を開いた。

「蝶野監督を襲ったのは、姫宮真由美だとおっしゃいましたね」

「え？」

唐突な質問に蝶野は驚いた顔をしたが、すぐに真剣な面持ちで頷いた。

「ああ、そうだ。まったく不思議な話だよ」

「本当は……誰かをかばっているのではありませんか？」

花音は、バッグから嶺衣奈の写真を取り出す。それらを目の前で広げると、蝶野は息を呑んだ。


予鈴が鳴った。

着飾った人々で客席が埋め尽くされていくのを、花音は舞台袖から眺めていた。入場口で一人一人に配られたローズマリーの芳香が劇場中に渦巻き、開演前から幻想的な空間を創りだしている。

ふと、反対側の袖に立っていた蝶野と目が合った。互いに、小さく頷き合う。

昨夜のことを、花音は思い返す。嶺衣奈の写真を見せ、蘭丸の部屋で見つけたと告げると、蝶野は困惑していた。

「写真だけじゃありません。キニーネの薬瓶もあったんです」

「まさか――」

「正直に答えてください。監督の背中を押したのは、本当は……蘭丸だったんですね?」

　花音が問い詰めると、蝶野は観念したように頷いたのだった——

「ゆうべは、どうして急に帰っちゃったの?」

　背後から急に声をかけられて、花音はびくりとした。蘭丸が、すぐ後ろに立ってい
る。

「俺、何か失礼なことしたかな」

「ううん」花音は蘭丸を見上げる。「ただ、事件の真相がわかっただけ」

「真相って」蘭丸が驚く。「犯人がわかったってこと?」

「ええ」

「刑事には言ったの?」

「まだよ。待ってるの。きっともうすぐ犯人が名乗り出てくれるから」

「もうすぐ……ってことは今、犯人は劇場にいるってこと?」

「そうよ」

「おい……怖いこと言うなよ」

「わたしは本気よ、蘭丸」

　花音は、蘭丸の目を覗き込んだ。

「気をつけた方がいいわね。犯人は、すぐそこにいるから」

それだけ言い、花音は裏手へと立ち去った。

「待てよ、花音！」

蘭丸が呼び止めようとしても、花音は立ち止まりも振り向きもしない。

「犯人がわかったって……マジかよ」

蘭丸の呟きが聞こえた。


開演のベルが鳴り、蝶野が緞帳《どんちょう》の前に現れた。

「たくさんの方々にお越しいただき、心より感謝申し上げます」

タキシード姿に、ほうっと女性客からため息が漏れる。杖をついてはいるが、優美さは少しも損なわれていない。

「ご存じの通り、創始者である紅林ひさし総裁、またプリマの紅林嶺衣奈が逝去いたしました。本公演は、二人の追悼公演でもあります」

客席が、しんと静まり返る。

「皆様にローズマリーをお配りしようと提案しましたのは、生前の総裁でございます。ローズマリーの花言葉は思い出や記憶。どうか皆様が、本公演ともども、二人のことをいつまでも忘れずにいてくださいますように――そう願ってやみません」

涙をこらえるかのように、蝶野の声が詰まる。少しの沈黙の後、再び口を開いた。

「それではお待たせいたしました。『ジゼル』、いよいよ開演です」

華麗にレヴェランスする蝶野に、割れんばかりの拍手が降り注ぐ。ふっと照明が落ちて暗闇になり、オーケストラの音楽が厳かに始まった。

豊穣《ほうじょう》の秋の村。村人たちが軽やかに行き交い、収穫を祝っている。そこにヒラリオン役の達弘が現れ、一輪の花をジゼルの小屋の戸口に挿す。ヒラリオンがいなくなると、貴族の豪華な衣装をまとった蘭丸の登場だ。

蘭丸は輝くばかりの衣装を脱ぎ捨て、農民ロイスに扮するための粗末な衣装を身に着けた。ロイスはジゼルの小屋の戸を叩く。扉が開き、可憐なジゼルが顔を出した。わっと拍手が起こる。

ロイスとジゼルの若々しいダンス。軽やかでエネルギッシュで、舞台脇から見ている花音も、つられてステップを踏んでしまいそうになる。完璧なパ・ド・ドゥだ。

「有紀子、すごいわね」

いつの間にか、絢子が隣に立っていた。

「レッスンの時よりも輝いてる。いつの間に、あんなに上手《うま》くなったの？」

「絢子……」

「悔しいけど、総裁と監督の見る目は確かだったってことね」

そのサバサバした横顔は、以前の絢子だ。

「負けてられない。さ、ウォームアップしよ」

明るく言うと、絢子はステージ裏手のバースタンドへと向かった。

パ・ド・ドゥが終わると、収穫のダンスだ。その後は貴族の狩りの一行が現れ、バチルド姫とジゼルが出会う。そしてロイスの裏切りが、白日の下にさらされるのだ。ジゼルや村人たちに非難されるアルブレヒト。蘭丸が、許しを請うような視線をジゼルに投げかけている。

すぐに刑事に連絡しようと言う花音を、蝶野は止めた。本人のためにも団員のためにも、せめて公演が終わってからにしようと。蘭丸は、まさか陰でそんなやり取りが交わされていたとは知らないだろう。

花音の揺さぶりに、犯人は焦っているはずだ。きっと、この公演で行動を起こしてくる。そこを押さえるのだ——

オーケストラのメロディが、どんどん暗く、不穏になっていく。いよいよ狂乱の場だ。

ジゼルは髪を振り乱し、ふらふらと舞台を走り回った。息を詰めて村人が見守る中、ジゼルは落ちていた剣を拾い、胸に突き立てようとする。

ものすごい気迫だ。観客はもちろん、舞台袖にいる団員やスタッフも目が釘づけになる。

踊り疲れ、そして裏切りに耐えきれず、ついにジゼルの心臓が止まる。有紀子がフロアに倒れ込み、悲劇的な音楽が鳴り響いた。拍手の中、幕が下りていく。

「よくやった！」

舞台袖に戻ってきたキャストたちを、蝶野が誇らしげに迎えた。

「さあ、少しでも休んでおけ。第二幕は、さらにきついぞ」

蝶野にせかされて、キャストはステージ裏へと行く。花音は、注意して蘭丸の行動を見ていた。バーにかけておいたタオルを取り、汗を拭く。それからドリンクのボトルを手に取り、キャップを開けた。

「飲んじゃダメ！」

花音はとっさに走り出て、蘭丸の手からボトルを叩き落とした。ボトルが床に転がり、水が飛び散る。何事かと、周囲の視線が集まった。

「何するんだよ」

「それを飲んじゃダメ。嶺衣奈さんと同じことになるわ」

「嶺衣奈さん？　どういう……」

「言ったでしょう、劇場に犯人がいるから気をつけてって。犯人が、そのなかに薬を入れたのよ」

「なんだって？」蘭丸が蒼ざめた。「じゃあ俺を狙ったっていうこと？　でもいったい、誰が――？」

「嶺衣奈さんと総裁を葬り、そして蘭丸をも狙ったのは……」

花音は振り返った。

「蝶野監督、あなたですよね？」

その場にいた全員が息を呑んで、杖を片手に立ち尽くす蝶野を見た。蝶野は蒼白になっている。

「何をバカなことを……。蘭丸が犯人だと言ったのは、君じゃないか」

「言いました。監督の口から真実を引き出すために、わざとそう言ったんです」

蝶野が息を呑む。

「花音、さっきから意味不明なんだけど」

蘭丸がぎこちない笑顔を作る。冗談だと思いたいのだ。

「そうよ。監督が嶺衣奈さんと総裁を？　ありえないってば」

「しかも蘭丸までって……」

戸惑いながらも、絢子と有紀子が味方をするかのように監督の傍らに立った。

「では監督、第一幕の間に、蘭丸のドリンクにいったい何をしたんですか？　わたし、ずっと監督の行動を観察していたんです」

蝶野は無言で目を伏せる。狂乱の場で全員がステージに注目していた時、ただひとり、蝶野だけが立ち上がって舞台裏へと消えたのだ。

「キニーネを入れたんですよね？　インターミッション中に蘭丸が飲むのをわかっていたから」

「キニーネ？　関節の痛みを和らげる？」

絢子の問いに、花音は頷く。

「蘭丸も最近飲み始めたのよね？」

「ああ、公演の前にも飲んだけど……それが？」

「既定量を飲んだだけでは体に何の影響もない。けれどもこの水に溶けている量を追加で飲めば……そして第二幕の、あれだけ激しいバレエを踊れば……」

花音はゆっくりとみんなの顔を見回した。狂乱の場を踊り切った後に急性心不全で亡くなった嶺衣奈を思い浮かべ、やっと花音が言わんとしていることに思い至ったのだろう、全員が顔を強張らせた。

「花音ちゃん、想像力が豊かすぎるわよ」

蝶野の背後にいた渡辺が、前に出てくる。

「第二幕の予鈴まであと二十分もないわ。監督も、何とか言ってやったら」

渡辺が、蝶野の肩に手を置いた。奈央も、監督を気遣うようにそばに立つ。

「花音ちゃんったら、監督自身も被害者でいらっしゃるのを忘れたわけじゃないでしょ？」

「そう、監督も負傷なさいました。だからわたしも、監督が関わっているだなんて思いもしなかった。だけど十五年前の事件の真実を知った時、事件の全容が見えてきたんです」

困惑する団員の前で、花音はゆっくりと話し始めた。

今回のジゼル公演には、最初から不穏な影がつきまとっていた。そもそもは、蘭丸が姫宮真由美の亡霊を見たことに始まる。そのうちに嶺衣奈も目撃したと言い出し、亡霊など否定していた蝶野が負傷したことで、一気にその信憑性《しんぴょうせい》が高まった。あげくに嶺衣奈と総裁が不可解な死を遂げ、世間まで呪いだと騒ぎ立てた。しかし一連の事件によって利益を受ける人々が浮かび上がり、亡霊騒動を利用しての配役争いという様相を帯びてきたのだ。

「だけど、どの団員が犯人かと考えた時に、決定打に欠けるんです。みんなそれぞれ、大なり小なり動機は持っている。けれども三人全員に持っている人はほとんどいない。そんな時に、十五年前の、姫宮真由美の事件の真相を知りました」

狙われた三人は当事者である。もしかしたら、こちらの事件が本筋ではないのか。

「だけど、そこでまた手詰まりになりました。三人を恨んでいるとすれば、姫宮真由美です。けれども彼女は十五年前に亡くなっている。なのに蝶野監督は姫宮真由美に背中を押されたと主張する――頭を抱えました」

だから論理的に考えてみることにした。ひとつは、蝶野が見間違えたという可能性。もうひとつは、蝶野の作り話だという可能性。

「見間違いだとすれば、犯人は団員で、配役争いが動機と考えられます。けれどそれ以外の可能性を考えたいので、作り話だという仮定で突き詰めることにしました。作り話だとすれば、監督は意図的に亡霊騒動を利用しようとしたことになります。ではなぜ利用したかったのか……理由はひとつしか思い当たりませんでした。監督が犯人だからです」

花音の言葉に、みんなが息を呑む。蝶野は無言で花音を見返していた。

「まさかと思いましたが、状況と突き合わせてみました。監督であれば、自宅のベッドにローズマリーを置いておくことも、嶺衣奈さんの飲み物にキニーネを混入することも、合鍵で総裁のご自宅に入ることもできる。辻褄が合うんです。けれども、証拠がない。監督に真正面から聞いても、認めてはもらえないでしょう。だから、ずっと考えていました。揺さぶりをかける方法はないかと」

そんな折、蘭丸の部屋で見つけたのだ。嶺衣奈が常用していた薬、そして嶺衣奈を隠し撮りした写真を。関節の痛みに悩んでいた蘭丸は、嶺衣奈から勧められて同じ薬を飲んでいた。写真はバレエ団周辺をうろつくカメラ小僧から取り上げたものに違いない。これらを利用できる――瞬間的に閃いた。

「絢子以外に、総裁の家を去る人物が目撃されていたと知って、監督は焦っていたはずです。総裁の件が明るみに出れば、当然嶺衣奈さんの件でも疑われる。そこにわたしが、蘭丸というスケープゴートを持ってきた。好機だと思ったことでしょう。このまま蘭丸が自死すれば、良心の呵責《かしゃく》に耐えられなくなったのだと納得させられる。嶺衣奈さんを愛していた蘭丸が、嶺衣奈さんを葬ったのと同じ方法で後を追うのは、自然ですものね」

蘭丸は、やっと合点がいったように、そしてぞっとしたように、床に広がっている液体に目を向けた。

「監督が犯人であれば、蘭丸が疑われているうちになるべく早く――つまりこの公演で行動を起こすはず。だからわたしは今日、ずっと監督の行動を監視していたんです」

蝶野が、観念したようにうなだれた。

「だけど、最後までわからなかったのは動機です。なぜ監督はこのようなことを？

嶺衣奈さんを、総裁をその手で──」

語尾が震えた。知らないうちに、花音の頬には涙が伝っている。

「二人を殺してなどいないよ」蝶野は力なく首を振った。「いや……だけどやっぱり、僕が殺したのかな」

寂しそうに微笑み、蝶野は静かに語りだした。


この十五年間、ずっと自責の念に苦しんできた。姫宮真由美を悪者にしたまま、バレエ団を運営してきたことを。だから記念公演の演目に総裁と嶺衣奈が「ジゼル」を挙げた時、「厚顔にもほどがある。真由美への冒瀆《ぼうとく》だ」と批判した。しかし理事会からも「ジゼル」を希望する声は多かった。

「ではひとつお願いがあります」蝶野は申し出た。「真実を公表して真由美への追悼公演としましょう」

だが当然ながら総裁が許諾するはずはない。

「いくら時効とはいえ、そんなことをしたらこのバレエ団は終わりだよ。君のバレエ人生もだ。それでもいいのかね?」

構わない、と蝶野は思った。真由美の人生と尊厳を奪い、その上に成り立ってきた自分のバレエ人生。あの事件以来、どんなに栄光を摑もうと、空虚だった。どのみち自分はこのバレエ団以外では踊らせてもらえないのだ。

しかし嶺衣奈が猛反対した。

「公表だなんて正気？　わたしたちの未来を考えて」

今更真実を明かしたところでどうなるのだ、誰が得をするのか、不利益しかない——

そう説得され、ついには蝶野も承認し、正式に「ジゼル」が演目に決定した。

しばらくすると、噂が立ち始めた。スタジオに、姫宮真由美の亡霊が現れる、と。

全く信じなかった。もしも現れるなら、真っ先に自分の前に姿を見せるだろうから。

しかし、嶺衣奈は怯え始めた。もともと繊細で、スピリチュアルな事柄に敏感である。見る間にやつれていき、そしてついに嶺衣奈自身も真由美を目撃したと騒ぎ出す。蝶野はふと思いついた。

もし真由美の呪いだと信じさせることができれば、嶺衣奈は公表に賛成してくれるかもしれない。そして嶺衣奈が総裁を説得してくれれば……。

だから神戸で負傷した時——実際には心身の疲労でめまいを起こしたのだが——あえて「姫宮真由美に突き落とされた」と耳に入るようにしたのだ。さらに信憑性を高めるために、病院から抜け出してタクシーで花屋を回り、ローズマリーを買い集めて自宅に置くという演出もした。

予想以上に嶺衣奈は追い詰められていった。まさかここまでとは、と蝶野は焦った。早いところ公表の同意を得て、その後にすぐ亡霊などいないと明かしてやらなければ。

しかしその矢先に、嶺衣奈は亡くなってしまう。

何が何だかわからなかった。心臓に問題などなかった。なのに心不全だと診断された。追い詰めすぎたのだと、蝶野は自分を責めた。公私ともに、いなくてはならないパートナー。それを永遠に、失ってしまったのだ――

失意に打ちひしがれていた蝶野は、改めて決意した。この公演を、嶺衣奈のためにも必ず成功させる。そしてそのためには、やはり真実を公にすべきなのだと。

だからあの晩、総裁の家に行った。どうにか歩けそうだったので、杖なしで外出してみた。

インターフォンを押しても応答がないので、合鍵で中に入った。居間にはいない。寝室を覗くと、ちょうど総裁がバスルームから出てきた。暗闇で蝶野だとわからなかったのか、総裁は一瞬ぎょっとして立ち止まる。

「君は……」電気を点け、ホッとしたような顔をした。「おお、幹也くんか。ちょうど良かった。嶺衣奈を偲びながら、ワインでも飲まないか」

総裁と蝶野は、居間へと移動した。呂律は怪しく、総裁はすでにかなり酔っている。キャビネットから新しいワイングラスを取ろうとする総裁を、蝶野は制した。

「いえ……飲む気分ではないもので」

「そうか」

総裁はすんなり手を引っ込め、危なっかしい手つきで新しいワインボトルのコルクを抜く。

「もう足はいいのか」

杖を持たずに歩く蝶野に気づき、総裁が言った。

「ええお陰様で」

「そうか……復帰公演も企画せねばならんな」

自分のグラスになみなみと注ぎ、あおるように飲む。

「今回パピヨンのアルブレヒトを見逃したことで、さぞかしマダムたちは傷心だろうな。君には、埋め合わせをする義務がある。とすると、演目はまたもや『ジゼル』に決まりか」

「お義父さん……」

「もっとも蘭丸のアルブレヒトを見れば、マダムたちの心も変わるかもしれんな。パピヨンとはまた違った、フレッシュな魅力。蘭丸に乗り換える女性は多いかもしれんぞ」

はっはっは、と笑う。

確かに、その可能性は大いにあるだろう。バレエファンは、常に新しいスターを探している。そして太刀掛蘭丸こそ、次世代のスターに相応しい。しかし今、総裁の挑発に乗る余裕は、蝶野にはなかった。

「実はお話があります。真由美のことです」

総裁の頰が、ぴくりと反応する。

「『ジゼル』公演が決まってからというもの、不可思議なことが続いています。嶺衣奈は怯えていました。真由美が怒っているのだと、鎮めるべきだと言っていました」

蝶野は、深々と頭を下げた。

「お願いします。今度こそ公表させてください」

しかし総裁はくるりと蝶野に背を向け、窓際へ行った。よく手入れされたイングリッシュ・ガーデンを望む、嵌《は》め殺しの大きな窓だ。

「君は、まだわかっとらんようだね」

総裁は、月を見上げた。

「嶺衣奈も亡くなった今こそ、スキャンダルはご法度なのだ。考えてもみたまえ。バレエ団を支えていたプリマを失ったんだぞ？　これからは君と一丸となって、新しいプリマを育てなければならんのだ。有紀子、花音、絢子……これほどの逸材を抱えながら、そのチャンスを逃すのかね？」

冷たく総裁は言い放つ。

「幹也くん、君は青すぎるよ。もっと合理的になりたまえ」

グラスを傾けて飲み干すと、キャビネットに戻った。ワインを注ごうとするが、酔いが指先にも回っていたのかボトルを倒し、胸元から上半身を派手に濡らした。

総裁は面倒くさそうにため息をつくと、

「もうひと風呂浴びるとしよう。君はもう帰りたまえ。不愉快だ」

とワインボトルとグラスを抱え、さっさと自室のバスルームに消えた。

蝶野は、居間に残った。説得するまで帰るつもりはなかった。

突然、何かが割れる音が聞こえた。

「お義父さん⁉」

慌ててバスルームへと駆け込む。大理石の床にはグラスの破片が飛び散り、ジャクジーバスでは総裁が沈んでいた。飲みながら湯船に浸かっているうちに、眠ってしまったのか。

早く助けなければ……。

そう思うのに、体は動かない。

見なかったことにすればいいのではないか。

どうせ帰れと言われていたのだ。自分は何も見なかった、気づかなかった——

そしてそのまま、蝶野は急いで総裁宅を後にしたのだった。

舞台裏は、しんと静まり返っている。

「だったら……やっぱり監督は悪くないじゃない」

絢子が沈黙を破った。有紀子も頷く。

「そうよ。お二人とも事故だったんだもの」

「総裁をそのままにしたことはいけないのかもしれないけど、すでに手遅れだった可能性もあるわ」

奈央も庇《かば》った。

花音も、真相に驚いていた。蝶野を疑い始めてからも、これまでの人柄を知っている分、どこかで信じられなかった。不幸な事故が重なったとすると、納得はいく。

ただ、そうなると新たな疑問が湧き起こる。

「だったらなぜ……まだ真相を公表していないんですか？」

蝶野の周りで、みんなが顔を見合わせた。

「監督は、けじめをつけたうえで開演したかったのですよね？　反対する者はいなくなった。ゲネプロの時もマスコミは来たし、今日も開演前にチャンスはあった。なのになぜ？」

蝶野は答えず、ただ唇を引き結んでいる。再び重苦しい沈黙が流れた。

きっと何かがあったのだ。

総裁が亡くなった後、公表の準備をしている間に、蝶野の心境に変化が起こった。ここまで強固だった蝶野の意志を翻させるほどの出来事とは、いったい何だろう。どういうことであれば、蝶野は公表を思いとどまるのか――

考えを巡らせる花音の脳裏に、ハッと閃くものがあった。

「シルヴィアが引退すると言ってましたね。相談を受けていたと。もしかしたら……お二人で新しいバレエ団を起ち上げるのではありませんか？」

花音の言葉に、蝶野はふっと息を吐いた。

「君は恐ろしく鋭い子だね」

弱々しく微笑み、蝶野は話し始めた。

「ミスターKが亡くなったって本当なの？」シルヴィアは泣きながら電話をかけてきた。「信じられないわ。あのKが……」

彼女はひとしきり総裁の死を悼んだ後、蝶野に切り出した。

「今こんなことを言うのは不謹慎かもしれないけど……バレエ団を起ち上げない？」

蝶野は耳を疑った。あのシルヴィア・ミハイロワと？

目も眩むような申し出だ。世界中のダンサーが、まさに悪魔に魂を売ってでも、パートナーになることを望むだろう。

「喜んで。必ず実現させよう」

約束し、蝶野は電話を切った。心を覆っていた憂鬱は吹き飛び、自然に笑顔が浮かぶ。旗揚げ公演はどこで？　東京、それともモスクワ？

そんなことを考えている自分に気づき、ハッとした。何を浮かれているんだ。これから真由美の事件の真相を、公表するんじゃなかったのか。

いや——

罪に問われないとしても、ダンサーとしての経歴に泥を塗ることになる。そうなればシルヴィアはこのオファーを撤回するだろう。

蝶野は、公表を取りやめた。もはや新しいバレエ団のことしか、考えられなかった。電話やメールで、シルヴィアと新しいバレエ団の計画を進めていった。

しかしそこに刑事の影がちらつき始める。自分は無実だが、それを証明するのは難しい。それに、グレーだと世間から認識された時点で、新生バレエ団の計画には致命的だ。実際、噂がシルヴィアの耳にも入り、彼女は心配し始めた。その矢先、総裁宅から去る姿が目撃されていたこともわかった。本当は杖なしで歩けるようにはなっているが、万が一のことを考えてわざと使い続けてきた。しかしこうなってはそんな小細工も意味はないだろう。

もうだめなのか——

望みを失いかけていたところに、花音がやってきた。驚いたことに、蘭丸が犯人だと言うではないか。動機に繋がる写真もある。薬も持っている。そしてアリバイが一切ないときた。

天啓だと思った。

再捜査をした刑事から、嶺衣奈の心不全がキニーネの過剰摂取と、その後の激しいダンスによって引き起こされたものであると聞かされていた。同じ方法を利用できる。蘭丸には、犯人として嶺衣奈の後を追ってもらおう——

その決断に、嫉妬が混じっていないとは言えなかった。絢子や有紀子に疑いの目が向いた時には、必死で刑事にかけ合った。しかし蘭丸に——近い将来、自分に追いつき、追い越していくであろうダンサーに身代わりになってもらうことに、躊躇はなかった。

すでに蝶野の魂は、心は、悪魔に摑まれていたのだった。


予鈴が鳴り響く。

その場にいた全員が、夢から醒めたような顔をした。あと五分で第二幕が始まる。

「そういうことだったんですね。やっと全容を知ることができました」

予鈴が終わるのを待ち、花音が口を開いた。

「今回の一連の事件に関しては、監督は直接人を殺したわけではありません。嶺衣奈さんと総裁の件は事故ということで済ませられるでしょうし、蘭丸も結局はドリンクに口をつけませんでした」

花音の言葉を、蝶野も、団員たちも、黙って聞いている。

「ですから姫宮真由美の事件の真相を伏せたまま、監督は予定通り、新しいバレエ団を起ち上げることに支障はないはずです。けれども……」

花音は、まっすぐ蝶野を見つめた。

「監督のダンスール・ノーブルとしての矜持《きょうじ》は、バレエの悪魔に打ち勝つほどの力があると、わたしは信じています」

その言葉に打たれたように、蝶野は花音を見た。そして何かを嚙みしめるように微笑むと、その場にいる全員をゆっくりと見回した。

「みんな、今日までありがとう。さて、第二幕の前に手短に。蘭丸、リフトのときに肩を引きすぎていた。バランスが崩れていたぞ」

「は、はい！」

蘭丸の背筋が伸びる。

「有紀子は、音楽によく耳を傾けて。ターンの時は、もっと左足を意識して思い切り回り込んだ。第二幕では直せるな？」

「はい！」

涙を浮かべながら、有紀子は頷いた。

「達弘は、マイムが小ぶりに感じたぞ。もっと全身を大きく使って。蘭丸を喰ってやると思うくらいでちょうどいい」

「わかりました！」

達弘も力強く答える。伝え終えると、蝶野はすがすがしい笑顔になった。

「これが芸術監督としての最後の仕事だ。第二幕を見られなくて残念だが、失礼するよ」

蝶野は杖をつかずに、一人で裏口へと去っていく。何かから解放されたような後ろ姿を、団員たちはただ呆然と見送っていた。

みんなは、この出来事をどのように消化してよいのかわからず戸惑っている。けれども、誰の胸にも蝶野を責める気持ちは起こっていないだろう。蝶野幹也も、バレエの悪魔に魅入られた一人のダンサーだった。人一倍弱さを知っていたからこそたゆまず高みを目指し、繊細な表現力と圧倒的な技術を身に付け、そして――カリスマとなりえたのだ。カリスマとは、時に悪魔的な顔を併せ持つもの。パピヨンは、まさに究極のダンスール・ノーブルだったのかもしれない――

「こうしちゃいられないわ。みんな、スタンバイ！」

渡辺が涙を拭い、パンと手を叩く。

「最高の第二幕にしましょう。嶺衣奈ちゃんと総裁と監督と……そして真由美のために」

団員は頷き、それぞれ散って行った。第二幕の早い段階で登場する花音は、衣装とトウ・シューズの最終確認をして、舞台袖に控える。

「ありがとうな」スタンバイしながら、蘭丸が花音の肩を抱く。「俺のこと守ってくれて」

「ううん。ぎりぎりまで本当のことを話せなくてごめん。蘭丸って、すぐに顔に出るから」

「えー、そんなに演技が下手かな」

蘭丸は笑い、そしてふっと真面目な顔に戻った。

「でも俺、ひとつだけ、まだわからないことがある」

「なに？」

「俺が見た姫宮真由美の亡霊……あれは何だったんだろう」

「──本物だったんじゃない？」

「え？」

蘭丸は驚いて花音を見た。いよいよ本鈴が鳴る。

「きっと本当に姫宮真由美は現れたのよ。真実を知ってほしくて。それでいいじゃない」

オーケストラの音楽と共に幕がゆっくりと上がり、第二幕が始まる。

復讐の女王ミルタとして、花音は颯爽とステージに一歩を踏み出した――

カーテンコール

優雅なエントランス・ガーデンに、不似合いなクレーン車が停まっている。太陽の下、クレーンの先には、今まさに外壁から取り外されたばかりの「東京グランド・バレエ団」の看板がぶらさがっていた。

撤去された看板の代わりに、今度は新しいものがゆっくりと持ち上げられていく。そこには繊細な飾り文字で「東京スペリオール・バレエ団」と綴られていた。

作業を見守っていた花音の携帯電話が鳴った。

「ああ蘭丸……え、蝶野監督が引退を発表？　そう……今後はダンサーとしても一切活動されないおつもりなのね……」

ジゼル公演から一か月半が経つ。公演の直後、蝶野は十五年前の事件の真相をマスコミに公表、姫宮真由美の汚名を雪《そそ》いだ。そして存続を求めるファンや理事会、後援会の声を退けて、蝶野は東京グランド・バレエ団を解散することに決めた。蝶野自身の今後の動向が注目されていたが、バレエ業界から完全に退くつもりのようだ。

「うん、そうよね……これからは心機一転、わたしたちが中心になってバレエ業界を守り立てていかないと」

そして蝶野は理事会と後援会に願い出た——資金と団員を引き継いで、新しいバレエ団に生まれ変わらせてほしいと。話し合いの結果、渡辺を総裁とすることに決まった。そして蝶野の強い希望によって、花音はブレーンの一人として運営にも携わることになった。今回の事件解決にあたって花音が重要な役割を果たしたこと、そして若い現役ダンサーの視点を今後の運営に取り入れたいという理事会の希望もあり、異例の大抜擢となったのである。

最初の、そして光栄な任務として名称の決定を任され、花音は「東京スペリオール・バレエ団」とすることを決めた。スペリオールには上級の、という意味がある。自分の手で、そして共に踊ってきた仲間たちとで、世界でも最高レベルを目指す——そんな夢が込められていた。

「でもすごいよな。自分のバレエ団をつくるっていう夢に、一歩近づいたじゃないか」

電話の向こうで蘭丸が言った。

「本当にね。大きな一歩だわ」

不思議な巡りあわせだと、しみじみ感じる。

「せっかく来たから、ちょっとレッスンして帰るね」

「了解。遅くなるなら、夕飯、作ろうか？」

「今日は寒いから、グラタンがいいなあ」

「お任せあれ、お姫様」

幸せな気持ちで、蘭丸との電話を切った。

もうすっかり蘭丸との仲も安定している。事件を経て、絆《きずな》も深まった。この恋愛が、花音のバレエをますます成熟させてくれるだろう。

絢子と有紀子との仲も、元に戻った。一連の事件で湧き起こった互いへの猜疑心《さいぎしん》、嫉妬を乗り越え、団員全員の絆はより強くなった。だから新生バレエ団は、きっとうまくいく。

花音は玄関を入った。三階にあがり、ロッカールームで着替える。スタジオへ入ると、きんと冷えた冬の空気が花音を包んだ。

CDプレーヤーから適当な音楽をかけて、まずはバーでウォームアップだ。寒さで縮こまっていた筋肉を、少しずつほぐしていく。鏡の中の自分と向き合いながら、花音はこれまでのことを振り返った。

――それにしても、思いがけないことばかりが起こってしまった……

つくづく、花音は思う。

――最初のきっかけは、そう……蘭丸が、姫宮真由美の亡霊を見たなんて騒ぐから。

あの時から、事態は予想もしない方へと転がっていった。亡霊なんて存在しないいって言い聞かせたのに――

バーレッスンが終わると、センターに出る。いつもよりも体が軽やかで、足もよく動いた。

ふっとCDの音が途切れる。おや、と思うのと同時に、鏡に白い影が見えた。

――え？

慌てて回転を止め、もう一度鏡を覗き込む。

見間違いではない。少女が映っている。

振り向くと、ジゼルの死に装束を身に着けた姫宮真由美が佇んでいた。息を呑む花音の目の前で、真由美は優雅に片手を上げ、お辞儀をした。

「ありがとう、わたしの名誉を守ってくれて」

真由美が微笑み、こちらにゆっくりと近づいてくる。

「とても嬉しかったわ、本当よ」

真由美の真っ白い腕が伸ばされ、花音の頰に触れる。ひやりと冷たいが、かすかに体温が感じられる――生きた人間の体温が。

「やだ、大丈夫？」真由美が――いや、真由美の十三歳年下の妹、彩佳《あやか》が、硬直している花音の顔を覗き込んだ。「びっくりさせようと思って、内緒で来たの。工事中で玄関の鍵も開いてたし。ごめんね、やりすぎだったかな」

「あ……ううん、違うの。まるで真由美お姉ちゃんが戻って来てくれたみたいだったから。本当にお礼を言われてるみたいで、胸がいっぱいになっちゃったの」

目の前の、生前の姉とそっくりな妹の姿に、花音は涙を拭う。

「うん。きっと今の言葉通り、天国で喜んでくれてると思うよ」

「そうよね。彩佳のおかげ」

「違うよ、花音お姉ちゃんのおかげだよ」

彩佳の目じりにも、涙が滲んでいる。

「やっと終わったね」

「そうね……長かった」

真由美を長女として、花音、彩佳は三姉妹だった。

両親を交通事故で亡くして児童養護施設に入所した時、真由美は十四歳、花音は二歳、彩佳は一歳。遊びたい盛りだったろうが、真由美は学校からまっすぐ帰ってきて花音と彩佳の面倒をしっかりみてくれた。

そんな三姉妹の唯一の楽しみは、月に一回慰問に来てくれるバレエの催しだった。可愛らしいチュチュを着たお姉さんがやってきて、夢のような踊りを披露してくれる。そしてその後に、希望者にレッスンをつけてくれるのだ。

レッスンと言っても、もちろん本格的なものではない。しかし両親が亡くなるまで新体操をやっていた真由美には素養があったようで、体の柔軟さ、ポーズの優美さが特出していた。目を付けた紅林総裁が里親として自宅に引き取り、バレリーナとして育てることになった。

離れて暮らすようになっても、真由美はレッスンの合間をぬって花音と彩佳に会いに施設にやって来てくれた。その時のことがよほど嬉しかったのだろう、幼かった割に姉と過ごした時間を花音はよく覚えている。そしてその中でも特に強く印象に残っていることが、ひとつあった。

それは姉が帰る時間になり、玄関口で花音と彩佳が寂しがって泣いていた時だ。姉も目を真っ赤にし、幼子二人の手におもちゃを握らせながら言った。

「早く一人前のバレリーナになれるように、一生懸命頑張るからね。そしたらまた三人で暮らせるようになるよ。それまでは先生の言うことをよく聞いて、いい子にしていてね」

あの時抱きしめてくれた姉のぬくもりが、いつかまた一緒に暮らせるのだと希望を灯してくれた。

しかしある日、突然、真由美が亡くなったと聞かされた。施設の先生に手を引かれて、わけもわからぬまま葬儀に出席した。花音は四歳、彩佳は三歳になっていたが、死が理解できなかった。ただお父さんとお母さんのところへ行ってしまい、もう二度と会いに来てもらえないのだということは肌で感じた。

姉の死後、なぜだか施設の中では姉の話は一切出なくなった。それまではみんな「真由美ちゃん、次は主役なのね」「雑誌に載っていたわ」などと話題にし、応援してくれていたのに。

「どうして？」

花音が聞いても、気まずそうな微笑ではぐらかされ、何も教えてもらえない。そのうちに施設の子供たちから「とても悪いことをしたんだって」と聞き、それ以来、花音も真由美のことを口にするのを控えた。

小学校に上がる前に花音は如月家に、彩佳は別の家庭に養女として引き取られ、別々の人生を歩むことになった。花音は東京、彩佳は静岡と離れてしまったが、それでも年に何度かは施設に集まって一緒に遊び、自然とバレエのまねごとを始めた。それぞれの養父母に頼みこんでバレエ教室に通わせてもらうようになると、バレエに向いた体を持つ家系なのか、二人ともどんどん上達した。

バレエ教室では、業界の色々な噂が耳に入ってくる。姫宮真由美のことも面白おかしく話題にのぼり、バレエ団の金を持ち逃げした上に自分の代わりに主役を踊ったダンサーを殺そうとしたという詳細を、花音は初めて知った。

小学生にも、それがどんなに悪いことかはわかる。花音は衝撃を受けた。彩佳にも会った時に打ち明け、二人で泣いた。

「でもね、お姉ちゃん」

ひとしきり泣いた後、彩佳が言った。

「あの真由美お姉ちゃんがそんなことをしたなんて、わたしどうしても思えないよ」

その言葉に、花音はハッとした。また三人で暮らせるようにバレエを頑張ると言った姉。抱きしめてくれた時のぬくもり。あの優しかった姉が、本当にこんな恐ろしいことをしたのだろうか。もししたのだとしても、何か大きな事情があったのではないか――花音は真相を知りたい一心で、高校生の時に東京グランド・バレエ団の研修生になったのだった。

バレエに励みながら、真相を探る日々が始まった。紅林総裁とは養護施設でも葬儀でも会っているが、当時花音が幼児だったこと、また姓も変わっていたことで――そもそも総裁の目には真由美しか入っていなかったのだが――真由美の妹だとは全く気づかれなかった。総裁や蝶野、嶺衣奈にさりげなく当時のことを聞こうとしたが埒が明かず、他の関係者の口も堅い。全く情報が得られず行き詰まっていた頃にちょうど静岡公演があり、二年ぶりに彩佳に会った。

二年の間に、彩佳は真由美そっくりに成長していた。彩佳は膝を痛めたのを機にバレエから離れていたが、佇まいや仕草など、姫宮真由美そのものだった。姉でないとわかっている花音ですら、どきっとする。

――この姿を見せれば。

花音は思いついた。

――霊的なものを信じやすい嶺衣奈さんの前に、姫宮真由美として彩佳が現れれば……真相を語ってくれるきっかけになるかもしれない。

彩佳も賛成し、過去の舞台写真を参考にして白いチュチュを手作りで完成させた。近いうちに決行しよう――そう二人で話していた矢先に、「ジゼル」の公演が決まった。しかも、自分が復讐の女王ミルタを踊る。運命としか思えなかった。

花音は早速、ちょうど高校の試験休みに入った彩佳を東京に呼び寄せた。そして夜、練習が終わってスタジオを出る前に、こっそり彩佳を中に入れた。彩佳にジゼルの踊りをフロアで練習させる為だ。夜道は危ないので十一時には花音のマンションへ戻るよう言い含めていたから、蘭丸が財布を取りに戻った時は気にしなかった。しかし彩佳は、踊っているうちに時間を忘れたらしい。蘭丸がいることに気づき、慌てて暗闇の方へとジャンプしてそのままカーテンの陰に隠れ――それが蘭丸には消えたように見え、亡霊の噂があっという間に広まってしまったのだ。

噂が噂を呼び、他の者まで姫宮真由美を見たと騒ぎ出した。実際に彩佳が姿を現したのは、蘭丸以外では嶺衣奈の前だけである。騒ぎを大きくしすぎれば、蝶野や総裁が警戒する。だから最初から一度だけ、そして嶺衣奈の前にだけ姿を見せると決めていたのだ。それなのに、ちょっとした怪我やミスも呪いだと恐れられるようになり——あげくに蝶野も目撃し、突き落とされたとまで言い始めた時には、本当に混乱した。姉妹の小さな企みは、蝶野の思惑や団員同士の嫉妬を巻き込み、増幅し、思わぬ方向へと転がっていったのである。

「まさかこんな結末になるなんてね」

「うん。ただ真由美お姉ちゃんの名誉を取り戻したかっただけなのに」

渡辺から事件の真相を聞いた時は、世間にも姉が無実であったことを知ってほしいと思った。嶺衣奈も総裁もいなくなった今、それは蝶野にしかできない。だから蝶野を揺さぶり、公表せざるをえない状況に持ち込んだ。そしてそれが結果的に、蝶野のバレエ生命を絶つことになった。

嶺衣奈と総裁の死、そして蝶野の負傷と引退——どれも仕組んだことではない。けれども思いがけず、復讐は果たされたのだ——まるで本当にミルタが宿り、導いたかのように。そしてミルタを引き寄せたのは、きっと花音の執念なのだ。

けれども、と花音は思う。

蝶野だけが命を落とさずに済んだのは、もしかしたら姉が護《まも》ったからではないだろうか——裏切られてもなお、ジゼルがアルブレヒトを、ミルタの呪いから護り抜いたように——。

「ねえ、踊ろうよ」彩佳が言った。「きっと今、ここに真由美お姉ちゃんがいる。そんな気がする」

「そうね」

花音はスタジオを見渡す。かつてここで蝶野と踊っていた、幸せそうな真由美の幻《まぼろし》が見えるようだった。

彩佳が「ジゼル」第一幕のソロの音楽をセットした。軽快なメロディが流れる。

二人は微笑み、スタジオのどこかにいる真由美に向かってレヴェランスをする。そして午後の穏やかな陽差しの中、軽やかなステップを踏み始めた。

（了）

参考文献

『ジゼルという名のバレエ』
シリル・ボーモント＝著／佐藤和哉＝訳／新書館

『ダンシング・オン・マイ・グレイヴ――わが墓上に踊る』
ゲルシー・カークランド、グレッグ・ロレンス＝著／ケイコ・キーン＝訳／新書館

『ビジュアル版 バレエ・ヒストリー――バレエ誕生からバレエ・リュスまで』
芳賀直子＝著／世界文化社

『MIZUKA バレリーナ上野水香のすべて』
ダンスマガジン＝編／新書館

『上野水香 バレリーナ・スピリット』
ダンスマガジン＝編／新書館

『パリ・オペラ座へようこそ――魅惑のバレエの世界』
渡辺真弓＝著／青林堂

『魅惑のバレエの世界』
渡辺真弓＝著、瀬戸秀美＝写真／青林堂

『バレエ――誕生から現代までの歴史』
薄井憲二＝著／音楽之友社

『兵庫県立芸術文化センター 薄井憲二バレエ・コレクション 目録 第1巻 プログラム・バレエ台本』
薄井憲二＝総監修／兵庫県立芸術文化センター

『十九世紀フランス・バレエの台本――パリ・オペラ座』
平林正司＝著／慶應義塾大学出版会

『ドイツの文学 第2巻 ハイネ』
小澤俊夫＝訳／三修社

『流刑の神々・精霊物語』
ハインリヒ・ハイネ＝著／小澤俊夫＝訳／岩波文庫

解説

千街晶之

まさに華麗なるミステリ。

秋吉理香子の『ジゼル』（《きらら》二〇一四年十月号〜二〇一六年二月号に連載。二〇一七年十月、小学館から刊行）は、そのように形容したくなる長篇《ちょうへん》小説である。バレエという題材、海外の城のようなロココ様式のバレエ団の建物、美男美女が多い登場人物。ひとつの美意識によって隅々まで統一された、精巧な工芸品のように見事なミステリなのだ。

東京グランド・バレエ団の創立十五周年記念公演の演目が「ジゼル」に決定した。このバレエ団では十五年前、ジゼル役のプリマ・バレリーナである姫宮真由美が、代役の紅林《くればやし》嶺衣奈《れいな》をナイフで襲い、争った結果自らが死亡するという事件が起きていた。東京グランド・バレエ団ではそれ以来、嶺衣奈の夫でバレエ団の芸術監督である蝶野幹也の判断により、「ジゼル」は長いあいだ公演を自粛してきたのだが、ついにその封印が解かれたのだ。しかも、今回プリマとしてジゼルを演じることを希望したのは嶺衣奈そのひとである。

このバレエ団の団員のうち、如月《きさらぎ》花音、斉藤絢子《じゅんこ》、園村有紀子、太刀掛《たちかけ》蘭丸の四人は、同期入団で「仲良しカルテット」と呼ばれていた。しかし、「ジゼル」の出来不出来を決める難役とされる復讐《ふくしゅう》の女王ミルタ役に花音が抜擢《ばってき》されたことで、彼らのあいだに亀裂が走る。大役を期待していた有紀子が不満を抱き、花音に刺々《とげとげ》しい態度を示すようになったのだ。

そして、公演に向けて準備が始まると、夜のスタジオでジゼルの衣装をつけて踊る姫宮真由美の亡霊らしき姿を蘭丸が目撃したのを皮切りに、バレエ団では穏やかならざる出来事が相次ぎ、プリマの嶺衣奈は精神的に追いつめられてゆく。そして、ついに悲劇が……。これは、ジゼルしか踊ることなく十六歳で生涯を終えた「幻のバレリーナ」姫宮真由美の呪いか、それとも何者かの企《たくら》みなのか。花音は真由美の死の真相に迫ろうとする。


一八四一年のパリでの初演以降、世界中で上演されている「ジゼル」は、バレエの中でも人気と知名度の高い演目だ。愛した相手ロイスが実は貴族のアルブレヒトであり、しかも婚約者がいたと知って死んだ村娘ジゼルが、ウィリと呼ばれる精霊となり、男たちを死ぬまで踊らせようとするミルタからアルブレヒトを守ろうとする物語であり、愛、裏切り、錯乱、復讐など、ドラマティックな要素に事欠かない。

この演目にはひとつの大きな特異性がある。主人公が死に装束で踊る唯一のバレエであるということだ。死や復讐といった要素が絡むストーリーもミステリ向きと言える。本書では、舞台となるバレエ団にとって「ジゼル」が封印された曰《いわ》くつきの演目であるという設定を導入して、物語に更に不穏さを付与している。舞台の最中に不吉な出来事が起きるという設定は、ガストン・ルルーの小説『オペラ座の怪人』（一九一一年）および、その映画化・ミュージカル化作品が有名だし、そこから影響を受けたと思《おぼ》しい映画『オペラ座／血の喝采』（ダリオ・アルジェント監督、一九八七年）は、上演すると不幸を呼ぶといわれるヴェルディのオペラ「マクベス」をめぐる連続殺人の物語だ。最近では、ある芝居を上演するたびに第一幕の途中で観客が死ぬという展開のキャロル・オコンネルの小説『ゴーストライター』（二〇一三年）も印象深い。不幸を呼ぶ演劇を扱ったミステリ小説といえば、我が国にも、鶴屋南北の「東海道四谷怪談」だけは避けてきた芝居一座がついに上演に踏み切った時に惨劇が起こる小栗虫太郎「人魚謎《にんぎょのなぞ》お岩殺し」（一九三五年）のような作例がある。出演者・スタッフをひっくるめ、数多くの人間の思惑が入り乱れる舞台芸術は、そのぶん負の情念とも結びつきやすいのだろうか。

バレエの知識があるひとにとって「ジゼル」の内容は常識だが、多くのミステリの読者にとってもそうであるとは限らない。従って本書の導入部にはバレエ「ジゼル」の内容の説明があるけれども、ここが巧《うま》い。監督の蝶野と団員たちのディスカッションによって、「ジゼル」の主要登場人物をどう解釈するかを固め、公演の方向性を決めてゆくのだが、単なる無味乾燥な説明に陥らず、主要登場人物のキャラを立てつつ「ジゼル」の内容に深く踏み込んでゆくあたり、並みの筆致ではない。更に言えば、物語が始まってすぐ描かれるトウ・シューズの扱いなど、バレエに知識のない人間からすると意外そのものだが、こういう本筋と無関係ながら意表を衝《つ》くエピソードを用意できるかどうかで、作中の設定のリアリティが左右されるのである。

ところで、小説や漫画や映画といったフィクションの世界において、バレエという題材は一種独特の暗い彩りを帯びて描かれることが多いように感じる。

有名なところを挙げれば、映画『サスペリア』（ダリオ・アルジェント監督、一九七七年）では、ヒロインが入学したドイツのバレエ学校の関係者が相次いで残酷な殺人事件の被害者となり、学校は魔女崇拝者の巣窟であったことが暴かれる。映画『ブラック・スワン』（ダーレン・アロノフスキー監督、二〇一〇年）は、バレエ「白鳥の湖」の主演に抜擢されたバレリーナが、プレッシャーによって幻覚や妄想に精神を蝕《むしば》まれてゆくサイコ・サスペンスである（因《ちな》みに、本書の単行本の帯には「小説版『ブラック・スワン』がここに誕生！」という惹句《じゃっく》が存在していた）。

また日本においては、「バレエのトウ・シューズにライヴァルが画鋲《がびょう》を入れる」というのがいじめ描写のパターンのひとつとしてポピュラーだが、これは、一九六〇年代から七〇年代にかけてバレエ漫画の第一人者だった谷ゆき子の作品をはじめ、往年の少女漫画に散見されるエピソードである（谷ゆき子の漫画には、ライヴァルがヒロインの乗ったボートを転覆させるエピソードまである）。一九七二〜七三年に放映された、バレエ団を舞台にしたサクセス・ストーリーの連続ドラマ『赤い靴』（TBS系）にも、同じようなエピソードがあったらしい。

こうした「バレエもの」の伝統を振り返った上で、本書の著者が「イヤミス」路線の『暗黒女子』でヒットを飛ばした秋吉理香子だということを考え合わせると、かなりダークな物語なのではないか——という予断を持つ読者がいるかも知れない。ところが本書の場合、確かに団員同士のライヴァル意識が描かれ、配役の変更が波紋を拡《ひろ》げるさまも描かれているけれども、陰湿さはさほど感じない。むしろ本書においては、ライヴァルをいじめたり陥れたりするようなせせこましい感情より、芸術のためならば悪魔に魂を売れるか——という問題のほうが遥《はる》かに大きいのだ。そのため、作中で罪を犯した人物にもどこかしら共感の余地が残されており、単純な悪役としては描かれていない。

また本書では、『サスペリア』とも通じるようなゴシック的な雰囲気の醸成に重点が置かれていると感じる。その中心となっているのが、姫宮真由美の亡霊の出現という要素だ。その亡霊らしき姿を最初に目撃するのは蘭丸である。それまで、本書は基本的に花音の視点で描かれてきたので、ここで蘭丸の視点に急に転じることに当惑した読者もいたかも知れない（ここから先には他の登場人物の視点も入ってくるけれども）。しかし、真由美と全く接点がない彼だからこそ、彼女の呪いを恐れる理由がなく、従って「彼が見たのは本物の亡霊なのだろうか」という不安が読者の中に植えつけられるようになっているのだ。この亡霊騒動の扱いは、いかにも美と恐怖が背中合わせになったこの物語らしい（なお、この件に関する説明は単行本ではややアンフェアな印象もあったが、文庫版では改稿されている）。そして、事件の進展が「ジゼル」の内容に重なってゆくあたりの因縁めいた不思議な味わいも、本書を印象深いものとしている。

著者は二〇〇八年、短篇「雪の花」で第三回Yahoo! JAPAN文学賞を受賞し、翌年、同作を表題作とする『雪の花』で小説家デビューを果たした。その後、名門女子高で起きた事件の真実が五つの作中作から浮かび上がる構成の『暗黒女子』（二〇一三年）、スーパーナチュラルな要素を取り入れた青春サスペンス『放課後に死者は戻る』（二〇一四年）、意表を衝くどんでん返しでミステリファンを唸《うな》らせた『聖母』（二〇一五年）、行き過ぎた正義感を振りかざす女性が周囲の人々を巻き込んでゆく『絶対正義』（二〇一六年)、ヒロインが婚約者とともに訪れた故郷の島で謎が渦巻く『サイレンス』(二〇一七年)、婚活を通しテーマにした短篇集『婚活中毒』(二〇一七年)等々、ミステリを中心として精力的に執筆を続けている。

　そして二〇二〇年十月、本書の続篇にあたる長篇『眠れる美女』が小学館から刊行されることになっている。本書で描かれた悲劇から一年を経て再生したバレエ団。記念すべき旗揚げ公演の演目は「眠れる森の美女」に決まった。ところが、ずば抜けた才能の持ち主ながら傲慢なプリマ・バレリーナの登場、何者かによる脅迫状など、新たな門出は早くも波瀾《はらん》含み。そして、ついに取り返しのつかない悲劇が……。引き続き花音が主人公の立場ではあるものの、本書ではあまり目立った見せ場がなかった登場人物たちにスポットライトが当てられるあたり、まるで意外な抜擢が繰り返される作中のバレエ団の配役さながらである。再び読者の前に繰り広げられる「華麗なるミステリ」を鑑賞していただきたい。

(せんがい・あきゆき/ミステリ評論家)

本書のプロフィール

本書は、二〇一七年十月に小学館から刊行した単行本を加筆改稿し、文庫化したものです。

小学館文庫

ジゼル

著者　秋吉《あきよし》理《り》香《か》子《こ》

二〇二〇年十月十一日　初版第一刷発行

発行人　飯田昌宏
発行所　株式会社 小学館
〒一〇一-八〇〇一
東京都千代田区一ッ橋二-三-一
電話　編集〇三-三二三〇-五六一六
　　　販売〇三-五二八一-三五五五
印刷所――――図書印刷株式会社

この文庫の詳しい内容はインターネットで24時間ご覧になれます。
小学館公式ホームページ　https://www.shogakukan.co.jp

ISBN978-4-09-406822-1